U0771937

丁启阵 著

『采采卷耳总是情』诗词赏读系列

遨游诗词世界

第一册

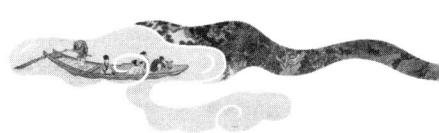

江西人民出版社
Jiangxi People's Publishing House
全国百佳出版社

SPM
南方传媒

广东人民出版社

南昌　　　　　　　　　广州

图书在版编目（CIP）数据

遨游诗词世界. 第一册／丁启阵著. -- 南昌：江西人民出版社；广州：广东人民出版社，2024. 12.（"采采卷耳总是情"诗词赏读系列）. -- ISBN 978-7-210-16089-2

Ⅰ. I207.2

中国国家版本馆 CIP 数据核字第 2025PC8776 号

遨游诗词世界·第一册
AOYOU SHICI SHIJIE · DI-YI CE

丁启阵　著

责 任 编 辑：张　叶
封 面 设 计：章　雷
出 版 发 行：江西人民出版社　广东人民出版社
地　　　　址：江西省南昌市三经路 47 号附 1 号（邮编：330006）
网　　　　址：www. jxpph. com
电 子 信 箱：jxpph@ tom. com
编辑部电话：0791-86812172
发行部电话：0791-86898815
承　印　厂：江西千叶彩印有限公司
经　　　销：各地新华书店
开　　　本：880 毫米×1230 毫米　1/32
印　　　张：12
字　　　数：247 千字
版　　　次：2024 年 12 月第 1 版
印　　　次：2024 年 12 月第 1 次印刷
书　　　号：ISBN 978-7-210-16089-2
定　　　价：85. 00 元
赣版权登字-01-2024-1020

前　言

　　中国古体诗歌（包括古体、格律、词曲、民歌等形式）的创作活动，是人类历史上最伟大的文明工程之一。其历时长久，至少有两千多年的历史。参与人数众多，两千多年里，上自帝王将相，下至贩夫走卒、引车卖浆，个个参与，人人奋勇。脍炙人口、流传千古的诗歌作品，车载斗量，佳作如云，文化遗产价值无法估量。

　　华夏大地上，超越民族、超越政权、超越时代的思想体系——儒家思想，其创始人孔子高度评价诗歌总集《诗三百篇》的重要作用，可以兴观群怨、事父事君。意思是，人不分贵贱、事不论巨细，都能从《诗经》中汲取能量、找到解决方法。他告诫自己儿子，"不学诗无以言"。儒家圣贤指定的弟子们必须熟读的经典文献"五经""六经""十三经"，都少不了《诗经》的一席之地。自汉武帝开始，皇家、朝廷为了选拔人才，笼络人心，建立考核诗赋的科举制度，对《诗经》《楚辞》等经典著作有研究的人，均予以擢拔重用。"朝为田舍郎，暮登天子堂"，逆转他们的命运；"登高能赋，可以为大夫"，能在规定时间里作出合乎规矩的诗歌，荣之以金榜题名，诱之以荣华富贵。这等于开启了全民作诗的局面与传统。从此，地不分南北西东，人不分男女老幼，都做起了成为诗人、有一两句或一两首诗作传之后世的梦。在两千多年的时间里，这梦就不曾醒来过。

两千多年的全民运动，人人殚精竭虑地创作诗歌。精卫填海式的创作，多少生命阅历、人世变迁得到了记录、传播，多少喜怒哀乐、悲欢离合得到了刻画表现。诗歌的世界，不啻是华夏民族精神世界的珍宝馆！

生活在这样的诗歌国度，我们可以不会写诗，可以写不出流传千古的作品——毕竟，诗歌创作不是一门日积月累、熟能生巧的手艺，而是一项需要灵感、需要文采的艺术创造。但是，我们没有理由读不懂古人留下来的优秀诗篇，没有理由面对历代诗人留下来的优秀作品时麻木无感，没有理由当外国友人想要对我们祖宗留下的诗歌有所了解时，不能说出它们表现了什么样的思想感情、好在哪里。做一个合格的诗国公民，既是我们责无旁贷的义务，也是我们生于斯、长于斯的荣耀！

希望这本小书能充当一回导游，带领读者做一次愉快的诗歌文化之旅！

目录

2

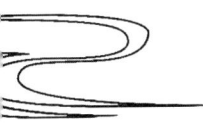

历史上最早的诗歌是哪一首？

女儿七八岁的时候，求知欲很强，最喜欢向我提世界或中国"之最""第一"的问题，比如：世界上第一个会说话的人是谁？最早设计时装的人是哪个国家的？中国第一个会写字的人是谁？中国最早的书是哪一本？她提过的这类问题很多，不记得有没有提过"中国历史上最早的诗歌是哪一首"。

其实，这类问题听起来虽幼稚，但有些是有意义的，值得我们认真思考一番。

"我国历史上最早的诗歌是哪一首"的问题，可以从两个方面去解答：

一是文献记载。按照时代先后编辑、具有权威性的诗歌总集中，被排列在最前面的作品，通常是学术界公认的时代最早的诗歌。二是诗歌内容。一般来说，描写、表现的生活内容越原始，诗歌的创作年代就越古老。

逯钦立先生辑校的《先秦汉魏晋南北朝诗》是目前我国收录最全、最为权威的南北朝以前诗歌的总集。这部总集中的先秦诗部分，分歌、谣、杂辞、诗、逸诗、古谚语等类。其中"歌"类排在最前面的五首作品依次是《弹歌》《击壤歌》《赓歌》《南风歌》《大唐歌》。

《弹歌》是这样唱的：

断竹，续竹，飞土，逐肉。

描写、表现的是狩猎过程：猎人砍下竹子，制作成捕猎器具；猎物触碰到竹制器具，飞起泥土，猎人得到猎物。

《击壤歌》是这样唱的：

> 日出而作，日入而息；
> 凿井而饮，耕田而食；
> 帝力于我何有哉！

描写、表现的是农人的劳作、生活情形：自耕自食，自给自足，不需要他人的管理与指点。

两首诗歌，文献出处不是很古老。《弹歌》出自《吴越春秋》，《击壤歌》出自《礼记·经解正义》引《尚书传》。

文献出现按时间论，目前已知的没有比河南安阳出土的甲骨卜辞更早的。甲骨卜辞中有一些文字就很符合诗歌的标准。比如："今日雨：其自西来雨？其自东来雨？其自北来雨？其自南来雨？"要知道，在坚硬的龟甲、兽骨上刻字不是一件容易的事情。占卜师能够这么不厌其烦、不辞辛苦地刻下句法相同、用字重复的这些句子，不是诗兴大发是干不出来的。

《弹歌》和《击壤歌》被排列在最前面，大概是考虑了它们反映的生产、生活内容比较原始。但是，这两首诗歌，反映的生产、生活分别处于狩猎、农耕时期，生产工具也已经比较成熟，不是很原始。

我的观点是：人类的诗歌跟语言一样古老。人类自从会说话的那一天起，也就会作诗了。诗歌是语言的艺术，是表达感情的工具，一个善于表达感情的人，是可以出口成诗的。只不过，这样的诗歌没有被记载下来而已。

《诗经》：

那是一个诗兴勃发的时代

华夏民族有悠久的文学传统，其中最值得我们自豪的是诗歌艺术：全民追捧、诗人辈出、佳作如林。三千年的诗歌史，出现了多个巅峰时期。按照时代先后，简单排列一下它们的代表性作品选（集），大致是：《诗经》《楚辞》《古诗十九首》《唐诗三百首》《宋词选》等。

从这个简单的排列可以看到一个令人惊诧的事实：作为诗歌的早期阶段，《诗经》时代完全不像江河的源头，呈涓涓细流状，而更像中游或下游，静水深流，浩浩汤汤。

不错，乍一看，《诗经》中大多数作品篇幅短小，诗句以四言为主，形式简单朴拙。但是，稍加观察，便不难发现，《诗经》三百多篇作品，题材的多样、内容的丰富、思想的深刻、感情的深厚、风格的多变、艺术手法的高超，跟《唐诗三百首》乃至《全唐诗》相比都毫不逊色。《诗经》时代因为还没有发现、利用汉语声调，格律上没有唐宋时期的近体诗那么复杂，但在利用韵母和谐的押韵上，形式更加多样，交韵、抱韵、回环、遥韵等等，都是格律诗中所没有的。

我们有理由相信，周初至春秋中叶，准确地说是公元前11世纪至公元前6世纪这近五百年的时段，是诞生即巅峰的中国诗歌的第一个黄金时代。

这五百年间有什么魔力使得人们诗兴大发，使得各行各业、各地区、各阶层如雨后春笋般冒出了那么多锦心绣口的诗人？又是什么原因使得这些诗歌在问世之后很快就成为人们争相吟诵、引用的格言金句？上古通常被认为是生产力水平低下、文化教育对绝大多数人而言遥不可及、人类与野兽界限不清晰、民智未开的蒙昧时代。不要说吟诗作赋，一般人就是把话说利索都不是一件容易的事情。《诗经》的出现，无异于荒原瞬间变成万紫千红的大花园，那么魔幻，那么美好，那么令人喜出望外！

研究《诗经》，"采诗"是第一大课题。由史官、专职官员或百姓中年长者负责搜集各地歌谣，以供端坐殿堂上的天子了解各地风土人情，这是历来较为公认的说法。这类诗歌的创作情况，被认为是"男女有所怨恨，相从而歌。饥者歌其食，劳者歌其事"（《春秋公羊传·宣公十五年》）。照这样说，应该都是民歌，作歌者都是普通百姓。但是，实际上只有《国风》中的部分作品符合这些情况，《大雅》《小雅》《颂》都不在其列。《雅》《颂》作者中，有官吏、士流和权贵等。实际上，《诗经》收录的是各地区、各时期、各阶层人士的诗歌作品，和《唐诗三百首》类似。《诗经》中的作品，可能有少数可以追溯到殷商时期，但可以肯定，绝大部分创作于周朝，包括西周和东周的春秋早期、中期阶段。因此，我主张称《诗经》为"《周诗三百首》"。

王国维先生创"一代有一代之文学"（《宋元戏曲考》）的观点，并列举出楚骚、汉赋、六代骈语、唐诗、宋词、元曲等作为证据。可惜，缺了最早、最重要的周诗。

周诗繁荣的原因，值得研究。我初步感受认为，君王愿意倾听、朝廷着力搜集、各阶层人士敢于表达、与诗歌构成"三位一体"的音乐舞蹈相辅相成等等，是成就《诗经》的主要原因。一言以蔽之：那是一个真正尊重文艺并给予文艺以充分自由的时代！

《诗经·关雎》：爱情诗歌，细读最有韵味

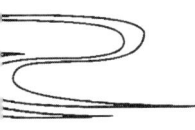

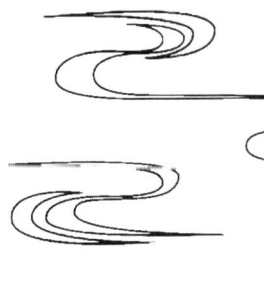

关关雎鸠，在河之洲。窈窕淑女，君子好逑。

参差荇菜，左右流之。窈窕淑女，寤寐求之。

求之不得，寤寐思服。悠哉悠哉，辗转反侧。

参差荇菜，左右采之。窈窕淑女，琴瑟友之。

参差荇菜，左右芼之。窈窕淑女，钟鼓乐之。

——《诗经·周南·关雎》

《诗经》因为早早地被儒家学者圈定为经典，使得它作为人类早期文艺作品所具有的"高贵的单纯，静穆的伟大"的品性常常被人们忽略。

躲过秦始皇那把焚书的火以后，《诗经》很快就被奉为道德教化的教科书。开篇第一首，《周南·关雎》被贴上了"后妃之德"的标签，肩负起"风天下而正夫妇"的社会历史责任。

一个民族的早期文献被当作德育教科书，其实无可厚非。不同于一些学者对《诗经》曾经被从哲学、政治、思想等角度进行阐释的做法持激烈反对的态度，我主张宽容对待。古人著作撰述不易，著作保存、传播万难，上古文献严重匮乏，两头研墨、一材多用，也是事出无奈。孔子给《关雎》贴上"乐而不淫，哀而不伤"的标签，贴就贴吧，自有他的道理，于我们也没有任何损伤。

作为21世纪的普通读者，只需要读懂诗歌本身的意思，读出诗歌的美妙，得到片刻心灵的宁静、心情的愉悦就可以了。

这首诗歌本身的意思，并不深奥。古人已经指出，这首诗的内容就是"窈窕淑女，君子好逑"，翻译成普通话便是：窈窕淑女，跟君子般配。通俗地讲，就是郎才女貌。这是古今通用的爱情、婚姻配置标准，并不稀奇。稀奇的是，咱们两三千年前的祖先把这个事情说得非常细致，非常得体，非常美好，让人读了情操受到陶冶，思想被升华了，心灵被净化了。

诗歌写得好，因为它运用了许多手法。例如：

比、兴的运用。从具有美感的雎鸠、荇菜引出人类男女，这是兴；雎鸠和鸣比喻男女相悦，荇菜比喻女子性情温婉，这是比。比、兴的好处是使语言表达避免直白无味，变得曲折有致，形象鲜明，悦目。

设置曲折情节。淑女、君子的相悦相爱并非一帆风顺，中间有"求之不得"的曲折，使爱情故事有了跌宕起伏，使人物形象更加饱满——追求者的执着，被追求者的矜持，都不言而喻。

近义词语的运用。"左右采之""左右芼之"；"琴瑟友之""钟鼓乐之"。采与芼，友与乐，同中有异，既表示差异，也折射变化：举止有异，心情不同；感情加深，关系升级。细品之下，可悟妙趣。

词语搭配。"窈窕淑女"，有人说，窈窕指姿色姣好。单说"窈窕"，有轻佻意味，加上"淑"字可以抑制轻佻意味；单说"淑"字，有死板意味，用"窈窕"显得活泼可爱。

词语声韵。关关叠音，参差、糜荑双声，窈窕叠韵，辗转双声兼叠韵，在诗乐舞一体的时代，给人以回旋、呼应、和谐的韵律美感。

重复出现同一个句子。"窈窕淑女"句分别在三章里出现，共四次，既可以表现男子的深情、专一，也可以收到"霸屏"的效果，让读者满眼盈耳都是秀色，陶醉其间，不能自拔。

倒装句式。"关关雎鸠，在河之洲"，未见其鸟，未至其地，先闻其鸣，令人好奇，产生心动；如果写作"河洲雎鸠，其鸣关关"，小胡同赶猪——直来直去，那就了无趣味了。

景物点缀。虽然是表现爱情过程，但没有忽略环境景物，雎鸠、河洲、荇菜、琴瑟、钟鼓等，构成有机整体，是非常美好的画面。古代诗歌讲究写景，"诗中有画"，这是源头。

《关雎》这首诗的好处很多，不再一一列举，好诗需要读者用心细读，越读越有味儿！

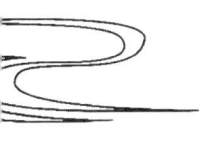

《诗经·卷耳》：
二人世界的思念苦情

都说世上没有后悔药，其实何尝有相思的解药呢？

这首诗在《诗经》里被编排在第三的位置，但它享有堪称第一的美誉：妙绝千古，闺思之祖。

采采卷耳，不盈顷筐。嗟我怀人，寘彼周行。

陟彼崔嵬，我马虺隤。我姑酌彼金罍，维以不永怀。

陟彼高冈，我马玄黄。我姑酌彼兕觥，维以不永伤。

陟彼砠矣，我马瘏矣，我仆痡矣，云何吁矣。

——《诗经·周南·卷耳》

跟《诗经》中其他作品一样，《卷耳》也有思想内容上的不同解读：周文王派遣使者访求贤才，体恤使者差旅途中的艰苦，以卷耳这种有清火散热药效的野菜慰劳；后妃思念在外行旅的文王，表明深情专一的心迹；商人为被囚羑里的周文王喊冤，希望商王早日将他释放等。当一首诗有几个可能的意思时，有个化繁为简的办法——取它的字面意思：表现相爱男女在离居情况下的思念之苦。

这首诗被称赞为妙绝千古，主要妙在围绕"怀"字写出了相爱男女在分离情况下无药可解的相思之苦。前人指出，"情思起止，不能语人，亦不能自主"（戴君恩《读风臆评》），刚说过"怀人"，接着又说"不永怀"，貌似绝情的话，表现的却是缠绵缱绻之情。诗中人物于煎熬之际登高、饮酒，但是登高望不见思念中的爱人，饮酒消不了心中思念的愁。"我姑酌彼金罍，维以不永怀"，"姑""维"二字内涵丰富。六个"彼"字、七个"我"字、两个"姑"字，四个"矣"字，"忧叹之极，如闻其声"（徐与乔《增订诗经辑评》）。

闺思之祖，主要是指它"情中之景，景中之情，宛转关生，摹写曲至"和"虚象实境"（钟惺语）等表现手法，对后世影响深远。至于具体的例子，最有名的是唐张仲素《春闺思》对这首诗前四句的模仿："袅袅城边柳，青青陌上桑。提笼忘采叶，昨夜梦渔阳。"这说法其实小看了它。《卷耳》岂止表现闺中女子的思念情态，后来诗人还化用其诗意用于表现更加宽广的情思。例如，屈原《离骚》的"陟升皇之赫戏兮，忽临睨夫旧乡。仆夫悲余马怀兮，蜷局顾而不行"，显然是模仿《卷耳》最后四句，"陟彼砠矣，我马瘏矣，我仆痡矣，云何吁矣"，表现了临别时分对祖国的留恋。

为了更好地理解诗意，有两个问题有必要略作讨论。

一是"采采卷耳"中的"采采"究竟是动词"采摘"义，还是形容词指茂盛众多的意思。我倾向于后者，理由除了清代学者马瑞辰已经列举过的几条以外，"采采卷耳"本身就是一种草木丰茂的景致；再者，反衬"不盈顷筐"，可以更好地表现女子的心不在焉，神情恍惚。

二是诗歌叙事是否全是思妇视角。不少人认为，诗的二、三、四章中的"我"都是女子想象中用来指自己爱人的；钱钟书先生在《管锥编》中提出这是"花开两朵，各表一枝"的手法，即诗是第三方视角，也就是诗人在讲述故事，首章和二、

三、四章分别表现男女主人公的生活情状。我认为钱钟书先生的观点有趣但需要稍作修改，女子只占一章，男子占三章，篇幅分配太不均衡了，两朵花显得畸形。姑且假设一、二章写女子情状，三、四章写男子情状。第一、四章分别写女子、男子不同的情状，第二、三章写女子、男子心有灵犀、行为相通的情状——不约而同，双向奔赴，在两处同时骑着老病之马登高相望，各自借酒浇愁，女子用金杯（金罍），男子用角杯（兕觥）。这有点像现代歌曲《十五的月亮》所唱的："十五的月亮，照在家乡，照在边关。宁静的夜晚，你也思念，我也思念。我守在婴儿的摇篮边，你巡逻在祖国的边防线……"这样解读，是不是更有趣味呢？

《诗经·桃夭》：
『桃之夭夭』是什么意思？

"逃之夭夭"这个成语，人人都知道它是逃跑、开溜的意思。但是，这个成语的谐音"梗"源头，《诗经·周南·桃夭》诗句"桃之夭夭"的意思，学者们却有不同说法，而且各有商榷的余地。总而言之，迄今为止没有定论。

> 桃之夭夭，灼灼其华。之子于归，宜其室家。
> 桃之夭夭，有蕡其实。之子于归，宜其家室。
> 桃之夭夭，其叶蓁蓁。之子于归，宜其家人。
>
> ——《诗经·周南·桃夭》

诗不长，句子也不复杂。运用了"兴"的艺术手法，由桃树形状兴起女子出嫁以及出嫁后的表现。女子贤淑，家庭和睦，这显然是一首婚嫁的赞美诗。

"桃之夭夭"中"夭夭"的意思，至少有如下三种说法：

影响最大的，当数《毛传》的"壮盛"说。《桃夭》篇毛传："夭夭，其少壮也。"《凯风》篇"棘心夭夭"毛传："夭夭，盛貌。"许慎《说文·木部》"枖"："木少盛貌。"这里指的就是《诗经·桃夭》的"桃之枖枖"。许慎认为，夭夭是枖枖的假借字。

闻一多先生在《诗经讲义》中认为少壮、盛貌都是错误的说法，提出了"屈折之貌"的说法。他的主要根据有《说文》关于"夭"字的解释和《凯风》、乐府古辞《长歌行》等诗证。《说文·夭部》："夭，屈也"。《凯风》篇："凯风自南，吹彼棘心。棘心夭夭，母氏劬劳。"《长歌行》："凯风吹长棘，夭夭枝叶倾。黄鸟飞相追，咬咬弄音声。"其实，早在闻一多先生之前，段玉裁已经有类似说法。段玉裁在《说文》夭字下引用了《隰有苌楚》《桃夭》和《凯风》等篇中毛传"少""少壮""盛貌"等说法，然后加以发挥，说"谓物初长可观也，物初长者尚屈而未申。假令不成遂，则终于夭而已矣"。

钱钟书先生《管锥编》引许慎《说文·女部》娱字"女子笑貌"和王闿运"芺即笑字"的意见。力证"桃之夭夭"中的"夭"就是"笑"字，夭夭就是花朵笑的样子。

可见，关于"桃之夭夭"中"夭夭"意思的三种说法，其实都与许慎的《说文解字》有关，除了"壮盛"说源自《毛传》，"曲折"和"笑"两种说法都源自许慎。

我对这三种说法都不太满意，理由是：少、壮、盛、屈折、笑都只是桃树枝叶或花朵的一种状态，而《桃夭》的三章，按照马瑞辰的说法，分别表示二至五月，这是夏周时期男女谈婚论嫁的时节，有时序上的变化。三四个月里，桃树不可能定格在少、壮、盛、屈折或笑中的某个状态，一成不变。

这里我尝试着提出一个新的说法：夭夭，表示桃树随风摆动的样子。主要论据有两条：一条是甲骨文中"夭"字"像人行走时两臂摆动之形"（徐中舒等《甲骨文字典》），甲骨文的时代跟《诗经》创作时间接近，字义相同的可能性比较大；另一条是《长歌行》中的"凯风吹长棘，夭夭枝叶倾"，桃树枝叶随风摆动，没有时序的限制，二、三、四、五月都是可能的。

《诗经·芣苢》：
极简的语言成就极好的诗歌

采采芣苢，薄言采之。采采芣苢，薄言有之。

采采芣苢，薄言掇之。采采芣苢，薄言捋之。

采采芣苢，薄言袺之。采采芣苢，薄言襭之。

——《诗经·周南·芣苢》

全诗三章，每章四句，总共十二句。论句式，实际上只有两句：采采芣苢，薄言 verb（采/有/掇/捋/袺/襭）之。两个句式各自重复六遍，"采采芣苢"是句式、词语完全重复，"薄言采之"是句式重复，词语有更替。这种写法，可能跟音乐的曲式、旋律有一定关系，而单从语言上看，这是非常独特的。古代学者中有认为汉乐府《江南》"鱼戏莲叶间：鱼戏莲叶东，鱼戏莲叶西；鱼戏莲叶南，鱼戏莲叶北"是模仿它而来，还有人认为它形式独特，"不可无一，不能有二"。实际上，这类写法，甲骨卜辞中已经出现过了："今日雨。其自西来雨？其自东来雨？其自北来雨？其自南来雨？"后来北朝民歌《木兰辞》"东市买骏马，西市买鞍鞯，南市买辔头"，杜甫《杜鹃》诗"西川有杜鹃，东川无杜鹃"等，一脉相承，类似诗歌数量不少。但论创作时间早晚和句式重复的规模，《芣苢》都堪称佼佼者。

关于诗歌的意思，前人提出了如下各种说法：赞颂后妃之美；感叹周朝招徕贤才数量之多；感伤丈夫罹患疾病……《毛诗序》提出的"后妃之美"具体指和平岁月女人盼望生儿育女，而采摘芣苢（车前草）是为了预防难产，说明女人对生产的重视。

其实，女人为了生产、用采摘车前草表现周朝人才易得、

19

为了给丈夫治病采摘车前草之类情节，跟诗歌本身没有太大关系，对今天的读者而言，它们一点儿也不重要。今天的读者，领悟、感受诗意的美好是头等大事。

前人已经指出，诗意最美好之处是表现的是快乐的心情与氛围。但全诗没有出现一个"乐"字。诗中有景，有人，人有采、有、掇、捋、袺、襭六种动作，组成一幅众多女子在原野上，一边采摘一边唱歌的动人画面。画中女子举止从容，神态优雅。这很容易令我们联想起意大利著名画家达·芬奇的名画《蒙娜丽莎》。这幅画画的是面呈微笑的蒙娜丽莎，据说画家给她作画时她正身处孕期，双手交叉，轻轻搭在因为怀孕已经微微隆起的腹部，脸上闪耀的是母性慈爱与幸福的光辉。可见，无论东方、西方，人性、审美都是相通的。

即使不把女子采摘芣苢联系到女人为了生育孩子做准备，而把阅读的注意力集中在采摘芣苢这项劳动本身，这首诗也非常美妙。正如余冠英先生所说的："设想夏天芣苢结子的时候，山谷里或原野上到处是采芣苢的妇女，到处响着歌声，是怎样的一种光景。"清人方玉润《诗经原始》也有很生动的阐释："读者试平心静气，涵泳此诗，恍听田家妇女，三三五五，于平原旷野，风和日丽中群歌互答，余音袅袅，若远若近，忽断忽续，不知其情之何以移，而神之何以旷。"

历代有多位学者称赞这首诗为"天下之至文"，即天下最好的文字作品，从诗歌语言、句式使用的大胆创新角度看，并非虚誉，它当之无愧！

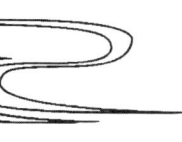

《诗经·蒹葭》：
谜一样的诗

诗歌的主要价值在情感、情绪的表现与抒发上，不以真实、准确为追求目标。通俗地讲，诗歌可以像迷宫一样，让读者迷失方向。有如陶渊明所说的"此中有真意，欲辨已忘言"。在这方面，《诗经·秦风·蒹葭》堪称典型。

蒹葭苍苍，白露为霜。
所谓伊人，在水一方。
溯洄从之，道阻且长。
溯游从之，宛在水中央。

蒹葭萋萋，白露未晞。
所谓伊人，在水之湄。
溯洄从之，道阻且跻。
溯游从之，宛在水中坻。

蒹葭采采，白露未已。
所谓伊人，在水之涘。
溯洄从之，道阻且右。
溯游从之，宛在水中沚。

——《诗经·秦风·蒹葭》

诗的主旨，历来众说纷纭。大致可以归纳为如下五类：
一、讽刺秦襄公不能遵循周礼以巩固他的国家，《毛诗序》、郑玄笺注持此观点。

二、惋惜秦襄公有意招徕隐士而不可得，姚际恒《诗经通论》、方玉润《诗经原始》如是说。

三、想念一个人却无法与之会面时的感慨，陈子展《诗三百解题》这样认为。

四、不少人认为这是一首情歌，表现追求意中人而不得的惆怅与苦闷。

五、有人认为并不表达具体的内容，只是表现一种无果无望的追求过程与惆怅。

种种说法，各有逻辑、情理可讲。但我不太认同陈子展先生的观点，他认为这首诗的主人公是"想见一个人"的人。但是，此诗写的是知周礼的故都遗老、思宗周念故主的西周旧臣、秦国的贤人隐士、诗人的一个朋友或者诗人自己是贤人隐士，都有可能，独独把它理解为爱情诗（诗人思念自己的爱人）是简单化，庸俗化。

爱情是世上最复杂、最美好的感情，怎么能简单化、庸俗化呢！

这首诗，在《秦风》中显得相当特别。《秦风》共十首诗歌，其他九首的内容以君国大事为主，以激昂粗豪见长。《蒹葭》如此缠绵凄婉，更像是《郑风》《卫风》中的作品。清代学者方玉润在《诗经原始》中说这首诗在《秦风》中"气味绝不相类。以好战乐斗之邦，忽遇高超远举之作，可谓鹤立鸡群，翛然自异者矣"。

让我们来仔细看一看，《蒹葭》这首诗提供了哪些信息。

诗分三章，每章八句，包括四项内容。

三章构成回旋曲式，每章句式相同，关键字眼不同。关键字眼的不同，可以理解为情节的变化。因此，比较每章二、四、六、八句的最后一个字、词，就可以看出变化：

为霜、未晞、未已：早晨、日未出、日出之初。

方、湄、涘：都是水边，有自远而近的不同。

长、跻、右：远、上坡、绕，道路的困难情况不同。

央、坻、沚：都是水中，有由模糊变清晰的差异。

前面所说信息，一纵一横，交织成如下信息图谱：

在秋天的早晨，即将日出到日出之初（霜变露水，露水在减少）这一段短短的时间里；目标出现在水流的那边，是旁边，不，紧挨着流水；逆流而上去追逐目标，道路又远，又上坡，又弯弯绕；顺流而下去追逐目标，目标出现在水流的中央水面上，脚下是个小沙洲，不对，是一片沙滩。

这样的信息，实际上只有时间、地点（环境）、大致的情节等，相当抽象。至少容许读者做如下选择：

现实的故事；

梦幻的故事，即梦境；

象征的故事。

"现实的故事"，又可以分为：

情感类故事，包括爱情、亲情、友情等；

非情感类故事，包括理想、事业、一次真实的经历、游戏等（比如迷宫、捉迷藏）。

所有读者能够取得共识的大概只有两点：追求但得不到（或难以得到）的情节，缠绵凄婉的风格。

在前面所说诸多可能性中，男女爱情大概是多数人最乐于接受的一种。如果把这首诗理解为男女爱情，那么《诗经》把《周南·关雎》排在第一首，说明《诗经》的编选者是非常重视男女情爱的。

诗歌以《蒹葭》为题，其实是取开篇两个字作为诗题，等于无题诗。这令人想起唐代写无题诗的大师李商隐。李商隐的无题诗都是爱情诗，他的爱情诗基本上都写得很朦胧。李商隐之所以用无题的方式、朦胧的手法写爱情诗，可能是因为他的爱人身份特殊（有尼姑、宫女等说法），需要保密。《蒹葭》可能也有同样的原因。

遇到自己读不明白的诗歌，很多人有"打破砂锅问到底"的执着。百思不得其解的过程是一种心理折磨，但往往有个意外的结果，人们牢牢地记住了这首诗："蒹葭苍苍，白露为霜。所谓伊人，在水一方……"

在水一方的伊人，美若天仙。虽对此似懂非懂，但已经是一种无比美好的阅读体验了！

汉乐府《长歌行》：
汉代民歌中的《光阴的故事》

"春天的花开秋天的风以及冬天的落阳，忧郁的青春年少的我曾经无知的这么想……"这是台湾著名音乐家罗大佑先生创作并演唱过的《光阴的故事》，相信很多60后、70后甚至80后都耳熟能详。其实，光阴、青春是人类生命永恒的主题，古往今来，表现这一主题的诗歌，车载斗量，太多了！

汉代就有一首非常有名的"光阴的故事"——《长歌行》。诗是这样写的：

> 青青园中葵，朝露待日晞。
> 阳春布德泽，万物生光辉。
> 常恐秋节至，焜黄华叶衰。
> 百川东到海，何时复西归？
> 少壮不努力，老大徒伤悲！
>
> ——汉·佚名《长歌行》

品读这一首汉代"光阴的故事"，青少年会被眼前的春光所陶醉，同时心生奋发之情；中老年会为目睹秋景感慨系之，几许惆怅、几许懊悔。两千年前的乐府旋律虽然早已失传，但古今读者的情绪应该是相通的。

不难想象，老少咸宜的《长歌行》古时候的曲调应该是婉转的，优美中带有伤感色彩。这种风格的诗歌，深受人们的欢迎。汉代以后很多诗人都曾经以此为题吟咏过，其中包括晋代的陆机、谢灵运，唐代的李白、王昌龄。

这首《长歌行》当然是一首好诗。那么，它究竟好在哪里呢？

绿油油的园中植物，清晨叶片上挂着露珠，晶莹剔透，是美；春天里因为阳光明媚，枝叶无不生机蓬勃，放出光芒，是美。但是，世间一切美好的事物都不坚牢：露珠会被阳光蒸发；绿叶到了秋天会枯黄，飘落。更可悲的是，比起一岁一枯荣的草木，人类的生命过程犹如东流入海的江河，一去不复返。花有重开日，人无再少年。

一般认为，这首诗的好处在于最后的劝诫：少壮不努力，老大徒伤悲！

两句劝诫，语重心长，言简意赅，容易记住。的确好，有用。任何地方，任何时代，年长者都可以引用这两句诗，告诫子弟，勉励晚辈。

而我认为，作为一首诗，它的真正好处在于让读者学会静心细心观察、感悟有生命的事物自早至晚、自春至秋、从少壮到老大的衰变过程，从而对自己的人生态度做出抉择。

如果只是简单的劝诫，不过是一种说教，缺少美感。而观察、感悟的过程是美好的，尽管不免带着几分感伤。也许，感伤的美才是最动人的！

汉乐府《江南》：

采莲与观鱼，童趣不分年龄

江南地区，盛夏时节，荷叶繁密，鱼儿在荷叶下的水中游来游去，显然是一种有趣的景致。但是，相同的句式、相似的词语，似乎有点啰嗦，那么下面这首诗究竟好在哪里呢？

　　　　　　江南可采莲，

　　　　　　莲叶何田田。

　　　　　　鱼戏莲叶间：

　　　　　　鱼戏莲叶东，

　　　　　　鱼戏莲叶西；

　　　　　　鱼戏莲叶南，

　　　　　　鱼戏莲叶北。

　　　　　　　　　　——汉·佚名《江南》

　　关于诗歌的内容，文学史家有种种说法：歌唱劳动人民，讽刺统治者荒淫无聊的生活，等等。这些说法都不免有上纲上线的嫌疑。

　　荷塘莲叶间，可以因人而异，发生种种有趣的事情：耽于享乐的帝王可以带着艳丽妖媚的宫女们在那里划船嬉戏，饮酒作乐；风流倜傥的公子哥们，可以携妓泛舟、听曲观舞；情窦初开的民间少女，可以在荷叶的掩护下，由"莲"谐音"怜"，悄悄思念她的心上人……

　　这一首诗，是描写劳动者所见的富有趣味的情景，表现劳动者悠闲、轻松、快乐的心情。诗中并没有出现人物形象，有的只是人的心情。

诗的好处，清代著名学者陈祚明有"文情恣肆，写鱼飘忽"（《采菽堂古诗选》）的评语。这哪里是写鱼，分明是写人的双眸、写人的心情！人的双眸如同舞台的追光灯，一直追随着水中的游鱼，在莲叶间游弋；诗人的心情，有如莲叶间倏来忽往的游鱼，轻快、惬意。

读这首诗，很容易令人联想起庄子跟惠子游濠梁时的一番对话。庄子说，鱼儿游动从容，是很快乐的。惠子说，您不是鱼，怎么知道鱼儿是快乐的？庄子反问，您不是我，怎么知道我不知道鱼儿是快乐的？快乐的究竟是鱼儿，还是观鱼的人？其实何妨认为鱼儿和人都是快乐的呢？

有人不能欣赏相同句式、相似词语的简单重复的诗歌，认为有点啰嗦。这可能跟上古诗歌的音乐曲式或者演唱方式有关系，也可能是一种语言艺术：方位处所无遗漏的表述，表示诗人心情愉悦，有足够的耐心欣赏眼前之景。这种心情和耐心，在"不如意事常八九"的成人世界难得一见，但在儿童世界却是寻常之事。换句话说，这是一种童趣。

古往今来，童心不变，诗歌中的这种语言艺术便相沿成习。

甲骨卜辞：癸卯卜，今日雨。其自西来雨？其自东来雨？其自北来雨？其自南来雨？

《诗经·小雅·南山有台》：南山有台，北山有莱……南山有桑，北山有杨。

《木兰辞》：东市买骏马，西市买鞍鞯，南市买辔头，北市买长鞭。

杜甫《杜鹃》：西川有杜鹃，东川无杜鹃。涪万无杜鹃，云安有杜鹃。

诗意，并非只有远方才有。在熙熙攘攘的大千世界，在常怀千岁忧的百年人生中，抽点儿时间，安坐荷塘水边，观看莲叶间的鱼儿在水里游来游去，陶醉在《江南》的诗意里，何尝不是一种诗情画意！

汉乐府《陌上桑》：人生如戏，诗歌如剧

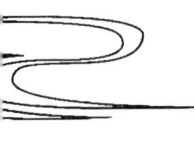

日出东南隅，照我秦氏楼。秦氏有好女，自名为罗敷。罗敷喜蚕桑，采桑城南隅。青丝为笼系，桂枝为笼钩。头上倭堕髻，耳中明月珠。缃绮为下裙，紫绮为上襦。行者见罗敷，下担捋髭须；少年见罗敷，脱帽著帩头。耕者忘其犁，锄者忘其锄。来归相怨怒，但坐观罗敷。

　　使君从南来，五马立踟蹰。使君遣吏往，问是谁家姝？秦氏有好女，自名为罗敷。罗敷年几何？二十尚不足，十五颇有余。使君谢罗敷："宁可共载不？"

　　罗敷前致辞："使君一何愚！使君自有妇，罗敷自有夫。"东方千余骑，夫婿居上头。何用识夫婿？白马从骊驹；青丝系马尾，黄金络马头；腰中鹿卢剑，可值千万余。十五府小吏，二十朝大夫，三十侍中郎，四十专城居。为人洁白皙，鬑鬑颇有须。盈盈公府步，冉冉府中趋。坐中数千人，皆言夫婿殊。

　　　　　　　　　——汉·佚名《陌上桑》

　　著名学者萧涤非先生对这首无名作者的《陌上桑》有很高的评价，他把《陌上桑》在我国诗歌史上的地位比作《红楼梦》在小说史上的地位。鲁迅说《红楼梦》的价值在中国小说史上"实在是不可多得的"，"自有《红楼梦》出来以后，传统的思想和写法都打破了"。萧先生指出，《陌上桑》作者出色地塑造了美丽、勤劳、机智、勇敢的女主角秦罗敷的动人形象，思想上明显比《诗经·七月》中逆来顺受的采桑女进步。艺术上也打破了传统手法，不同于《诗经·硕人》、宋玉《神女赋》等名篇通过描写美女自身眉眼腰肢或言笑顾盼表现她们的美丽，《陌上桑》别开生面，通过服饰描写来暗示罗敷的美丽，通过旁观者不同的表情来烘托罗敷的美丽。

说《陌上桑》表现罗敷的美丽使用了侧面描写、渲染烘托等艺术手法，当然没有错，文学史教科书通常也是这么讲的。但是，我认为，换一种说法可能更加准确：《陌上桑》创造了一种全新的诗歌体裁，可以称之为戏剧诗。具体地说，《陌上桑》是一首讽刺性的喜剧诗。不同于以往诗歌的地方有：故事情节更加跌宕；矛盾冲突更加尖锐；人物突破了当事双方的格局，有了第三方、旁观者；语言更加夸张；篇幅明显加长；等等。所有这些不同，都是为了"演出"的需要。《陌上桑》有可能是为了供家庭庆贺聚会、酒楼助兴或勾栏瓦肆演唱需要创作的诗体"剧本"。女主角当然是秦罗敷，男主角是反派人物"使君"，"夫婿"是未出场的男二号，有可能是罗敷为了摆脱好色、自私太守而虚构的人物，行者、少年、耕者，则都是没有台词的群众演员。

所以，汉乐府《陌上桑》是新体诗歌，是戏剧诗。

是戏剧就有观众，就有人想要知道后续的剧情，于是有人主动续写；有人在相传的故事发生地流连徘徊，浮想联翩；有人借戏词劝诫他人，要行为自律；有人自愿代入其中人物，演出男性官员"见色起意"遭碰壁的情节。具体诗证如下：

骆宾王《帝京篇》："延年女弟双凤入，罗敷使君千骑归。

同心结缕带，连理织成衣。"讲罗敷跟她的夫君结束分居，生活在一起，相亲相爱。这是续写《陌上桑》的剧情。

岑参《敷水歌送窦渐入京》："罗敷昔时秦氏女，千载无人空处所。昔时流水至今流，万事皆逐东流去。此水东流无尽期，水声还似旧来时。"白居易《罗敷水》："野店东头花落处，一条流水号罗敷。芳魂艳骨知何处，春草茫茫墓亦无。"岑参、白居易这是把虚构的故事当了真，在传说中的故事发生地寄托思古幽情。

杜甫告诫曾多次在有女乐的楼船上招待自己的梓州李姓刺史："使君自有妇，莫学野鸳鸯。"（《数陪李梓州泛江有女乐在诸舫戏为艳曲二首赠李·其二》）这是借《陌上桑》故事告诫友人。

跟白居易同时代的诗人权德舆，有一首《敷水驿》："空见水名敷，秦楼昔事无。临风驻征骑，聊复捋髭须。"权德舆给自己派了个"行者"的群演角色，不同的是，《陌上桑》中的"行者"是挑担子的，而权德舆是骑马的。

最有意思的是，白居易在《过敷水》诗中给自己安排了并不光彩的男主角色。诗云："垂鞭欲渡罗敷水，处分鸣驺且缓驱。秦氏双蛾久冥漠，苏台五马尚踟蹰。村童店女仰头笑，今日使君真是愚！"距离汉代《陌上桑》的时代，已经过去了上千年，白居易当然知道美人早已化为尘土了。他之所以对罗敷念念不忘，对着茫茫青草发呆，傻头傻脑的样子惹得村童店女都觉得愚蠢可笑，萧涤非先生说原因只有一个：这就是《陌上桑》的艺术美以及由此而产生的艺术魅力。

实际上，白居易、刘禹锡等人的诗中屡次出现"五马""使君""罗敷"等词语，例如："使君自别罗敷面，争解回头爱白花"（白居易《和万州杨使君四绝句·白槿花》）；"使君五马且踟蹰，马上能听绝句无。每过桑间试留意，何妨后代有罗敷"（白居易《与裴华州同过敷水戏赠》）；"今朝停五马，不独为罗敷"（刘禹锡《酬喜相遇同州与乐天替代》）；"使君何处去，桑下觅罗敷"（徐铉《离歌辞五首·其二》）。可见，中晚唐时期，用罗敷指美女，"五马""使君"指刺史，也是习以为常的事。

根据白居易第二次路过敷水时写下的《过敷水》，说白居易能自黑，有娱乐精神，不惜给自己贴上风流、好色之类标签，基本上是合乎事实的。众所周知，早年家境清贫的白居易发达后过的是三妻四妾的生活。但不必太夸张、太当真。用"五马尚踟蹰""使君"指州级长官，指正担任刺史一职的诗人自己，乃是一时风尚，谈笑而已。

汉乐府《陌上桑》：

你能接受罗敷命运的大逆转吗？

养蚕女子秦罗敷清晨到城门外采桑叶，她的美貌令众多路人惊艳，纷纷驻足观望，忘记了自己该做的事，同时也引起了一位好色太守的垂涎。他打发属下向罗敷打听情况，希望罗敷能跟他回家，做他妻妾。结果，被罗敷一顿奚落。为了让太守死心，罗敷从官职、坐骑、佩剑，到相貌、气度等方面，把自己在外面做官的丈夫夸成了一朵花。

诗歌到这里戛然而止，罗敷的美丽、机智、坚贞，路人的爱美、率真、憨态，太守的好色、厚颜、尴尬，三类人物形象无不栩栩如生，呼之欲出。罗敷与太守之间的矛盾冲突也构成了一个相对完整、富有审美娱乐与教育意义的故事，是结构完整的一出戏。

但是，作为爱听故事、爱看戏的读者，很多人并不感到满足，希望能把故事接着往下讲，戏剧接着往下演。

循礼、本分的诗人可以循着罗敷的话语接着编。初唐四杰之一骆宾王就是这样的诗人，他在《帝京篇》中这样续讲罗敷后来的故事：

> 罗敷使君千骑归。
>
> 同心结缕带，连理织成衣。
>
> 春朝桂尊尊百味，秋夜兰灯灯九微。
>
> 翠幌珠帘不独映，清歌宝瑟自相依。

罗敷丈夫在外地的任职期满，奉命回到京城。从此结束两地分居生活，二人相依相偎，相亲相爱，在幸福中一起慢慢变老。

这是许多传统才子佳人戏剧故事的套路，不太有趣但符合大众的心理期盼。

浪漫、好色的诗人可以按照贪婪的人性接着往下编。例如做过多年"使君"的大诗人白居易，见到姓罗的或是乡间美女，在他心里就都是可以"共载"回家，纳为姬妾的。有诗为证："每过桑间试留意，何妨后代有罗敷"（《与裴华州同过敷水戏赠》）；"莫泛扁舟寻范蠡，且随五马觅罗敷"（《代诸妓赠送周判官》）；"罗敷敛双袂，樊姬献一杯"（《九日代罗樊二妓招舒著作》）。

除了上述两个故事发展方向，还有一个"无巧不成书"套路的故事发展方向：反派"使君"就是罗敷口中十分优秀的"夫婿"！

大诗人李白或许是这个故事的最早讲述者，他在一首旧题乐府《陌上桑》中有"妾本秦罗敷，玉颜艳名都。绿条映素手，采桑向城隅。使君且不顾，况复论秋胡"等诗句，首次把罗敷跟秋胡联系到一起。

"秋胡戏妻"的故事，见于刘向《列女传》：鲁地人秋胡，娶妻才三个月，就到外地做官去了。三年后休假回家，他妻子到郊区采桑。秋胡在郊区见到妻子，由于分别太久，二人都没有认出对方。秋胡见色起意，要送给她黄金一镒（二十两）作为聘礼，娶她回家。他妻子说："我已经有夫君了，在外地做官。我独自居住，三年以来从未受到像今天这样的侮辱。"继续采桑，不再理睬秋胡。秋胡感到惭愧，就走了。到家后问妻子在哪里，家里人告诉他在郊外采桑叶，还没有回家。等到妻子回家，发现正是之前自己调戏过的女子，夫妻双方都觉得很羞愧，妻子便跳进沂水河死了。这是一出男子的薄情好色、见异思迁直接造成美丽忠贞、性情刚烈的妻子死亡的悲剧故事。《西京杂记》、傅玄《秋胡行二首》诗和高适《秋胡行》诗都有转述。

把情节简单的《陌上桑》改编成《秋胡戏妻》这样的悲剧，不但故事更加曲折动人，思想性也更加丰富、深刻了。

只是美丽、机智、忠贞的女子秦罗敷因为遇人不淑，在如花年华赴水而死，这样的悲惨命运太让有怜香惜玉之心的我们心痛了！

曹植《七步诗》：天才作品背后的惨烈宫斗

煮豆持作羹，漉菽以为汁。

萁在釜下燃，豆在釜中泣：

本是同根生，相煎何太急？

——三国魏·曹植《七步诗》

　　这首传说七步之内作成的诗歌，一般读者可能会把注意力更多放在诗人的文思敏捷上，对诗人曹植油然产生钦佩之情。这里我们要讲一讲诗歌背后的真实故事：帝王家族，兄弟阋墙、尔虞我诈、你死我活的腥风血雨令人不寒而栗。

　　曹操共有25个儿子，跟卞氏所生的老二曹丕、老四曹植都遗传了父亲的文学才华，会写诗。其中曹植的诗写得最好。南朝著名诗人谢灵运认为，天下文才共有一石，曹植独占八斗，他自己占一斗，天下人共分一斗。"才高八斗"固然是夸张的比喻，但曹植的诗歌成就在文学史中的确占有重要的一席之地。钟嵘《诗品》将诗人分上、中、下三品，曹植名列上品，评语有"骨气奇高，词彩华茂"等。曹丕、曹操分别名列中品与下品。

　　曹植从小聪明伶俐，深得曹操的喜爱，几次想要确立他为王位继承人。曹植为人任性重情，跟曹彰、曹彪等兄弟关系和睦，社会上又爱广泛结交朋友。这些都令日后成为魏文帝的二哥曹丕心怀忌惮。曹丕即位后，随即对曹彰、曹植及其友人进行了迫害、杀戮。

　　《世说新语》记载，曹丕担心骁勇强壮的三弟任城王曹彰对自己不利，于是利用经常跟他在生母卞太后那里下围棋、吃枣子的机会，在枣蒂中下毒。曹丕本人知道哪些枣子有毒、哪些枣子没有毒，可以拣无毒的吃。曹彰不知就里，有毒没毒的都吃了。曹彰中毒后，卞太后找水想要救他。曹丕事先安排人毁坏了所有瓶罐，太后赤脚跑到水井边，找不到打水的器具，曹彰很快就毒发身亡。后来曹丕又有意害死曹植，太后哀求道："你已经杀了我的任城王，不能再害我的东阿王！"

曹彰遇害后，曹植跟白马王曹彪一起出京，返回各自封地，东阿和白马，分别在今天山东聊城市东阿县和河南安阳市滑县。他们有意同行一段路，以便倾诉多年离别之情。但曹丕派遣的监国使者禁止二人同行同宿。曹植怀着悲愤之情写下了《赠白马王彪》诗，"本图相与偕，中更不克俱。鸱枭鸣衡轭，豺狼当路衢"（其三）、"奈何念同生，一往形不归。孤魂翔故城，灵柩寄京师"（其五），为兄弟骨肉生离死别感到痛心疾首。

曹植的好友丁仪、丁廙兄弟也遭到了曹丕的杀戮。曹植自恨无力解救，作《野田黄雀行》，用比喻的方法表达内心的痛苦：把罹难的友人比作被罗网网住的黄雀，把自己比作佩剑少年，恨不能"拔剑捎罗网，黄雀得飞飞"。

曹植虽然不是直接死于曹丕的杀戮，但他回到自己的封地后，因为忧愁、绝望，身心交瘁，结果含恨离世，终年才41岁！显然，才华横溢的曹植也是间接死于曹丕的迫害。

早期的曹植诗集中并没有收录这首《七步诗》，因此有人认为它是附会之作，是后人伪托的。但是，从上述曹丕、曹植兄弟相煎的事实看，《七步诗》的产生合乎情理。另外，早在六朝人的文章中已经有关于《七步诗》的记载，例如任昉《齐竟陵文宣王行状》中有"陈思见称于七步"一句，也说明《七步诗》是曹植本人所写。

草原美景：风吹草低见牛羊

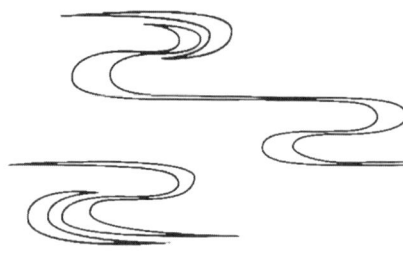

北朝民歌《敕勒歌》是这样唱的：

敕勒川，阴山下。

天似穹庐，笼盖四野。

天苍苍，野茫茫，风吹草低见牛羊。

————北朝·佚名《敕勒歌》

这首家喻户晓的诗歌，最动人的诗句应该是"风吹草低见牛羊"了。它令多少不曾到过草原的人们心驰神往！

久居或到过大草原、对放牧情况有一定了解的人，都知道这种景象其实并不常见。真正的草原，或者说最好的牧场，并不是这样的。长得比牛羊高的草，一般不是牛羊能吃、爱吃的植物。就牛而言，牧草长短可能不太计较；但羊包括山羊、绵羊、岩羊等都更喜欢啃食贴近地面的牧草，常常还会连根拔起。环保人士拒绝穿着羊绒衣服，就是因为绵羊爱啃草根，容易造成草原沙漠化。

"风吹草低见牛羊"的情景，虽然并不正常，但的确不失为一种美景。我就曾在内蒙古锡林郭勒盟的一处草原上见识过。那年夏天，雨水丰沛，草原上的植物长势格外好。不从放牧的角度立论，而以旅游者的眼光去看，无数牛羊星星点点散落在辽阔的草原上，在微风吹拂的绿草掩映下时隐时现，壮观、朦胧，还有些神秘。看惯了一望无际、万物尽收眼底的大草原风景的倦眼前，突然出现这种有遮挡的景物，饶有趣味。

草原上的男女青年喜欢在敖包旁幽会，大概也是因为敖包是草原上难得有遮掩作用的东西吧！

这首诗的美还来自一个意象：家。"天似穹庐，笼盖四野"，巧妙的比喻，一下子给了读者一个封闭空间的感觉，像一个巨大的蒙古包，安全而温馨。

读这首诗，有一件事情应该了解：它不是一首汉民族的原创诗歌，而是一首从鲜卑语诗歌翻译过来的作品。换句话说，当初它是一首"翻唱歌曲"。《敕勒歌》不是中国文学史上唯一的翻唱诗歌，比它更早的就有《越人歌》《公无渡河》等。但是，《敕勒歌》是最广为人知的翻唱诗歌之一。句子长度参差不齐，词语口语化，都是翻译留下的痕迹。形式上的与众不同，也能让读者感到新鲜有趣。

千年一遇，摄政太后的失恋诗

民间普通女子失恋，司空见惯；皇宫里嫔妃失恋，也一点都不奇怪。但是，太后失恋就比较稀罕了。太后失恋而能写成诗歌，流传社会，那更是千年一遇！

老话说得好，大千世界无奇不有。中国历史上，偏偏就发生了这么一件奇怪的事情。北魏王朝一位胡氏太后就失了一次恋，失恋之后又写了一首表现内心痛苦的诗歌。

诗是这样写的：

> 阳春二三月，杨柳齐作花。
> 春风一夜入闺闼，杨花飘荡落南家。
> 含情出户脚无力，拾得杨花泪沾臆。
> 秋去春还双燕子，愿衔杨花入窠里。
>
> ——北魏·胡太后《杨白花》

字面上，是一位闺中女子见杨花、柳絮飘飞，触动情思，有点感伤。而实际上，这背后有着一段非同寻常的历史事件。

事情是这样的：

胡太后是北魏宣武帝元恪的嫔妃、孝明帝元诩的母亲，曾两度摄政。年幼的孝明帝即位，胡太后在妹夫元叉、宦官刘腾等的支持下听政。后胡太后遭元叉、刘腾囚禁。五年后她再一次临朝摄政，杀死元叉。第二次摄政期间，她喜欢上一名叫杨白花的男子。这杨白花年轻勇猛，骑马技术十分娴熟，容貌瑰伟。用现在的话说，就是高大英俊了。

然而胡太后的爱情遇到了挫折。杨白花对跟她谈情说爱没有兴趣。可是，架不住人家是摄政太后，大权在握。人在屋檐下不得不低头，这位名叫杨白花的帅哥只能忍辱负重，做了胡太后的情人。

心中憋屈的杨白花，终于找到一个机会：他父亲，一代名将杨大眼去世。杨白花率领部属，把父亲的尸体放在马车上，一路狂奔，投南边的梁朝去了。

杨帅哥逃走后，胡太后茶饭不思、寝食难安，陷入了少女失恋般的痛苦当中，一天到晚，眼前晃悠的、脑海里冒出来的，全都是杨白花年轻矫健的身姿。照着胡太后的内心想法，恨不得派一支军队到梁朝，把杨帅哥给抢回来。可是，由于她的刚愎自用、治国无方，北魏早已内忧外患，危机四伏，在魏梁战争中，北魏军队处于下风，败多胜少。而这个时候的杨帅哥已经成了梁朝军队中的一员猛将。令她朝思暮想的杨白花，是不可能回到她身边了。

万般无奈之下，她只好把心中的痛苦宣泄为歌唱：她写了这首杂言诗，表达对杨白花的深情思念。

诗中巧妙地利用谐音双关，杨花兼指她苦苦思恋的男子。一、二两句比兴，三、四两句写二人相好和男子出逃，"春风"云云，指他们曾经有过的男欢女爱。"杨花落南家"，指杨白花投奔梁朝。五、六两句，表现诗人在男子离开后的感伤情形。最后两句，看到燕子双宿双飞的恩爱样子，触景生情，梦想着有朝一日还能跟爱人重逢，共沐爱河。

据说，胡太后作了这首题为《杨白花》的诗以后，曾让宫女们排练，表演。宫女们手挽着手，边跳边唱，歌声凄婉。

这的确是一首饱含感情的好诗，清代著名诗人兼文学评论家沈德潜称赞它"音韵缠绵，令读者忘其秽亵"（沈德潜《古诗源》）。有位当代文学史专家甚至把这首诗跟北朝民歌《敕勒歌》相提并论。

《木兰诗》 写于什么时代？

在小学生眼里，世上事物无不归于常识；而在专业人士头脑中，人间知识大多值得商榷。家喻户晓，讲述花木兰女扮男装替父从军、立功返乡故事的《木兰诗》，语文课本和文学史教科书一般都说是北朝民歌。而实际上，它的创作时间一直是有争议的。

唧唧复唧唧，木兰当户织。不闻机杼声，唯闻女叹息。问女何所思，问女何所忆，女亦无所思，女亦无所忆。昨夜见军帖，可汗大点兵。军书十二卷，卷卷有爷名。阿爷无大儿，木兰无长兄。愿为市鞍马，从此替爷征。

东市买骏马，西市买鞍鞯，南市买辔头，北市买长鞭。旦辞爷娘去，暮宿黄河边。不闻爷娘唤女声，但闻黄河流水鸣溅溅。旦辞黄河去，暮至黑山头。不闻爷娘唤女声，但闻燕山胡骑鸣啾啾。

万里赴戎机，关山度若飞。朔气传金柝，寒光照铁衣，将军百战死，壮士十年归。

归来见天子，天子坐明堂。策勋十二转，赏赐百千强。可汗问所欲，"木兰不用尚书郎，愿驰千里足，送儿还故乡"。

爷娘闻女来，出郭相扶将。阿姊闻妹来，当户理红妆。小弟闻姊来，磨刀霍霍向猪羊。开我东阁门，坐我西阁床。脱我战时袍，著我旧时裳。当窗理云鬓，对镜贴花黄。出门看火伴，火伴皆惊惶。"同行十二年，不知木兰是女郎。"

雄兔脚扑朔，雌兔眼迷离。双兔傍地走，安能辨我是雄雌？

——北朝·佚名《木兰诗》

关于《木兰诗》的创作年代，历来有汉、魏、北朝、隋、唐等说法。其中唐人所作的说法最为出人意料，比较引人注目。

成书于北宋初年的《文苑英华》和更早的《古文苑》认为《木兰诗》是唐人所作。《古文苑》有诗题作"唐人木兰诗"，《文苑英华》认为乃唐韦元甫所作。直至当代，还有学者持此主张，例如徐中舒、罗根泽都认为《木兰诗》为唐人韦元甫所作。他们的主张大致是出于对《文苑英华》和《古文苑》记载的信任。

主张汉、魏、隋等时代人所作说法的，都是个别人，而且并没有提出系统、像样的论据。

提出系统、像样的论据的是主张北朝人所作的学者。现当代学者胡适、陆侃如、萧涤非等认为《木兰诗》是北朝民歌。其中以萧涤非先生的论述最为全面、细致。萧先生在其早年写成的学术名作《汉魏六朝乐府文学史》中提出如下六条论据：

第一，南朝陈光大二年（568）写成的《古今乐录》记录了《木兰诗》的题目。这说明《木兰诗》早于公元568年问世。

第二，东晋明帝时，柔然社仑已经称可汗，北歌胡吹旧曲有《慕容可汗》，又北朝人以胡人入主中原，天子、可汗都可以称呼，而隋唐时是不能这样称呼的。这说明《木兰诗》作于隋朝以前。

第三，《木兰诗》诗句如"东市买骏马""旦辞爷娘去"之类，质朴淳厚，语有妙趣，不是齐梁以后诗人可以写得出来的。

第四，杜甫《兵车行》"耶娘妻子走相送"、《草堂》"旧犬喜我归"等诗句，明显是学习了《木兰诗》的句法。杜甫引用通行说法称其为"古乐府"，这说明《木兰诗》的创作年代大大早于杜甫时代。

第五，《木兰诗》开篇六句诗的结构，跟《鼓角横吹曲·折杨柳枝歌》几乎完全相同，可以证明它们是相同或相近时代、地区的作品。

第六，女子木兰替父从军的事情一定实有其人，否则不可能创作出如此优秀的作品。考证诗中反映出来的历史、地理情况以及女子的尚武精神与娴熟的骑射技术，可以一定程度上断言木兰是北朝人。

学术问题，当然可以继续研究。学无止境，萧先生的观点未必就是真相，只能说相对而言比较可信。

大唐诗人知音排行榜

唐朝人留下了数万首诗歌，其中精品佳作成百上千，是中华民族一笔珍贵的精神财富。掩卷深思，今天我们不但要感谢那些才华横溢的诗人，也要感谢诗人的知音们，他们各自以独特的方式支持、鼓励、激发了诗人们的创作热情。

唐诗之所以能够在文学史上大放光彩，除了因为有大批天赋卓越的诗人，还因为有许多独具慧眼慧心的诗歌知音！

TOP14：王毂的知音——市井无赖

宜春人王毂有一首题为《玉树曲》的诗，其中"君臣犹在醉乡中，面上已无陈日月"，传诵一时。王毂没有中进士的时候，一天在街上漫步，看见有同学被一群无赖围住殴打。王毂情急之下冲着无赖们大喊一声："不得无礼！我是写出'君臣犹在醉乡中，面上已无陈日月'的人！"无赖们闻言立即住手，并且纷纷向王毂谢罪后，灰溜溜地离去。

TOP13：李涉的知音——皖口强盗

李涉旅行至皖口一带时，夜遇强盗。强盗得知他是诗人李涉，只提出一个要求：题诗一首。最后强盗不但没有抢劫财物，反而赠送李涉许多牛肉、老酒！

TOP12：韩翃的知音——唐德宗

知制诰（负责起草皇帝诏书的官员）缺员，中书省两次上报候选名单，唐德宗都不画圈。中书省官员一再请求，德宗才说："与韩翃。"当时官员中有两个韩翃，宰相问是哪个韩翃。德宗批复："'春城无处不飞花'韩翃也。"诗人韩翃被破格点名为知制诰，官终中书舍人。

TOP11：王湾的知音——张说

王湾《江南意》诗中有两句："海日生残夜，江春入旧年。"张说亲手把它题写在他的宰相府政事堂墙壁上，见到爱写诗的人，便要求他们以这两句诗为楷模。

TOP10：李白、杜甫的共同知音——任华

任华和李白、杜甫是同时代人，中过进士，本人也会写诗。留下三首诗，分别写给李白、杜甫和书法家张旭，对他们三位都加以热情洋溢的歌颂，推崇备至。对李白曾千里追随，可惜没有见到面；称赞杜甫，有"曹刘俯仰惭大敌，沈谢逡巡称小儿"（《寄杜拾遗》），曹刘指曹植、刘桢，沈谢指沈约、谢灵运！

TOP9：杜甫的知音——元稹

元稹写的《唐故工部员外郎杜君墓系铭并序》，全面、高度评价杜甫诗歌艺术成就，称赞杜甫诗歌"尽得古今之体势，而兼人人之所独专"，作出了"诗人以来未有如子美者"的论断。

TOP8：项斯的知音——杨敬之

项斯是张籍的好友，诗歌风格也相近。当时皇家大学校长（国子祭酒）杨敬之特别欣赏项斯，作诗自称"平生不解藏人善，到处逢人说项斯"（《赠项斯》）。"说项"一词，由此而来。

TOP7：李白的知音——杜甫

杜甫对李白不但有"李白一斗诗百篇"（《饮中八仙歌》）、"白也诗无敌，飘然思不群"（《春日忆李白》）的高度赞扬，也有"清新庾开府，俊逸鲍参军"（《春日忆李白》）等有节制的肯定，还有"何时一樽酒，重与细论文"（《春日忆李白》）的委婉批评。李白犯谋反大罪时，杜甫写下"世人皆欲杀，吾意独怜才"（《不见》）的诗句，为李白，他敢冒天下之大不韪。

TOP6：萧颖士的知音——仆人

萧颖士是个脾气古怪、性情严苛的人，有个仆人跟了他十余年，萧颖士还动不动就用鞭子抽打他，每次抽打一百多下，仆人苦不堪言。别人都劝这位仆人离开萧颖士，另择主人。不料仆人回答说："我是可以另择主人，之所以一直没有离开，那是因为爱他的诗歌才华！"

TOP5：罗隐的知音——宰相郑畋之女

郑畋的女儿长得非常漂亮，爱读诗，喜欢罗隐的诗，读到"张华谩出如丹语，不及刘侯一纸书"（《句》）两句时，情不自已，日夜思念，恨不得嫁给罗隐，做他妻子。后来罗隐到郑府拜访，父亲让她透过珠帘看罗隐，原来是一副迂腐丑陋的模样，从此打消念头。可惜！这位红粉知音，外貌这一关没能过去。

TOP4：杜甫的知音——张籍

晚唐诗人张籍曾经拿了杜甫一卷诗作，焚烧后把灰烬拌上油脂和蜂蜜，时常用水冲饮，祈祷说："令吾肝肠从此改易。"（冯贽《云仙杂记》）

TOP3：贾岛的知音——李洞

王孙李洞，酷慕贾岛，用铜铸了贾岛像，随身携带。经常手持念珠，念"贾岛佛"，一日千遍。遇到喜欢贾岛的人，一定手抄贾岛诗作相赠，并再三嘱咐："这跟佛经一样，回家一定要焚香跪拜！"

TOP2：白居易的知音——顾况

白居易初到长安，拜谒前辈名流顾况时献上自己的作品。看见姓名，顾况不无嘲讽地说："长安百物皆贵，居大不易。"浏览白居易的作品，读到"离离原上草，一岁一枯荣"（《赋得古原草送别》）时，感叹说："有句如此，居天下亦不难！"（傅璇琮等《唐才子传校笺》）

TOP1：李白的知音——贺知章

李白第一次从成都到长安，住在名叫紫极宫的道教宫观里。贺知章闻讯，主动造访（也有说是李白拜访贺知章的）。贺知章读到《蜀道难》时，惊为谪仙人，解金龟换酒，与李白痛饮一整天！

王勃《送杜少府之任蜀川》：
阳光男孩的假象

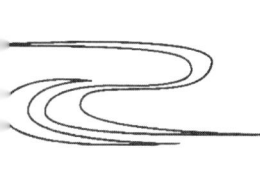

阅读古代诗词，读者的阅读范围，通常会限于诗人们的名作、代表作，通读全集的人是少之又少的。不要说二三流诗人，就是超一流诗人，通读过他们全部作品的人也不多。比如说李白、杜甫，有多少人是通读过他们全部作品的呢？这样一来就会出现一个问题：人们对古代诗人的了解往往是片面的、肤浅的。举杜甫为例，许多人一说到杜甫，头脑里浮现出来的就是《茅屋为秋风所破歌》里的诗人形象：穷困潦倒、脾气不好，整天愁眉不展、苦大仇深的，对现实不满，总在为穷人（寒士）呐喊。其实，真正的杜甫，决非只有这一副苦瓜脸的模样。相反，他是个七情六欲兼备，能幽默会戏谑，能骑马会射箭的人。他在妻子面前是多情丈夫，在儿女眼里是慈祥父亲……总之他是一个有趣的人。

王勃的诗歌，非古代文学专业人士，阅读过的通常只有几首，如《送杜少府之任蜀川》《山中》之类。最为熟悉，能够熟练背诵的，自然是《送杜少府之任蜀川》。

城阙辅三秦，风烟望五津。

与君离别意，同是宦游人。

海内存知己，天涯若比邻。

无为在歧路，儿女共沾巾。

——唐·王勃《送杜少府之任蜀川》

杜姓友人要离开长安到五津，即今天四川成都、乐山之间任职，做副县长。临别之际，这位杜姓朋友流露出了伤感情绪。王勃以乐观的态度、轻松的语言对他加以宽慰、勉励。"海内存知己，天涯若比邻。无为在歧路，儿女共沾巾"，豪迈之情溢于言表。

熟读这首诗的人，一定都在心里给少年王勃刻画了一个阳光男孩的形象。实际上，正如常言所说的：男儿有泪不轻弹，只因未到伤心处。王勃另外一位朋友，叫薛华或者薛升华，他们分别的时候，情形就完全不同了。请看：

送送多穷路，遑遑独问津。
悲凉千里道，凄断百年身。
心事同漂泊，生涯共苦辛。
无论去与住，俱是梦中人。（《别薛华》）

明月沉珠浦，秋风濯锦川。
关山临绝岸，洲渚亘长天。
旅泊成千里，栖遑共百年。
穷途惟有泪，还望独潸然。（《重别薛华》）

跟杜姓朋友分别，王勃是送的一方；跟薛华分别，王勃是行的一方。送朋友走的时候，潇洒宽慰；自己走的时候，哭哭啼啼。两次离别，构成了强烈、鲜明的反差对应。

阳历六月底七月初，是大学同窗奔赴天南海北的大型离别季，学友情、兄弟情、师生情、恋爱情，依依不舍，或遗憾、或心痛，无不令人黯然销魂。离别前后的大学生，读一读王勃的这几首诗歌，感受古今相似的悲欢离合之情，或许有助于舒缓自己心中的郁结！

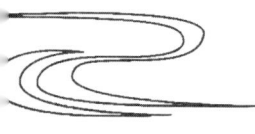

王勃《滕王阁诗》赏析

"初唐四杰"之一王勃所写的《滕王阁序》，其实是一次士林雅聚的成果——诗歌的"引子"。"引子"的名气太大了，以至于"正文"——诗歌作品，反而被人们冷落了。实际上，正文之一，王勃的《滕王阁诗》是一首非常优秀的作品。

滕王高阁临江渚，佩玉鸣鸾罢歌舞。

画栋朝飞南浦云，珠帘暮卷西山雨。

闲云潭影日悠悠，物换星移几度秋。

阁中帝子今何在，槛外长江空自流。

——唐·王勃《滕王阁》

这是一首七言古诗。诗大致分写景、抒情两个部分，每个部分两联四句。两个部分用韵不同，写景部分用上声语麌（合用）韵（渚舞雨），抒情部分用平声尤韵（悠秋流）。两个部分用韵分得很清楚，但内容上的分工并非特别清楚。前半部分固然是纯粹写景，后半部分却是有情有景，情景交融。

所写景物包括自然之景和人文之景，自然之景有：江渚、南浦、云、西山、雨等；人文之景有：滕王阁、佩玉、歌舞、画栋、珠帘等。景包括静态之景和动态之景。高阁临江是静态之景，鸣鸾、歌舞、飞云、卷雨是动态之景。动静结合，构成一幅丰富、生动的动感画面。我们有理由相信，诗歌所描写的是真实的景。也就是阎都督发起的雅集场所滕王阁的实际情形。毕竟这是一首应景应酬之作。但是，诗歌的高明之处，在于描写雄伟、热闹、华丽的场景时，不动声色地表现了诗人内心的失意、惆怅与孤独。明明是一次群贤毕至、高朋满座、热闹非凡的聚会，但诗歌给予读者的感觉，却分明是诗人独自在那里徘徊、沉吟，心事重重。

所抒之情指诗人由眼前景物的微小变化联想到人间今昔的巨大变化，时空兼顾，进而发出繁华易逝、人生苦短的悲叹。

可见，这首诗是关于生命、关于人跟宇宙存灭关系的咏叹，具有忧伤的风格。这种思想、情绪在初唐时期具有普遍性，尤其体现在生性敏感的诗人群体中。我们可以很容易地找到跟它相类似的作品，例如张若虚的《春江花月夜》、李白的《登金陵凤凰台》。

> 人生代代无穷已，江月年年望相似。
> 不知江月待何人，但见长江送流水。
> 白云一片去悠悠，青枫浦上不胜愁。
> 谁家今夜扁舟子？何处相思明月楼？
> ——摘自张若虚《春江花月夜》

> 凤凰台上凤凰游，凤去台空江自流。
> 吴宫花草埋幽径，晋代衣冠成古丘。
> ——摘自李白《登金陵凤凰台》

登高（阁、楼、台）、长江、流水、古今等景物意象，押尤韵，后出的张若虚《春江花月夜》和李白《登金陵凤凰台》，看起来都跟《滕王阁诗》十分相似，这应该不是偶然现象。

闻一多先生曾经称赞《春江花月夜》远远超越了六朝宫体诗，认为它"如梦境的晤谈，有的是强烈的宇宙意识，被宇宙意识升华过的纯洁的爱情，又由爱情辐射出来的同情心，这是诗中的诗，顶峰上的顶峰"（《唐诗杂论·宫体诗的自赎》）。

我们说，王勃《滕王阁诗》的后半首，"闲云潭影日悠悠，物换星移几度秋。阁中帝子今何在，槛外长江空自流"，可能是张若虚宇宙意识的滥觞，可能是《春江花月夜》部分诗意的灵感源头，大概不算过分吧。

虽然诗被附在序文的末尾，但从创作顺序上说，应该是先写《滕王阁诗》，再写《滕王阁序》的。事实上，后者不过是前者的骈文版、稀释版。骈文的格式和序的身份都决定了其难免会有铺垫客套、堆砌辞藻、夸张失实、渲染过度、劝百讽一之类的问题。总而言之，精华和灵魂都在诗中了。

王勃写《滕王阁序》是即席挥毫吗？

王定保《唐摭言》、辛文房《唐才子传》、宋祁等《新唐书·王勃传》等文献都生动记载了王勃写作《滕王阁序》的故事：王勃父亲福畤受王勃藏匿、杀害官奴事件的影响，被从雍州（在今天甘肃武威一带）司功参军贬为交趾（在今天越南河内一带）县令。王勃南下，前往交趾探望父亲。路过南昌时，赶上南昌阎姓都督在滕王阁大宴宾客。阎都督事先让自己女婿"孟学士"作好序文，准备在宴会上炫一把文采。但是表面上客套一番，准备了笔墨纸砚，假装让宾客作序。大家自然心领神会，口称"不敢当"，加以婉拒。不料，到王勃这里，不假思索就答应了。把阎都督给气坏了！阎都督假装起身更衣，离开现场，派遣手下官吏随时报告王勃作序进展。《唐摭言》是这样描述的："第一报云：'南昌故郡，洪都新府。'公曰：'亦是老生常谈。'又报云：'星分翼轸，地接衡庐。'公闻之，沉吟不言。又云：'落霞与孤鹜齐飞，秋水共长天一色。'公矍然而起，曰：'此真天才，当垂不朽矣！'遂亟请宴所，极欢而罢。"

不难想象，名列"初唐四杰"之首的王勃，作成这篇千古名文是当众挥毫，文不加点，一气呵成的。六岁（周岁五岁）开始会写文章的神童王勃，的确配得上这样的风光场面。

但是，认真计较起来，王勃写作《滕王阁序》并非如人们所想象的，事先毫无准备，临场提笔，然后一挥而就。

首先，这不符合王勃的作文习惯。《新唐书·王勃传》记载："勃属文，初不精思，先磨墨数升，则酣饮，引被覆面卧。及寤，援笔成篇，不易一字。时人谓勃为腹稿。"王勃作文，

71

有与众不同的习惯，要在被窝里构思，先睡上一觉。合理想象，在作《滕王阁序》以前，王勃已经打好腹稿了。滕王阁宴会应该是提前向王勃发出邀请的，按照惯例，写作《滕王阁序》之前，是众人先各自完成《滕王阁》诗。总之，王勃有打腹稿的时间。

其次，宴会、聚会吟诗之后作一篇序，这事王勃太有经验了。王勃显然十分景仰晋朝的王羲之及其《兰亭集序》，特别爱写"序"。现存王勃诗文集中，这类序文，如《入蜀纪行诗序》《三月上巳祓禊序》《山亭兴序》《梓潼南江泛舟序》《绵州北亭群公宴序》《越州秋日宴山亭序》《秋日宴洛阳序》等等，有四十余篇。可见，在写《滕王阁序》以前，王勃已经是写"序"的专家、名家了。

最后，也是最重要的，在《滕王阁序》之前，王勃已经写过一篇《秋日楚州郝司户宅饯崔使君序》，《滕王阁序》跟这篇序有不少相似的地方。例如：《滕王阁序》"人杰地灵……雄州雾列"，《秋日楚州序》"凭胜地，列雄州"；《滕王阁序》"都督阎公之雅望"，《秋日楚州序》"崔公之盛德"；《滕王阁序》"落霞与孤鹜齐飞，秋水共长天一色"，《秋日楚州序》"烟霞充耳目之玩，鱼鸟尽江湖之赏""齐天地于一指，混飞沉于一贯"。《滕王阁序》"一言均赋，四韵俱成"，《秋日楚州序》"人赋一言，俱成四韵"。说《滕王阁序》是《秋日楚州序》的套作，也许有点过分，但说《秋日楚州序》是王勃写作《滕王阁序》的一个底子，大概是没有问题的。当然，后出转精，

《滕王阁序》的艺术成就远远超过了《秋日楚州序》。

王勃写作《滕王阁序》的故事可以给我们这样的启示：世上有天才，但天才也离不开勤奋，离不开日积月累。人们往往只看到天才的发光时刻，却看不到天才的勤奋与积累的过程。

「鹜」是鸭子：王勃《滕王阁序》「落霞与孤鹜齐飞」之商榷

"初唐四杰"排名第一的王勃，虽然只活了二三十岁（一说27岁，一说35岁），但他是神童，六岁就会写诗作文了，因此短暂的一生仍然留下了若干名作，例如诗歌《送杜少府之任蜀川》《山中》，骈体散文《秋日登洪府滕王阁饯别序》，即通常所说的《滕王阁序》。《送杜少府之任蜀川》中的"海内存知己，天涯若比邻"，《滕王阁序》中的"落霞与孤鹜齐飞，秋水共长天一色"，都是知名度很高的句子。

　　相比之下，"落霞""孤鹜"两句的知名度比"海内""天涯"两句还要高些。因此，说写作《滕王阁序》时是王勃人生的高光时刻，"落霞""孤鹜"两句是王勃生平诗文中最耀眼的名句，大概不过分吧！而实际上，犹如明亮的太阳本身有黑子，"落霞与孤鹜齐飞"句子中也有一个致命的缺点，或者说"错误"！

　　还是从王勃路过南昌写作《滕王阁序》的故事说起。

　　王勃藏匿死罪官奴，因为害怕事情泄露，他又把官奴给杀了。事情暴露后，王勃本该被处死的，但遇到大赦，只受到开除公职的处罚。但王勃的父亲福畤受到连累，被从雍州司户参军贬为交趾县令。交趾县在今天越南河内一带。唐高宗上元二年，即公元675年，王勃去看望父亲。路过南昌时，赶上洪州都督阎伯屿在滕王阁中大宴宾客。作为文坛明星，王勃自然在受邀之列。

　　阎都督原本想让女婿借此机会显露一下文才，博一点诗文名声。让他事先准备了一篇文赋，届时拿出来炫耀。不知道是年少气盛，还是不知就里，王勃竟然毫不客气地接受了主人邀请作序的客套，当众挥毫作起序来："豫章故郡，洪都新府。星分翼轸，地接衡庐。襟三江而带五湖，控蛮荆而引瓯越……"坐在主人尊位上的阎都督令属下站在王勃身边，随时汇报王勃写出的句子。开头一大段，阎都督连称平常。等到王勃写出"落霞与孤鹜齐飞，秋水共长天一色"两句时，原本心里老大不痛快的阎都督，深感惊诧，大为钦佩。

虽然用的是初唐时期快要过时的骈体，临时接受的命题写作也容不得他仔细推敲，反复修改，王勃的《滕王阁序》中不免有一些客套的空话，但思想感情积极可取，文章结构合理，叙事抒情层次分明，语言流转自如，文采飞扬。总而言之，这是一篇十分精彩的骈体散文，被清人收入《古文观止》，如今被收入语文课本，可谓当之无愧。

我们所说的致命错误，出在"落霞与孤鹜齐飞"中的"鹜"字上。

人们之所以认为"落霞与孤鹜齐飞"是美景，是因为"鹜"是能飞，飞得好看的一种鸟。一般书上注释为"水鸟"，大家的想象里，这是一种善于飞翔的水鸟。假如，这"鹜"并不是一种善于飞翔的水鸟，而是一种飞不高、飞起来很难看，甚至不能飞的笨鸟，人们还会认为"落霞与孤鹜齐飞"的景象很美吗？

很不幸，"鹜"正是一种肥胖、很不善飞的笨鸟：家养的鸭子！

许慎《说文解字》鸟部："鹜，舒凫也。"又几部："舒凫，鹜也。"段玉裁引李巡："凫，野鸭名；鹜，家鸭名。"段玉裁对许慎《说文解字》提出修正意见："于凫下当云：凫，水鸟也；舒凫，鹜也。"他认为，这样做行文才算完备。那么，舒凫是什么东西呢？《左传》疏云："舒凫者，家养驯，不畏人，故飞行迟。"《春秋繁露》记载，张汤问宗庙祭祀时有人拿鹜代替凫可不可以，董仲舒回答说：凫不是鹜，鹜不是凫，用鹜充凫，名不副实，用于宗庙祭祀，是不允许的。

鹜是家养的鸭子，在唐诗中也有大量的证据。请看：

孟浩然《田园作》："冲天羡鸿鹄，争食羞鸡鹜。"鹜跟鸡并立，鸡鹜跟鸿鹄相对。

李白《送崔度还吴，度故人礼部员外国辅之子》："胡为杂凡禽，鸡鹜轻贱君。"鹜被李白称为凡禽。

韦应物《送丘员外还山》："灵芝非庭草，辽鹤委池鹜。"池鹜，池中之鹜。

李商隐《幽居冬暮》："晓鸡惊树雪，寒鹜守冰池。"跟鸡对文，困于冰池中飞不起来的家养鸭子，怎么能跟落霞齐飞呢？

即使是凫，野鸭，也不是善于飞翔的水鸟。

或许，把"鹜"字改为"鸿"或"鹄"，成为"落霞与孤鸿齐飞"或"落霞与孤鹄齐飞"，会好看一些吧！

王勃《滕王阁序》「落霞与孤鹜齐飞」背后的深意

上篇，我们根据古汉语中"鹜"为家鸭义和唐诗中"鹜"字一般跟"鸡"对应的使用情况，对王勃《滕王阁序》名句"落霞与孤鹜齐飞"中的"鹜"字提出疑问。想来，应该会有不少人持反对意见。

翻检《全唐诗》和王勃诗文集，我有两点发现。第一点是，唐诗中"孤鹜"组合一例也没有。"孤＋鸟"的词语组合，最多的是"孤鸿"，"孤雁"次之。例如："孤鸿海上来，池潢不敢顾"（张九龄《感遇·其四》）；"孤鸿既高举，燕雀在荆榛"（韦应物《寄令狐侍郎》）；"明月秋风洞庭水，孤鸿落叶一扁舟"（贾至《初至巴陵，与李十二白、裴九同泛洞庭湖三首·其一》）；"阮肠暗与孤鸿断，江水遥连别恨深"（钱起《七盘岭阻寇闻李端公先到南楚》）；"越禽唯有南枝分，目送孤鸿飞向西"（顾况《送大理张卿》）；"孤雁东飞来，寄我纹与素"（张说《代书寄薛四》）；"寒渚一孤雁，夕阳千万山"（刘长卿《秋杪江亭有作》）；"寒塘起孤雁，夜色分盐田"（刘长卿《宿怀仁县南湖，寄东海荀处士》）；"孤雁不饮啄，飞鸣声念群"（杜甫《孤雁》）。第二点是，王勃有一篇专门写凫的赋文，题目为《江曲孤凫赋》，用的词语是"孤凫"。

从那个时代诗人语言使用情况和王勃个人词语使用情况看，跟"孤＋鸟"构成聚合关系可供作者选择的有"孤鸿""孤雁""孤凫"等。王勃本人也是喜欢鸿雁的，他的诗文里也多次出现。例如《寒夜思友三首·其二》："鸿雁西南飞，如何故人别？"《蜀中九日登玄武山旅眺》："人今已厌南中苦，鸿雁那从北地来。"从骈文平仄对仗看，"孤雁"较好，"孤雁"对

"长天"，雁仄天平。如果不考虑平仄对仗，"孤凫"比较符合王勃自己习惯。

问题还不是词语对应这么简单。"落霞与孤鹜齐飞"不是纯粹写景的句子，它寄寓了王勃深刻、丰富的思想感情。我们这样说的根据就是王勃的《江曲孤凫赋》。这是一篇借景言志的短赋，大意是：凤凰、大雁之类高飞远举的鸟，都有危险存在，不定哪天就会有灾难来临。不如身处深潭的野鸭（凫），心中没有城阙之想，在偏僻的地方无拘无束、自由自在地生活，忘机绝虑，远离危害，可以"全真致远"。显然这是老庄道家避祸、养生、全身、尽天年的思想。这是王勃在屡遭挫折、政治前途迷茫时期的思想状态。说白了，这就是远离政治、国都、朝廷的江湖生活。可以理解为王勃在仕途遭到沉重打击、政治理想实现无望时抒发的感慨之情。

在这种情况下，指家鸭的"鹜"就不太合适了。家鸭随时有被豢养它的主人宰杀的可能，生命是没有保障的。

通读王勃全部诗赋，不难发现，王勃对"凫"字情有独钟。例如："凫氏鸣秋，鸡人唱晓"（《七夕赋》）；"梓州之东南，涪江之所合，有潭焉……常有孤凫，栖荡其侧，飞沉翻唳，而天性不违"（《江曲孤凫赋·序》）；"采莲归，绿水芙蓉衣，秋风起浪凫雁飞"（《采莲曲》）。大有拿凫比喻自己的意思。

结合这篇《江曲孤凫赋》，不妨推测："落霞与孤鹜齐飞"有可能是"落霞与孤凫齐飞"的"错版"或者说"无奈版"。论词义，孤凫好；论平仄，孤鹜好。王勃选择为照顾平仄，牺牲了词义。

骆宾王《咏鹅》：

神童诗的『天花板』

鹅，鹅，鹅，曲项向天歌。

白毛浮绿水，红掌拨清波。

————唐·骆宾王《咏鹅》

这是一首连牙牙学语的婴孩都能背诵的诗歌，真正的妇孺皆知。有些所谓的神童诗，小孩子能够鹦鹉学舌、摇头晃脑、一字不差地背诵出来，但不一定明白诗歌的意思。这一首却很容易懂，只要稍作解释，两三岁的孩童都能够理解意思。

骆宾王作这首诗时，只有七岁。古人称虚岁，周岁仅六岁，小豆包一只。

这是一首真正的神童诗。有些所谓的神童诗，其实是少年儿童学着成年人口吻、腔调的文字游戏，造句练习，充其量只能说是"少年儿童学写的诗"。而这首《咏鹅》不然，语言通俗易懂，诗意富有儿童趣味，成年人反而不一定写得出来。

骆宾王这首诗之所以受到人们尤其是少年儿童的喜爱，我认为其主要原因，除了通俗易懂，还有三个：

第一是生动有趣。诗中的鹅，会唱歌，会浮水，富有动感。

第二是画面美好。白色的羽毛，红色的双掌，在绿色的水面上划行。白、红、绿三色组成的画面，配上弯曲的鹅脖颈，画面清丽，造型优美。

第三，也是最重要的原因，是诗中有爱。鹅作为一种家禽，生可以圈养观赏，宰杀后可以制成一道道美食。但是，骆宾王诗里的鹅却是池水中游动的鹅，无拘无束，生命之花自由绽放。这是鹅短暂的一生中最美好的形象，最幸福的状态！

张若虚《春江花月夜》：

差一点失传的杰作

春江潮水连海平，海上明月共潮生。

滟滟随波千万里，何处春江无月明。

江流宛转绕芳甸，月照花林皆似霰。

空里流霜不觉飞，汀上白沙看不见。

江天一色无纤尘，皎皎空中孤月轮。

江畔何人初见月，江月何年初照人。

人生代代无穷已，江月年年只相似。

不知江月待何人，但见长江送流水。

白云一片去悠悠，青枫浦上不胜愁。

谁家今夜扁舟子？何处相思明月楼。

可怜楼上月徘徊，应照离人妆镜台。

玉户帘中卷不去，捣衣砧上拂还来。

此时相望不相闻，愿逐月华流照君。

鸿雁长飞光不度，鱼龙潜跃水成文。

昨夜闲潭梦落花，可怜春半不还家。

江水流春去欲尽，江潭落月复西斜。

斜月沉沉藏海雾，碣石潇湘无限路。

不知乘月几人归，落月摇情满江树。

——唐·张若虚《春江花月夜》

　　一首诗，想要流传上千年不被遗忘和散佚，不是一件容易的事情。天灾人祸、书籍保存方式、审美观念等方面的原因，都可能导致诗歌作品的被遗忘和散佚。一首好诗，得以穿越上千年的历史风雨在今天大放光彩，实在是一件非常值得庆幸的事情！

张若虚的《春江花月夜》就是一个例子。

张若虚保留至今的诗歌作品只有两首，除了这首广为人知的《春江花月夜》，还有平庸的《代答闺梦还》。不难想象，如果没有《春江花月夜》，张若虚的名字早已湮灭在历史长河中。

唐代人编辑诗歌选本，《春江花月夜》的成诗年代在芮挺章《国秀集》搜集的范围内，但是《国秀集》并未将其选录。宋代人编选唐诗，《文苑英华》《唐文粹》《唐百家诗选》《唐诗纪事》等书均未选录张若虚的作品。元代有杨士弘辑《唐音》，亦未将其收入。可见，张若虚及其《春江花月夜》在唐、宋、元三代都是默默无闻的，处于无人知晓的状态。

今天喜爱张若虚《春江花月夜》的人们，首先应该感谢的是北宋人郭茂倩（1041—1099）。他编辑的《乐府诗集》"征引浩博"，把张若虚的《春江花月夜》收录在卷四十七，属"清商曲辞·吴声歌曲"，使其免于散佚无存的命运。

因凡乐府诗皆在郭茂倩《乐府诗集》的收录范围内，而不是择优录取。故其有保存之功，无宣扬之惠。在宋、元、明人的诗话著作里，张若虚的《春江花月夜》仍然处于默默无闻的状态。诗话著作中，胡仔《苕溪渔隐丛话》前后集、魏庆之《诗人玉屑》、何文焕《历代诗话》所收由唐迄明二十余种诗话，郭绍虞《宋诗话辑佚》所收诗话三十余种，均无一字提及张若虚及其《春江花月夜》。

诗话中最早提到张若虚及其《春江花月夜》的是明万历时

胡应麟的《诗薮》。胡应麟（1551—1602）是我们应该感谢的第二个人，他给了张若虚《春江花月夜》不错的评价，"流畅婉转，出刘希夷《白头翁》上"，他让《诗薮》的读者知道有张若虚及其《春江花月夜》诗的存在。《诗薮》的读者人群，数量不少。

最早将张若虚《春江花月夜》收入诗歌选本的是明人高棅（1350—1423），他的《唐诗品汇》将张若虚《春江花月夜》收录在卷三十七，七言古诗第十三卷。高棅是我们应该感谢的第三个人。但是，有点遗憾，高棅另一本筛选较严格的《唐诗正声》中没有收张若虚的《春江花月夜》。

我们应该感谢的第四个人是明代著名文学家李攀龙（1514—1570）。李攀龙把张若虚的《春江花月夜》收录进了他编辑的《古今诗删》。《古今诗删》堪称张若虚《春江花月夜》命运的转折点，自此以后，《春江花月夜》出现在众多诗选之中，例如：万历年间臧懋循《唐诗所》，唐汝询《唐诗解》，钟惺、谭元春《唐诗归》；崇祯时周珽《删补唐诗选脉笺释会通评林》，曹学佺《石仓历代诗选》；明末陆时雍《唐诗镜》，王夫之《唐诗评选》；清初重要的唐诗选本如徐增《而庵说唐诗》，沈德潜《重订唐诗别裁集》，管世铭《读雪山房唐诗钞》。李攀龙对于张若虚《春江花月夜》的功绩，可以跟郭茂倩相互辉映。

近现代，王闿运（1833—1916）、闻一多（1899—1946）对张若虚《春江花月夜》的传播，有推波助澜之功。王闿运称赞张若虚"用《西洲》格调，孤篇横绝，竟为大家"；闻一多称赞《春江花月夜》是"诗中的诗，顶峰上的顶峰"。

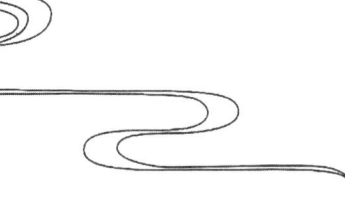

张若虚《春江花月夜》：
差一点人间消失的原因

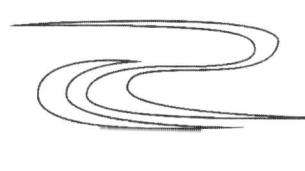

张若虚的《春江花月夜》，现在人人都知道这是一首脍炙人口的好诗。

如果不是北宋郭茂倩把它收录进《乐府诗集》，它很可能已经消失得无影无踪了；如果不是明代李攀龙把它选入《古今诗删》，它有可能还寂寞地躺在故纸堆里，不像今天这样家喻户晓。

假设没有"孤篇横绝全唐"的张若虚及其《春江花月夜》，世界将会怎样？自然还会是目前这个样。但我们的心里，会觉得遗憾、惆怅。

那么，这首诗，为什么会差一点儿就消失呢？

认真罗列起来，让一首诗失传，可以有很多原因。古代不像今天有互联网，能储存记忆，发过的微博、微信朋友圈、短视频，都可以搜索到。从前诗人随口吟出，抄写到纸上还好些，没有抄写到纸上的，转头就忘了。诗人随口吟出一首好诗，人们口口相传，传一阵子可能就烟消云散了。抄写到纸上的，最好的纸张也只能保存几百年，唐代的白纸黑字，基本保存不到今天。保存至今的诗歌，无不经过历代不断传抄、刻印。金石是保存诗文比较可靠的载体，可是诗歌极少有机会铸到青铜器皿上，刊刻到石头碑版上。即使是机缘巧合，有幸铸刻到金石上，在漫长的历史中，遭兵燹天灾，毁灭的命运也难以逃脱。

刚才说的都是物质层面的原因，影响一首诗歌存亡的因素还有精神上的原因。

前人已经指出来的有：张若虚的《春江花月夜》被跟初唐四杰捆绑在一起，如沈德潜《唐诗别裁集》称它"犹是王杨卢骆之体"，被认为是宫体诗的类型。赞赏张若虚《春江花月夜》的王闿运、闻一多都持此观点。跟初唐四杰捆绑在一起，一荣俱荣，一损俱损。许多文史学者只肯承认陈子昂对唐诗的巨大贡献，初唐四杰的成就很长时间里被低估了，张若虚《春江花月夜》的评价也好不了。以陈后主为代表的宫体诗诗人，写作内容多闺阃男女艳情，风格偏于孱弱脂粉味，向来名声欠佳。尽管闻一多先生提出了张若虚《春江花月夜》是宫体诗的"救赎"的说法，称《春江花月夜》是"诗中的诗"，但还是没能给张若虚及其《春江花月夜》提高诗坛地位。程千帆先生指出，早在隋炀帝时诗坛就已经出现了异于宫体诗的新风诗歌。张若虚《春江花月夜》继承的正是这种反对宫体诗的新风诗传统。

对张若虚《春江花月夜》之所以差点儿失传，我也有两点不成熟的意见：一是跟张若虚缺少其他有影响的作品有关，张若虚生前大概是"非著名诗人"，作品容易被忽略在情理之中；二是跟《春江花月夜》是乐府诗有关，乐府诗的写作不太回避模仿与通俗性，难以受到一般文人的青睐。比较一下张若虚的《春江花月夜》跟隋炀帝、诸葛颖、张子容等人的《春江花月夜》诗，可以看到他们之间的相似性。

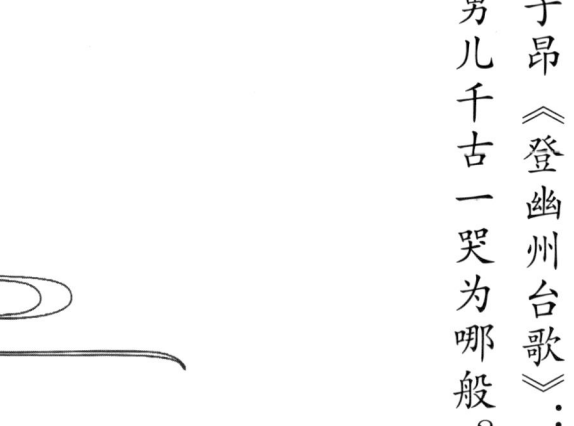

陈子昂《登幽州台歌》：好男儿千古一哭为哪般？

俗话说，男儿有泪不轻弹，只因未到伤心处。

四川射洪富豪家族子弟、初唐大诗人，登上幽州台，"独怆然而涕下"。陈子昂这千古一哭的背后，有着什么样的伤心事呢？

前不见古人，

后不见来者，

念天地之悠悠，

独怆然而涕下！

——唐·陈子昂《登幽州台歌》

登上高高的城楼，陈子昂的思绪穿越时空，古代燕昭王、郭隗这样的明君贤臣一去不复返；自己身处的时代，也没有出现那样的明君贤臣。想起天地辽阔，却没有自己的容身之所，不禁潸然泪下！

陈子昂诗文名声有多大，随手引两位唐代文人的诗句就可以了解个大概。韩愈："国朝盛文章，子昂始高蹈。"（《荐士》）白居易："杜甫陈子昂，才名括天地。"（《初授拾遗》）

但是，陈子昂并非王勃、骆宾王、王维那样的神童，早早地就成名了。他是顽童逆袭的典型。18 岁以前，陈子昂根本无心读书。因为出身富豪人家，弄性尚气，游手好闲。有一天，跟他的一班赌徒朋友到当地乡校玩耍时，突然悔悟，从此自我约束，谢绝一切游玩邀约，闭门读书。数年之间，把经史百家读了个遍。

陈子昂不是书呆子，他在政治、军事、经济等方面都很有见地，处事通达。武则天初掌朝政时，他献上一篇《大周受命颂》的文章，得到任用，先是任麟台正字，后迁右拾遗。陈子昂屡次上书议论天下大事，不怕触犯权贵。他对当时政治、经济等方面的利弊比较了解，议论益国、利民、刑狱和边境事务，多有针对性。他主张息兵，但并不反对一切战争。他主动要求从军征讨契丹叛乱。

但是，武则天并不真正了解陈子昂的才华，武攸宜、武三思等权贵又妒贤嫉能，存心贬抑。因此陈子昂一直沉寂下僚，难有作为。

以国士自许的陈子昂，满腹经略才华，满脑政治理想。公元696年跟随建安王武攸宜北征契丹，任军事参谋，来到幽州。由于受到主将武攸宜的排斥，才华无法施展，志向理想实现无望。登台之际，孤独、绝望、悲伤之情，油然而生，无法抑制。于是，他以无限悲怆的语调吟出了这首千古哭诗。

《登幽州台歌》，抒发的固然是陈子昂个人的孤独、绝望、悲伤之情。但是，我们在对陈子昂政治、文学上的杰出才华与成就有所了解之后，不得不承认，陈子昂抑郁一生、英年早逝这种"古来材大难为用"是具有一定普遍性的文士的悲剧，实际上也是中国历史的悲剧，更是人世间反复出现、普遍存在的悲剧！

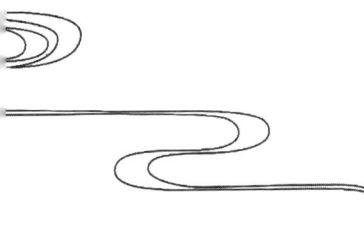

陈子昂《登幽州台歌》的艺术魅力

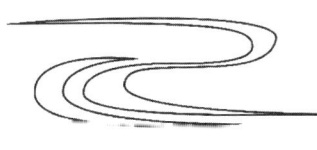

怀才不遇的人，登上山丘、楼台之类高处，极目远眺之际，想到自己没能遇到知音、伯乐，千里马被当作骡马使唤，壮志难酬，岁月虚度，于是心生迷茫与悲伤，潸然泪下。这是人之常情。清代著名学者沈德潜在《唐诗别裁集》陈子昂这首诗下说："余于登高时，每有今古茫茫之感，古人先已言之。"

相应地，登高时表现这种迷茫与悲伤的诗歌作品，文学史上屡见不鲜。远的不说，单说在唐朝时北疆幽州、蓟门一带，就不止一位诗人写出过类似作品，陈子昂本人也有多首作品表达类似的意思。

但是，那些作品都没有这一首《登幽州台歌》脍炙人口。这是为什么呢？

前人说过不少这首诗的好话。两个"不见"，眼力好；"念天地之悠悠"，胸怀博大；真有其事，不是虚构的；眼界胸襟，令人捉摸不定；说出了千古遭逢乱世英雄的共同伤悲；风格豪爽，语言浑然天成……貌似头头是道，其实都似是而非，不得要领。

这首诗的艺术魅力，主要在于语言极富张力。

具体地说，由于开篇诗句所指景物极宏大，而结束诗句所指事物极微小，从而构成倒置金字塔一般的结构形状，令人惊诧，令人震撼。"前不见古人，后不见来者"表示时间久远；"念天地之悠悠"表示空间广阔；"独怆然而涕下"表示自身渺小、无助。古今、天地对应眼泪，大与小的极致反差，触目惊心，令人心中产生无法言说的感受。

陈子昂的"倒置金字塔"诗歌结构手法，后来被杜甫、苏轼等人继承并加以发扬光大。

　　杜甫的《登高》，开篇"风急天高猿啸哀，渚清沙白鸟飞回。无边落木萧萧下，不尽长江滚滚来"，是俯瞰天地大景；结尾"艰难苦恨繁霜鬓，潦倒新停浊酒杯"，是写诗人因衰老而灰白了鬓角，以及手中小小的空酒杯，都是极轻微的东西。

　　苏轼的《念奴娇·赤壁怀古》，开篇"大江东去，浪淘尽，千古风流人物"，跟陈子昂《登幽州台歌》一样表示时间久远和空间广阔；收尾"故国神游，多情应笑我，早生华发。人生如梦，一尊还酹江月"，头发、酒樽很轻微，梦、江月很虚幻。

　　此外，《登幽州台歌》的节奏，也值得称道：前面三句，前不见、后不见、念天地，以舒声韵字"前、后、念"起首，节奏舒缓不迫；到了第四句，发音短促的入声字"独"，节奏突变，怆然涕下，情绪如同决堤的水，一泻千里，对读者有着震撼心灵的力量。

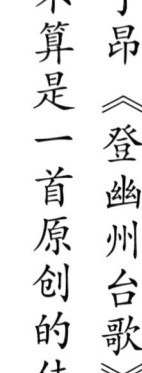

陈子昂《登幽州台歌》：
算不算是一首原创的佳作？

如今，人人都知道《登幽州台歌》是陈子昂的作品，甚至可以说是陈子昂的代表作了。

而实际上，《登幽州台歌》是不是一首诗歌作品，都有人质疑。

几年前，有文学史研究者在炮制"唐诗排行榜"时，这首诗被排除在榜单之外。据说理由有如下三点：一是唐、宋、明等朝代的唐诗选本都没有出现这首诗的身影；二是这首诗未见于《陈子昂文集》，只见于陈子昂友人卢藏用记述陈子昂生平事迹的《陈氏别传》；三是前人已经说过跟《登幽州台歌》相同的语句。

从诗歌形式看，总共只有四句，而且前两句五言，后两句六言，不像是正式作品；更为重要的是，诗意显然模仿了《楚辞·远游》中的四句：

> 惟天地之无穷兮，哀人生之长勤。
> 往者余弗及兮，来者吾不闻。

说前人已经有过跟《登幽州台歌》相同的语句，指的是孟启《本事诗》中的记载，南朝宋孝武帝刘骏有一次吟诵谢庄《月赋》，赞叹许久，对颜延之说："希逸此作，可谓前不见古人，后不见来者。"

很可能，陈子昂当时只是为了抒发心中郁闷之情，脱口而出说了这四句话，他并不认为自己"创作"了这首诗。本来，汉朝人所说的"登高能赋",其中的"赋"字,就既可以指创作,也可以指背诵前人诗句。

有文学史专家认为,这首诗是陈子昂生前好友卢藏用根据陈氏给他的一组赠诗的内容,加以概括而成,目的是"在为陈所作传中将他的孤愤悲凄作形象之叙述"。并且在陈子昂的《蓟丘览古赠卢居士藏用七首》中可一一找出跟《登幽州台歌》对应的诗句:"应龙已不见""尚想广成子,遗迹白云隈""昭王安在哉""霸图怅已矣"等对应"前不见古人";"兴亡已千载,今也则无推"对应"后不见来者";"其事虽不立,千载为伤心""伏剑诚已矣,感我涕沾衣"对应"念天地之悠悠,独怆然而涕下"。

我的意见是,非常之情,可以允许有非常之形式。对《登幽州台歌》这样的优秀作品,我们不妨持较为宽容的态度。把它看作是陈子昂对《楚辞·远游》一次非常成功的再创作;把它看作是陈子昂恰到好处地借用了南朝宋孝武帝刘骏的两句话。纵观陈子昂短暂的一生经历,结合他诗文中表现出来的志向理想,《登幽州台歌》简直就是他用生命发出的歌唱!

李峤《汾阴行》：

汉武帝《秋风辞》引出的唐代名诗

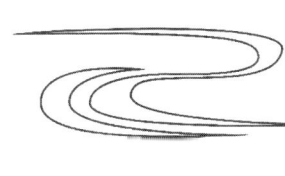

公元前 113 年秋天，汉武帝刘彻率领群臣，到河东郡汾阳县祭祀后土（土地神）。今天山西省运城市万荣县荣河镇庙前村北侧的后土祠，相传就是当年汉武帝祭祀土地神的地方。蓝天白云，秋风吹拂，鸿雁南飞。武帝君臣乘楼船在汾河中游览，奏乐宴饮。汉武帝触景生情，写下了《秋风辞》：

> 秋风起兮白云飞，草木黄落兮雁南归。
> 兰有秀兮菊有芳，怀佳人兮不能忘。
> 泛楼船兮济汾河，横中流兮扬素波。
> 箫鼓鸣兮发棹歌，欢乐极兮哀情多。
> 少壮几时兮奈老何！

这首楚风诗歌，写景、抒怀都相当出色。景是秋景，"秋风起兮白云飞，草木黄落兮雁南归"，秋风、白云、草木都是前人用过的，汉武帝增添了"雁"，雁是汾河实景，也是汉武帝的创新。"怀"是关于生命易逝的伤感。所谓佳人，其实是仙人，指得道成仙。雄才大略的汉武帝，他的理想不只是"向天再借五百年"，他要的是长生不老！

汉武帝这首伤感的诗歌，对后代的影响不小。其中唐代许多诗人都提到或引用过它。例如：

> 张九龄：应言在镐乐，不让横汾秋。（《经江宁览旧迹至玄武湖》）

宋之问：镐饮周文乐，汾歌汉武才。(《奉和圣制暇日与兄弟同游兴庆宫作应制》)

李峤：汉帝临汾水，周仙去洛滨。(《歌》)

张说：汉武横汾日，周王宴镐年。(《奉和暇日游兴庆宫作应制》)

王维：欲笑周文歌宴镐，遥轻汉武乐横汾。(《大同殿柱产玉芝龙池上有庆云神光照殿百官共睹圣恩便赐宴乐敢书即事》)

其中，写得最好的，当推李峤的《汾阴行》。诗的主要篇幅是描述汉武帝君臣在汾河楼船上的宴饮情形，倒数第十六句至倒数第九句是议论，最后八句感慨今昔世事盛衰变迁。其中针对汉武帝汾河楼船宴饮一事的，是最后两句。全诗如下：

君不见：

昔日西京全盛时，汾阴后土亲祭祠。

斋宫宿寝设储供，撞钟鸣鼓树羽旗。

汉家五叶才且雄，宾延万灵朝九戎。

柏梁赋诗高宴罢，诏书法驾幸河东。

河东太守亲扫除，奉迎至尊导銮舆。

五营夹道列容卫，三河纵观空里闾。

回旌驻跸降灵场，焚香奠醑邀百祥。

金鼎发色正焜煌，灵祇炜烨摅景光。

埋玉陈牲礼神毕，举麾上马乘舆出。

彼汾之曲嘉可游，木兰为楫桂为舟。

棹歌微吟彩鹢浮，箫鼓哀鸣白云秋。

欢娱宴洽赐群后，家家复除户牛酒。

声明动天乐无有，千秋万岁南山寿。

自从天子向秦关，玉辇金车不复还。

珠帘羽扇长寂寞，鼎湖龙髯安可攀。

千龄人事一朝空，四海为家此路穷。

豪雄意气今何在，坛场宫馆尽蒿蓬。

路逢故老长叹息，世事回环不可测。

昔时青楼对歌舞，今日黄埃聚荆棘。

山川满目泪沾衣，富贵荣华能几时。

不见只今汾水上，唯有年年秋雁飞。

　　李峤这首诗，算不得脍炙人口，叙事比较啰嗦，议论也并
不高明。但是末尾的今昔感慨，尤其是最后四句，语言质朴而
有画面感，很能打动人心。史书记载，唐玄宗李隆基曾两次听
到有人在唱这首诗，每次都情不自禁地发出赞叹："李峤真才
子也！"第一次是天宝末年，唐玄宗一次夜登勤政楼，听到伶
人在唱李峤的《汾阴行》，问高力士，是谁写的诗，高力士回
答说是李峤，唐玄宗当即赞叹道："李峤真才子也！"第二次是

长安被安史乱军攻破，唐玄宗仓皇出逃，在四川境内第二次听到有人唱李峤这首诗，跟上一次一样，他又赞叹道："李峤真才子也！"（傅璇琮等《唐才子传校笺》）李峤的这首咏史诗，两次令唐玄宗赞叹他是"真才子"，说明这首诗深深地打动了唐玄宗。这从一个侧面说明，这首诗不错！

贺知章《咏柳》：

春天的赞歌

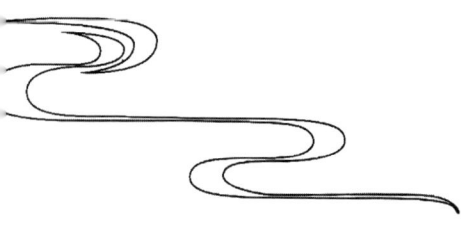

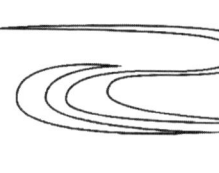

碧玉妆成一树高，万条垂下绿丝绦。

不知细叶谁裁出，二月春风似剪刀。

——唐·贺知章《咏柳》

论思想的丰富深刻，论感情的真挚动人，论语言的典雅华丽，贺知章这首只有28个字的小诗，都没有任何过人之处。这些方面比贺知章这首诗好的同类作品有很多。那么，千百年来，贺知章这首诗凭什么受到人们的喜爱呢？

这一首诗究竟好在哪里？

我认为好在如下四点：

第一点，形象美好、生动。碧玉质地，丝绦装饰，随风摇曳。这很容易令人眼前浮现窈窕淑女迎风伫立，裙裾飘飞的画面。巧妙的是，诗人并没有使用拟人的修辞手法，而只是如实描写。《唐诗鉴赏辞典》直指其为拟人手法，说杨柳化身为美人，未免言过其实，把这首诗说浅了，说俗了。大唐韵味，盛唐气象，比这更含蓄、深厚。

第二点，比喻新奇、巧妙。垂柳枝叶，本是植物自然生长的结果，这谁都知道。但诗人却把它说成是春风剪裁出来的。读者第一反应是吃惊，觉得出乎意料，但是很快会发现这个比喻是合乎情理的。

第三点，造型新颖、独特。他人写柳，是田野之柳、堤岸之柳、自然之柳，贺知章这首《咏柳》，诗中没有田野，没有江河湖泊，没有灌木杂草，柳树仿佛生长在真空中，无依无靠。细思不难发现，贺知章这首诗所描写的柳树，分明是盆栽之柳。诗人使用了缩微的手法：把自然生长的柳树当盆景来描写。单独的一棵柳树，没有任何自然景物的陪衬与点缀，所用的喻体又是没有生命的玉石。读者品读这首诗的时候，只觉其精美可爱，而忘了它可能是高大挺拔的。所有这些，都跟盆景的特征相符合。

1972年，在陕西乾陵发掘的章怀太子墓，甬道东壁绘有侍女手托盆景的壁画。这不但可以说明，盆景艺术在唐代已经出现了；而且还可以提示我们，贺知章写作《咏柳》诗的年代，李唐王朝宫廷里正流行着用盆景装饰居室环境的做法。在朝廷里做官，深得玄宗皇帝信任的贺知章，应该很容易见到盆景。吟咏之间，把盆景艺术移植到诗歌中，也是顺理成章的事情。

第四点，春天的颂歌。冬去春来，气温转暖，万物复苏，人心是欢愉的。歌颂春天，符合大众审美心理。贺知章借咏柳歌颂二月春风，赞美春天，不由让人心生欢喜！

贺知章告老还乡写《回乡偶书》时，心情是轻松愉快的吗？

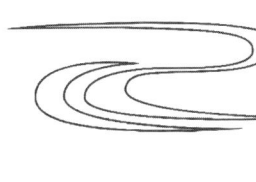

少小离家老大回，乡音无改鬓毛衰。

儿童相见不相识，笑问客从何处来。

——唐·贺知章《回乡偶书》

年轻时离开家乡，到京城读书、做官，一晃数十年。耄耋之年回到故里，土语方音依然纯正，但鬓角、头顶早已青丝变白发，乌云如荒草了。村庄里的儿童也不认得自己了，仰着小脑袋，笑嘻嘻地问：客人，您打哪儿来？

主、客身份的无奈变换，童、叟容颜的强烈反差，呈现给读者的，是一幅富有儿童趣味的乡村老少问答图。画面温馨、欢快。

根据史书记载，贺知章是一个十分有趣的人。他性格狂放、豁达、善于谈笑——用今天的话讲，是个段子手。达官贵人们都很仰慕他，喜欢跟他交往。当朝皇帝唐明皇李隆基也喜欢他常伴在自己身旁。贺知章86岁告老还乡时，李隆基还舍不得放他走！杜甫在一首题为《饮中八仙歌》的诗里，用漫画笔法刻画了开元天宝年间长安八位著名爱酒人士的饮酒故事和形象，贺知章排在第一位。杜甫是这样描写的："知章骑马似乘船，眼花落井水底眠。"醉酒坠马，掉到水井里，索性就在井里睡上一觉！可见贺知章为人是多么的放浪不羁。有一个非常有名的故事，说李白到长安跑官，贺知章跟他初次见面，读到他的《蜀道难》，惊叹李白是天上下凡的"谪仙人"，是天才。当时因为身上没带钱，贺知章便解下身上所佩、出入皇宫的身份凭证金龟向酒家赊酒，跟李白痛饮。到了晚年，贺知章性格更加狂放，自号"四明狂客"，在长安的大街小巷间任意穿行，遨游。

这样的一个人，晚年回到故乡，皇帝又赏赐给他大片土地，湖光山色，足以流连忘返；官高禄厚，衣食无忧。贺知章似乎没有理由不开心。

但是，他也有不开心的一面，有伤感的时候。

贺知章以《回乡偶书》为题目的诗共有两首，大概是同时期写的。广为流传的是这首"少小离家老大回"。另外一首因为没有童趣，流传不广。诗是这样写的：

> 离别家乡岁月多，近来人事半消磨。
> 惟有门前镜湖水，春风不改旧时波。

有如一句老话所说，"莫道世上无难事，风来浪也白头"。在生命接近终点的时候，一生狂放不羁的贺知章，也难免有惆怅、沮丧的情绪。去日无多，难免悲从中来。王羲之说得好："死生亦大矣，岂不痛哉！"敢情贺知章的潇洒不羁，有一半是装出来的！

李适之《罢相作》、张九龄《咏燕》：
被奸相李林甫『逼』出来的两首好诗

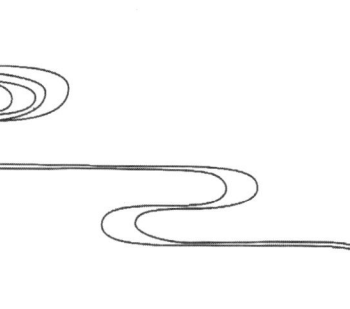

大唐是诗国，诗歌作品产生的原因，可谓千奇百怪。比如，两位名声不错的宰相，竟然在一位臭名昭著的坏蛋宰相"逼迫"下，各自写出了一首好诗。说起来，真是一件令人哭笑不得的事情。奸相得势，贤相遭贬斥，这是国家、百姓的噩梦。但是，贤相在自身受到迫害的压力下，写出好诗，惠及后代诗歌爱好者，给文学史增加了两首好作品，从这个角度想，却是一桩好事。

避贤初罢相，乐圣且衔杯。
为问门前客，今朝几个来？
——唐·李适之《罢相作》

海燕何微眇，乘春亦暂来。
岂知泥滓贱，只见玉堂开。
绣户时双入，华轩日几回。
无心与物竞，鹰隼莫相猜。
——唐·张九龄《咏燕》

李林甫，原本是一个不学无术之人。把"杕（dì）杜"（孤零零的赤棠木，比喻孤立无援）读成"杖杜"；表弟添了儿子他前去道贺称对方有"弄獐之庆"（正确说法是"弄璋之喜"）。这类没文化的笑话，他闹了不少。因为跟宦官、妃嫔交好，草拟圣旨往往能揣摩到唐玄宗李隆基的意图，仕途飞黄腾达，于开元二十四年（736）成为中书令，权倾朝野。当政期间，妒贤嫉能的事没少干。李林甫城府很深，阴险毒辣，生前已经有"口蜜腹剑"的名声，死后被《新唐书》编著者列入《奸臣传》。

李适之跟李林甫相反，他"疏直坦夷，时誉甚美"（孟棨《本事诗》），喜欢饮酒，且酒量惊人，被杜甫写进了《饮中八仙歌》，"左相日兴费万钱，饮如长鲸吸百川，衔杯乐圣称避贤"。天宝元年（742），他被任命为左丞相。

而张九龄的文才和官声更远在李适之之上。他赏识并提拔了不少有才华的诗人，例如孟浩然、王维等。他"文学精深"，代表作《感遇十二首》不但是唐诗中的佳作，在整个文学史上也有重要的影响。

为了使大家对李林甫的"口蜜腹剑"有个直观的认识，这里举一个例子：

李林甫利用李适之为人毫无心机的特点，设计陷害。故意散布消息，说华山下有金矿，开采后可以令国家富裕，但是当朝皇帝并不知道这个情况。李适之听说后，便利用上朝时间报告皇帝。李隆基听说后很高兴，转而问李林甫是否知道此事，李林甫回答说："我知道这事已经很久，只是害怕华山脚下是皇家的命根，是王气所在地，不能采矿，因此不敢说出来。"唐玄宗从此以后，有事都先跟李林甫商量，把李适之晾在一边。

李林甫跟张九龄同为宰相，因为玄宗赏识张九龄的文学才华，李林甫就对张九龄"疾之若仇"。张九龄为了缓和自己跟李林甫之间的紧张关系，写了题为《咏燕》的诗。诗歌一如他的代表作《感遇诗》，善用比喻，以通俗易懂的语言，表达了自己的态度，无意跟李林甫争权夺利。当然，最终张九龄也没能逃脱李林甫的排挤与打击。

李适之不以诗歌创作著名当世，但是他的《罢相作》却是一首可以流传千古的佳作。前两句表示自己的处境与心情，借酒浇愁。后两句，通过"门前客"数量的今昔对比，折射出人情冷暖、世态炎凉。遗憾的是，李适之写这首诗，付出的竟然是生命的代价！这首诗进一步激怒了李林甫，导致陷害升级，李适之最终被逼得服毒自尽！

张九龄的《咏燕》诗，表面咏物实则抒怀。以海燕比喻自己，以鹰隼比喻李林甫集团。诗人以示弱的姿态表现内心的失落与无奈，含蓄地表达了忠奸难以共存的意思。风格是绵里藏针，内含风骨。名臣形象，跃然纸上。

孟浩然《过故人庄》：令人身心愉悦的乡村半日游

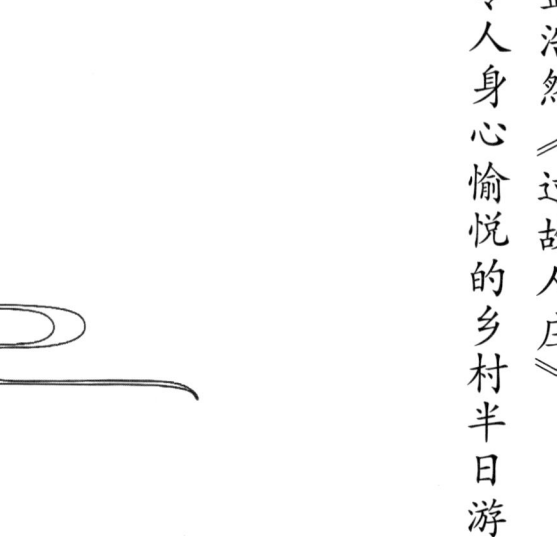

故人具鸡黍，邀我至田家。

绿树村边合，青山郭外斜。

开轩面场圃，把酒话桑麻。

待到重阳日，还来就菊花。

——唐·孟浩然《过故人庄》

久住城镇的人，偶尔到乡村走走，通常都会心情愉悦。对城里人而言，山水阡陌、鸟语花香、鸡鸣狗吠，无不新鲜有趣；农村人的热情、纯朴、简单、直接，也每每给城里人以人情纯朴、古风犹存的美好感觉。西方有谚语道：城市是人类创造的，而乡村则是上帝创造的。这有一定道理。

人们对乡村的喜爱之情，古今中外是相通的。著名音乐家贝多芬的《田园交响曲》，第一乐章就是《初到乡村时的愉快感受》。优美的旋律，很好地表现了城里人油然而生的轻松、喜悦心情。唐朝大诗人孟浩然的《过故人庄》，描写了诗人到乡村老朋友家做客的"半日游"，美景、美食、美好的氛围，诗人为之流连忘返。

诗人的轻松愉悦心情，令千百年后的读者感同身受。

诗歌构成轻松、愉悦氛围的因素有三个：一是乡村景色优美，环境舒适。村庄近景，绿树环绕；远景，村外青山横斜；借景，室内对饮，打开窗户，正面对着农家的场院和菜园，富有生活气息。二是话题单纯，趣味相投。到乡村，说庄稼种植，应景合情。三是友人殷勤，招待称意。鸡黍，泛指饭菜，并未列出菜肴名目，但显然是有菜有酒，宾主欢畅。"待到重阳日，还来就菊花"，说话人可以有友人、诗人的不同解读，但无论是谁说的，都有两情融洽、"主雅客来勤"的意思，短暂的相聚，两方面都意犹未尽。

诗中还可以读出"偷得浮生半日闲"的趣味。"把酒话桑麻"，对乡村故人而言是日常话语，对城里来的访客而言却有远离名利烦扰的意思。这半日闲，是身心两方面的悠然闲适。

轻松愉快，既是诗人的感受，也很容易引起读者的遐想、歆羡与共鸣。这样的乡村景物、这样的老友会面、这样的吃喝交谈，对常年居住在城镇中的人而言，是新鲜有趣的。对居住在乡村的人而言，是熟悉自在的；对于生长于乡村而移居于城镇的人而言，更是无尽乡愁的慰藉。

今天很多城里人利用周末或节日、假期携家带口到农村游玩，欣赏田园风光，采摘果实，品尝农家饭菜，感受新鲜有趣的田园生活。惬意之际，如果品味一番孟浩然这首名诗的意蕴，穿越时空的乡村诗意，一定会给人以锦上添花的感觉！

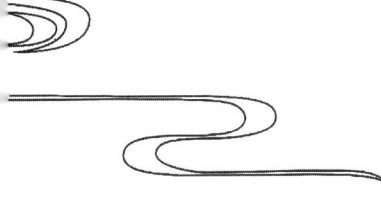

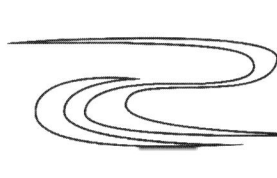

故人具鸡黍：

唐代农家饭可不止『黄焖鸡米饭』

不少人，包括个别文学研究专家，都把孟浩然《过故人庄》诗中的"故人具鸡黍"按字面意思理解，说孟浩然的老朋友炖了走地鸡、煮了小米饭招待诗人。其实，这是误读。低估了诗人老朋友的热情与慷慨，低估了唐朝农家的饭菜水平！

鸡黍，不过是古人写诗作文时沿用的一个词语，代指农家特色的饭菜。"鸡黍"不再是简单的"鸡肉＋小米"，而有了附加的感情色彩：乡野之人的纯朴热情，友人之间的真挚情谊。

《论语》记载，在孔子师生周游列国的路上，有一次子路掉队了。他遇到一位拿着手杖挑着竹制耘田农具的老人，便向老人打听，有没有见到自己老师孔子走过去。因为天色已晚，老人让子路到他家住一宿，"杀鸡为黍而食（sì）之"，炖鸡、焖小米饭给他吃。这是古书中用鸡黍招待他人的最早记载。

《后汉书》讲述了一个"鸡黍之约"或者说"鸡黍之交"的故事。山阳人范式和汝阳人张劭在太学求学时相识，成为好友。两人一起告假回家，互相约定：范式两年后返回京城途中，要到张劭家拜访；张劭则在家里准备好鸡黍酒菜，恭候范式的到访。张劭母亲不太相信儿子跟他朋友两年之后、千里之隔的约定能兑现。到了约定的日子，范式果然到了张劭家里，按照礼仪见过张劭的家人后，张家以酒食款待范式，两位好友尽欢而别。后来范式做了官，张劭得病将死。范式梦见张劭戴着黑帽子、垂着璎珞、拖着鞋子呼喊自己的名字，说他什么时间死，什么时间下葬，希望范式到时候能送他最后一程。范式醒后，悲叹哭泣，禀告太守。太守虽然不相信死别托梦的事会是真的，但还是准了范式的假。范式算好张劭下葬的日子，前往张劭家乡祭奠。不等范式赶到，张劭的葬礼已经开始。但到了墓地，准备将棺椁放入墓穴时，棺椁始终放不进去。张劭母亲手抚灵柩问儿子是不是有什么未了之事，于是暂停下葬。远远看见有素车白马，伴着哭声过来，张劭母亲边眺望边说："一定是范巨卿（范式字巨卿）！"范式到后敲着灵柩说："走吧元伯（张劭字元伯）！生死不同路，从此永别了！"当时参加葬礼的亲友上千人，都被感动得流下眼泪。范式执绋引柩，这才把棺椁放到墓穴中。范式待在墓地，直到在坟墓边上种好树木这才离去。

鸡黍之约、鸡黍之交，说的是朋友之间无论生死梦寐，都恪守约定的信用与情谊。

从此以后，鸡黍就不再特指"鸡肉＋小米"，而泛指饭食，而且附着了友情的色彩。

南朝梁范云"恨不具鸡黍，得与故人挥"（《赠张徐州谡》），唐沈佺期"相留且待鸡黍熟，夕卧深山萝月春"（《入少密溪》），唐祖咏"对酒鸡黍熟，闭门风雪时"（《归汝坟山庄留别卢象》），唐孟浩然"厨人具鸡黍，稚子摘杨梅"（《裴司士见访》），都是这种用法。而从杜甫诗中描述的几顿友人招待他的饭菜情况看，没有一顿是"黄焖鸡米饭"，也可以印证此观点。

孟浩然《春晓》……

《春晓》？还是《春晚》？

春眠不觉晓，处处闻啼鸟。

夜来风雨声，花落知多少。

——唐·孟浩然《春晓》

这首诗的题目，现在通常都作《春晓》。但孟浩然诗集最古老的版本——也是唯一的宋本——南宋蜀刻本作《春晚绝句》。《春晓》与《春晚》，哪一个对？或者说哪一个好呢？

我认为《春晚》优于《春晓》。理由主要有三条：

首先，蜀刻本基本上保持了王士源编辑的《孟浩然集》的原貌，而王士源和孟浩然是同时代的人，他编辑《孟浩然集》的时候，孟浩然去世不久，有可能了解孟浩然自定的题目。

其次，从唐诗中"春晚""春晓"两个词语的使用情况看，"春晚"比较符合诗意。"春晓"，唐诗中一般指"天拂晓"，即天刚刚开始亮的时候。例如：元稹《春晓》"半欲天明半未明，醉闻花气睡闻莺"，李中《春晓》"残烛犹存月尚明，几家帏幌梦魂惊"。而"春晚"则通常指晚春、暮春时节。例如：陈子良《春晚看群公朝还人为八韵》"游子惜春暮，策杖出蒿莱"；李益《春晚赋得余花落》"留春春竟去，春去花如此"。"春眠不觉晓"，分明是说诗人贪睡迟起，"处处闻啼鸟"，不是拂晓时分，而是天已经大亮时的情景。而落花景象，通常发生在晚春、暮春时节，至少诗歌中是这样的。

再次，诗题用"春晚"，寓意比用"春晓"深刻。"春晚"可以理解为孟浩然有人生迟暮的感叹，而"春晓"没有这一层意思。"春晚"，符合孟浩然人生经历实际情况：怀才不遇，终生未仕；"春晓"，只是描写春天某个寻常清晨的情景，没有特别的含义或象征。

有人可能会说，"春晓"是"春眠不觉晓"的缩略形式。据我所知，古汉语、现代汉语中都没有这种缩略方法。如果是截取诗句或词语作为诗题，按照惯例，应该是整个第一句或第一句中的第一个词语，叫《春眠不觉晓》或《春眠》。

可见，把这首诗的题目从《春晚》改为《春晓》，是弄巧成拙。

其实我认为，这首诗最合适的题目是《春眠》，切题，好记。后来白居易有一首诗用过这个名字，内容就是描写关于春睡晚起，安逸舒适的感觉。白居易的《春眠》诗中有如下八句："春被薄亦暖，朝窗深更闲。却忘人间事，似得枕上仙……何物呼我觉，伯劳声关关。起来妻子笑，生计春茫然。"白居易的《春眠》是不是跟孟浩然的这首诗有几分相似呢？

孟浩然《春晓》：
既是迟暮感慨，也是人生缩影

有人认为《春晓》这首诗是表现春天景致的。例如，《唐诗鉴赏辞典》说它是"通过听觉形象，由阵阵春声把人引出屋外、让人想象屋外"。我不认同这种说法，我认为，这首诗是表现诗人春睡懒起、放浪形骸的名士风度的；更是表现作者因为人生迟暮而落寞惆怅心情的。

三国时期名士嵇康，在著名的《与山巨源绝交书》中罗列了七件不堪忍受的事情，第一件就是"卧喜晚起，而当关呼之不置"，即喜欢睡懒觉却被不停催促着去上班，睡不成懒觉。孟浩然其人，可以为了跟朋友痛快饮酒，放弃他人将他举荐给朝廷的机会，显然同嵇康一样，具有个人主义、自由主义思想。

"春眠不觉晓"，其实就是睡觉睡到自然醒，是睡懒觉。"处处闻啼鸟"，说明鸟比人勤快，反衬人的懒惰随性。这两句，足以令全天下一切爱睡懒觉人士心生艳羡，发出共鸣。

民间俗话劝人早起，有"早起三日当一工""早起的鸟儿有虫吃"之类。但名士不然，名士不需要考虑谋生、养家糊口的问题。因此，他们很洒脱，只关心风花雪月。孟浩然就只关心一夜的狂风暴雨，是否摧残了树上的花朵。

有人说，春天夜短，又因风雨少睡，所以既眠而不觉晓，直到鸟鸣四起才后知后觉。"处处闻啼鸟"意味着晓与晴，含有喜晴的意思。这种说法，跟诗人的名士风度是背道而驰的。孟浩然的不觉晓，是率性自然，无意早醒；"处处闻啼鸟"也没有喜晴的意思，而是为了说明醒来时间之晚。

透过现象看本质，可以看出：名士风度不过是个幌子，诗人的内心其实是有些惆怅、落寞的。"不才明主弃，多病故人疏"（《岁暮归南山》），"坐观垂钓者，徒有羡鱼情"（《临洞庭》），从这些诗句看，孟浩然本质上是儒生，是积极入世的，是有政治理想与抱负的。他的慵懒实际上是一种无奈、一种牢骚、一种逃避。

但是孟浩然不同于杜甫，他的思想中，有相当多的老庄成分，理想抱负不会以直接、浓郁、炽热的形式表达出来。"微云淡河汉，疏雨滴梧桐"（《句》），这是孟浩然的审美风格，舒缓、散淡、悠远。

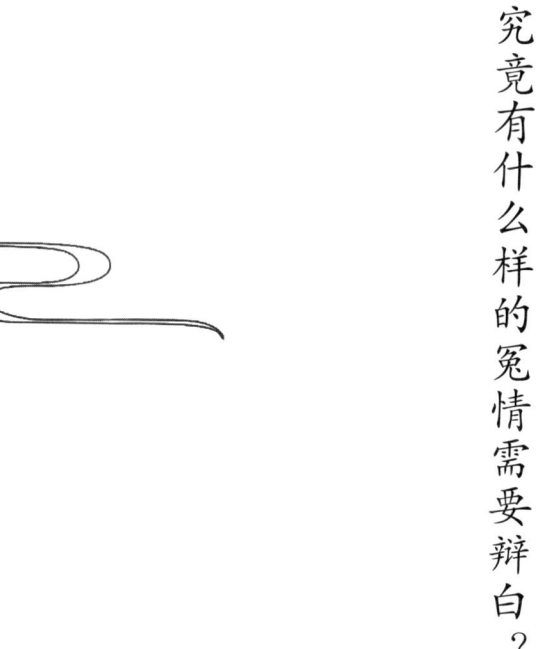

王昌龄《芙蓉楼送辛渐》：
诗人究竟有什么样的冤情需要辩白？

寒雨连江夜入吴，平明送客楚山孤。

洛阳亲友如相问，一片冰心在玉壶。

——唐·王昌龄《芙蓉楼送辛渐二首·其一》

　　诗人王昌龄跟他的好朋友辛渐在镇江芙蓉楼话别，辛渐要去当时的陪都——东都洛阳。王昌龄交代他：洛阳的亲戚朋友们如果问起自己，就告诉他们，自己是"一片冰心在玉壶"。冰心玉壶，当然是一种比喻的说法。它到底指的是什么呢？这是一个千古谜题。

　　不少学者猜测，王昌龄是借机表明自己对做官不感兴趣，已经心灰意冷了。"一片冰心在玉壶"，好像说得通。

　　但是，细品总觉欠妥。不想做官，用不着遍告亲友，直接跟有意举荐他的人讲就可以了；文献中也未见有王昌龄厌倦做官、归隐林泉、啸傲江湖的记载。

　　"一片冰心在玉壶"，更像是辩白冤情、表明心迹的意思。晋人陆机《汉高祖功臣颂》："周苛慷慨，心若怀冰。"南朝宋人鲍照《白头吟》："直如朱丝绳，清如玉壶冰。"唐代姚崇《冰壶诫·序》："内怀冰清，外涵玉润，此君子冰壶之德也。"都是指一个人品行端正，冰清玉洁。

　　《新唐书》《旧唐书》中有王昌龄"不护细行，屡见贬斥"和"不护细行，贬龙标尉"的说法，好朋友常建在一首赠诗中为王昌龄辩解："谪居未为叹，谗枉何由分"（《鄂渚招王昌龄张偾》）。欣赏王昌龄的殷璠编选的《河岳英灵集》中有王昌龄

127

"晚节不矜细行，谤议沸腾"的说法。根据上述种种记载，大致可以推断：王昌龄品行上有招人非议之处。

因为社会上有关于他的负面传闻，王昌龄希望得到亲友们的体谅和支持，于是托辛渐带话，替他美言。这样理解就合乎情理了。

王昌龄七言绝句独步一时，甚至有"诗家夫子"的称号——诗家圣人啊。盛行以诗会友的唐代，诗人是举国最耀眼的明星，王昌龄的朋友是非常多的，綦毋潜、李颀、高适、王之涣、岑参、王维、李白、刘眘虚、常建等都是他的好朋友。李白对他更是一往情深。王昌龄被贬为龙标县尉后，李白作诗说："我寄愁心与明月，随风直到夜郎西。"（《闻王昌龄左迁龙标遥有此寄》）王昌龄托辛渐带话，也有告慰众诗友的用意吧！

王翰《凉州词》：
可以醉人的西域风情

葡萄美酒夜光杯，欲饮琵琶马上催。

醉卧沙场君莫笑，古来征战几人回。

——唐·王翰《凉州词》

盛唐诗人王翰，英年早逝，但其人其诗，都令人景仰、羡慕。

王翰，籍贯是并州晋阳，也就是今天的山西省太原市。史书说他"枥多名马，家有妓乐""发言立意，自比王侯"。（刘昫等《旧唐书》）可见是口含金匙出生的人，心气也很高。

当时赏识、仰慕王翰的人很多。张说欣赏王翰的才华，当政时征召王翰担任秘书正字。杜甫《奉赠韦左丞丈二十二韵》，回忆自己少年时代游览京城，才华受到若干前辈名流的赏识，其中有"李邕求识面，王翰愿卜邻"两句。可见，王翰被杜甫视为时代标杆式名人。杜甫把自己早年受到王翰赏识，当作莫大的荣耀。

王翰的诗歌作品，保存至今的数量不多，只有 13 首。但是，佳作并不少。其中《飞燕篇》借赵飞燕讽刺唐玄宗和杨贵妃的淫佚生活，受到文学史家称道。《凉州词》则被公认为唐朝第一流的诗歌。明代学者、诗人胡应麟称它是"初唐之冠"；著名学者王世贞称赞它是"无瑕之璧"；王世懋认为，要评选唐诗七绝第一名，在王翰的"葡萄美酒"和王之涣的"黄河远上"之间；清代人宋顾乐在《唐人万首绝句选评》中称赞它"气格俱胜，盛唐绝作"。

说王翰的《凉州词》是表现饮酒作乐的诗，不会有争议。但是，在什么情况下饮酒，有不同的理解。问题出在"催"字上。至少有三种理解：催发，催饮，弹奏琵琶。

相比之下，催饮、弹奏更为合理。上阵前将士自己用夜光杯饮葡萄美酒不合情理，当时的军队也没有弹奏琵琶催促将士上前线的做法。

关于诗的情调，有不同看法。

诗的后两句，是悲伤语还是谐谑语，理解有分歧。沈德潜认为是"故作豪饮之词，然悲感已极"（《唐诗别裁集》）。施补华却说"作悲伤语读便浅，作谐谑语读便妙"（《岘佣说诗》）。

我的看法是，从阅读角度讲，两种解读各有道理，可以并存。但如果揣摩诗人本意，谐谑语说较为合理。这是盛唐诗歌，王翰又是豪迈之人，知人论世，王翰不大可能作悲伤语。

不过，从人性上说，人死不能复生，"死生亦大矣，岂不痛哉"，即使是自信满满的盛唐人，战死沙场也不是什么喜庆的事情，偶尔悲伤一下也是合乎情理的。

至于诗的主要魅力，除去表现了盛唐人特有的乐观、旷达外，还有通过"葡萄美酒""夜光杯""琵琶"等词语营造出来的浓郁的西域风情。自古以来对多数读者而言，西域风情都是典型的诗与远方，极具吸引力。

王之涣《登鹳雀楼》：黄河大景引发的积极向上精神

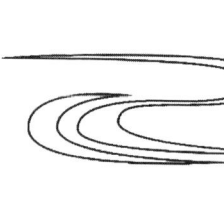

被誉为华夏民族母亲河的黄河，自西而东蜿蜒5000多公里，流域面积75万多平方公里。早在人类文明诞生之前，黄河就已经存在，浩浩东流，不舍昼夜，至今未息。无数诗人，面对黄河波涛，心生感慨，诗意大发。三千年来，关于黄河的诗篇，可谓车载斗量。但是，有一首唐人的五言绝句，像一颗璀璨的宝石，令人瞩目、一唱三叹、过目难忘。没错，我们说的就是这首《登鹳雀楼》：

> 白日依山尽，黄河入海流。
> 欲穷千里目，更上一层楼。
>
> ——唐·王之涣《登鹳雀楼》

关于这首诗的作者，历来有不同说法。唐芮挺章编选的《国秀集》中，作者为处士朱斌，题名《登楼》，最后一句是"更上一重楼"。《国秀集》收王之涣诗三首：《凉州词》两首和《宴词》一首。没有这首《登楼》诗。宋代雍熙三年（986）编成的《文苑英华》，最早将这首诗归于王之涣名下，题名《登鹳雀楼》。今人多认为是王之涣所作，但当代学者张忠纲在《全唐诗大辞典》中把作者改回朱斌。

对千百年以后的读者而言，知道诗歌创作或描写的地方，是一件有趣的事情。这可以引发穿越时空的想象，多一层亲切感。所幸，关于鹳雀楼，通过文献记载，我们可以了解它的具体所在。《清一统志》记载："山西蒲州府（今山西省永济市），鹳雀楼在府城西南城上。旧志：旧楼在郡城西南，黄河中高阜处，时有鹳雀栖其上，遂名。"沈括《梦溪笔谈》卷十五："河中府鹳雀楼三层，前瞻中条，下瞰大河。唐人留诗者甚多，唯李益、王之涣、畅诸三篇能状其景。"

鹳雀，又写作鹳鹊，大型水鸟的通称。鹳雀是候鸟，善于飞行。有细长的腿和带蹼的爪子，尖喙又长又结实，羽毛通常为白色和黑色。形似白鹤，生活在江湖池沼地带，以鱼虾为食。

唐诗中咏鹳雀楼的，除了王之涣这一首外，另外两首如下：

> 迥临飞鸟上，高出世尘间。
> 天势围平野，河流入断山。
>
> ——唐·畅诸《登鹳雀楼》

> 鹳雀楼西百尺樯，汀洲云树共茫茫，
> 汉家箫鼓空流水，魏国山河半夕阳。
> 事去千年犹恨速，愁来一日即为长。
> 风烟并起思归望，远目非春亦自伤。
>
> ——唐·李益《同崔邠登鹳雀楼》

畅诸的诗写了鹳雀楼的高峻和所见山河的壮阔，是纯粹的写景之作；李益的诗是登上鹳雀楼而产生忧时怀归的感慨，情绪伤感。王之涣《登鹳雀楼》则是典型的盛唐诗风，前半部分写景，雄伟壮阔；后半部分抒情，乐观向上。

此诗的好处，前人多有揭示。例如：

> 唐汝询《唐诗解》：日没河流之景，未足称奇；穷目之观，更在高处。
>
> 黄生《唐诗摘钞》：空阔中无所不有，故雄浑而不疏寂。
>
> 黄淑灿《唐诗笺注》：通首写其地势之高，分作两层，虚实互见。

前人所言固然各有道理，但这首诗之所以受到今人的普遍喜爱，主要原因在于"欲穷千里目，更上一层楼"两句所体现的积极进取精神，可以跟杜甫《望岳》诗"会当凌绝顶，一览众山小"相颉颃。

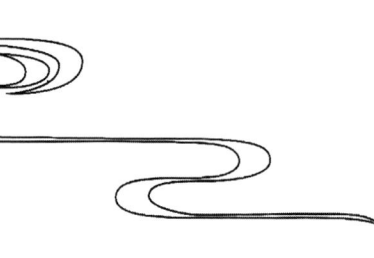

王之涣《凉州词》：
唐诗的冰山一角

黄河远上白云间，一片孤城万仞山。

羌笛何须怨杨柳，春风不度玉门关。

——唐·王之涣《凉州词二首·其一》

每次朗读或背诵王之涣《凉州词》"黄河远上白云间"这首诗时，我的思绪都会像脱缰的野马，离开诗歌本身，陷入一种怅然若失的状态：大唐得有多少优秀的诗歌作品被永远地埋没、遗忘了！

不错，唐朝是我国诗歌的巅峰时期，享有诗国的盛誉：诗歌总体水平最高，著名诗人数量最多，中国文学史上两位最伟大的诗人李白、杜甫都出自唐朝。但是，我们今天所了解的唐代诗人和诗歌作品，显然不是诗国的全貌。清康熙朝官修的唐诗总集《全唐诗》900余卷，收诗歌作品48900余首，作者2200余人。乍一看数量不小，但可以肯定，"全"字名不副实。自乾隆时期开始，市河世宁、王重民、孙望、童养年等中外学者陆续从各种文献资料中辑录出《全唐诗》漏收的作品，共计2146首，中华书局将它们合编成《全唐诗外编》。复旦大学教授陈尚君的《全唐诗补编》在他们的基础上又新增佚诗4663首。剔除《全唐诗》中误收、重出的作品，再加上1992年夏天以后陆续发现的作品，已知存世唐诗的数量达到55700多首，句3000余条。

更重要的是，存世唐人诗歌的数量，跟唐朝问世诗歌的总量还不是一个概念。唐人诗歌，作品保存情况较好的是白居易，他生前亲手整理、编辑自己毕生所作，刊印后分送几大名山寺庙收藏，以防散失。但是，像白居易这种情况，不敢说仅此一例，至少也是屈指可数的。杜甫现存诗歌有1400余首，生前有他人编辑的诗选行世，他自己也曾经编辑过，但是四十岁以前的作品，只保留了十余首，推算起来，被他自己删去的早年作品大致相当于现存作品的数量。李白现存诗歌虽然有900余首，但是，他有随写随弃的习惯，作品散失情况比较严重，诗集也不是由他自己完成编辑的，阑入诗集的伪作不少。大诗人李白作品的保存情况尚且如此，其他知名度较低的诗人，作品保存情况可想而知。

王之涣诗歌的保存情况显然比李白糟糕得多。从旗亭画壁故事看，王之涣生前，诗歌名声和成就跟王昌龄、高适相当。管中窥豹，他保存至今的《登鹳雀楼》和这一首《凉州词》也可以说明这一点。可是，收入《全唐诗》的王之涣的诗歌总共只有6首。谁能相信，王之涣一生只写过6首诗歌？

杜甫自己删去的诗歌，由于他标准高、自律严，难免会有不少高水平的作品；再者，杜甫号称"诗史"，其中一定有许多反映当时社会现实与历史事件的作品；李白散失的作品中，一定有不少优秀篇章；王之涣的作品，毫无疑问，今天所见是硕果仅存，大部分都散失了。

冰山一角的说法，或许有些夸张。但唐朝诗歌的真实数量与实际成就，比我们今天所看到的巨大、伟大得多，这是毋庸置疑的！

王之涣《凉州词》：
盛唐边塞情怀的含蓄表达

《三国演义》中东吴大都督周瑜临终时发出了"既生瑜，何生亮"的感叹。军事斗争中，第二名是没有活路的，这就是常言所说的"武无第二"。

两首以《凉州词》为题目的诗，惊艳全唐，有人称它们是唐诗中七绝的备选冠军。换句话说，冠军只能在这两首诗中产生。一首是前面已经讲过的，王翰的"葡萄美酒夜光杯"；另一首就是王之涣的"黄河远上白云间"。

有趣的是，王之涣跟王翰有不少相似的地方：两人都是并州（今山西省太原一带）人；为人都性情豪放；保存下来的作品都很少（王之涣6首，王翰13首）；都有脍炙人口、家喻户晓的作品传世。

那么，在七绝冠军之争中，王之涣的《凉州词》和王翰的《凉州词》，究竟哪一首可以胜出呢？论对西域风情刻画的细致，人物形象的生动不羁，王翰的《凉州词》略胜一筹；论对西北地区景物的描写，自然景观的苍凉旷远，王之涣的《凉州词》可圈可点。见仁见智，很难做出选择。其实，对两首《凉州词》，不妨这样看待：都是写西北地区景物风情的诗歌，王之涣的《凉州词》是远景，王翰的《凉州词》是近景；王之涣诗中词语，黄河、白云、山、杨柳、玉门关，都是自然景物，王翰诗中词语，葡萄、美酒、夜光杯、琵琶，都是人间器物。可见两首诗在写景上构成互补关系。阅读时，把它们联系起来，比较着读，会更加有趣。文艺作品的比较，不同于你死我活的军事斗争，它好比百花园，争奇斗艳，花卉数量多多益善。这就是常言所说的"文无第一"。

王之涣《凉州词》表面上描写凉州地区的偏远、荒凉，实际上另有寓意。明代著名学者、文学家杨慎指出："此诗言恩泽不及于边塞，所谓君门远于万里也。"（《升庵诗话》）意思是，地处偏远的凉州（今甘肃省武威市），在那里戍边的将士，被朝廷、国君遗忘了！

可见，诗的思想内容跟《诗经·小雅·采薇》是一脉相承的。《采薇》中有"忧心孔疚，我行不来""行道迟迟""莫知我哀"等诗句。相应地，王之涣《凉州词》的好处也是含蓄，满目征人苦情，诗句却含而不露。"羌笛何须怨杨柳，春风不度玉门关"，单看字面，简直就是实景描写，凉州地处偏远，春天远比内地中原到得迟。羌笛两句意思是，羌笛吹奏出表现离别忧伤之情的乐曲也没有用，因为这里是被人遗忘了的边塞地区。真可谓：哀而不伤，怨而不怒。

王维《九月九日忆山东兄弟》：16岁少年凭什么能写出『每逢佳节倍思亲』？

独在异乡为异客，每逢佳节倍思亲。

遥知兄弟登高处，遍插茱萸少一人。

——唐·王维《九月九日忆山东兄弟》

一个 16 岁少年，夸张点说，刚刚断奶，文雅的说法是"乳臭未干"。这个年龄，有如辛弃疾所言，"少年不识愁滋味"（《丑奴儿·书博山道中壁》）。离愁别恨为何物，是他们所不了解的。但是，王维却在这个年龄写出了"独在异乡为异客，每逢佳节倍思亲"的千古名句。王维经历了什么样的颠沛流离呢？

这首诗有一条原注："时年十七。"按照现在通行的足岁称龄法，就是 16 岁。

虽然是少年作品，但得到过许多好评，"真意所发""真得妙绝""情至意新"等等。清代著名诗人、学者沈德潜甚至把它跟《诗经·魏风》中的《陟岵》相提并论。须知，《诗经》可是古代文人心目中至高无上的神曲啊。

如果事先不了解诗歌作者的情况，我相信多数读者都会根据"每逢佳节倍思亲"这一句，猜想这诗出自一位常年羁旅异乡、饱受与家人离别之苦的诗人之手，怎么也想不到竟然出自一个未成年的书生！

王维祖籍山西祁县，出生于蒲州（今山西省永济市），即今天运城永济市。但是，这位 9 岁就懂得作诗写文章、后来又擅长草隶书法、被称为绘画宗师、精通音乐的神童，为了参加科举考试，15 岁时就离开了家乡。他现存最早的诗歌《过秦皇墓》，写于 15 岁时。18 岁时写了《洛阳女儿行》，19 岁参加京兆府考试。可见，为了参加科举考试与跟王公贵族、社会名流交往，王维 15 岁时开始游历长安、洛阳两座都城。传说王维在欣赏他的岐王李范的引荐下，结识了一位有权势、能直接影响考试结果的公主——有人说就是玉真公主。在公主的斡旋、帮助下，王维连中三元，在 20 岁左右就戴上科举考试的桂冠——状元。

15 岁离开家乡，17 岁写出《九月九日忆山东兄弟》，算起来，"佳节思亲"的滋味，王维已经品尝过两回了。因此，"每逢"二字，可算是有了一点儿切身的体验，不全是"少年不识愁滋味……为赋新词强说愁"。

王维《息夫人》：
一首诗拯救了一对夫妻的爱情

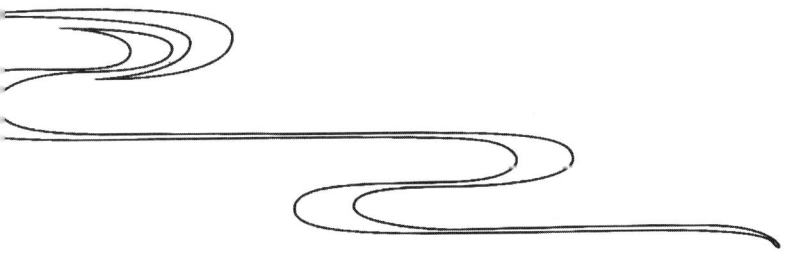

莫以今时宠，能忘旧日恩。

看花满眼泪，不共楚王言。

——唐·王维《息夫人》

俗话说，宁拆十座庙，不毁一桩婚。可见在国人心目中，婚姻对于人生多么重要，简直是神圣不可侵犯的。因此，如果有人凭借自己的文才，拯救一桩他人的婚姻，那将是一件功德无量的事情，恩同再造。

王维就在他 20 岁时，凭借他的诗歌才华，干了这么一件功德无量的事情！

事情发生在唐玄宗开元八年，公元 720 年，长安宁王李宪府中。

宁王受父皇宠爱，风光无限的时候，拥有数十位姬妾，个个色艺双绝。王府左侧有一对以制作面饼（馒头、烧饼、面条之类）售卖为生的夫妻，妻子皮肤白皙，眉目秀丽。宁王一见，眼睛就无法从她身上移开，双脚也像涂了黏胶，不能挪动半步。于是，给了她丈夫许多金钱，纳她为妾，宠爱她超过了其他姬妾。

一年后，宁王可能觉得自己已经俘获了女子的芳心，一天自信满满地问她："你还想念做饼师傅吗？"女子默不作声。宁王好奇，命人把做饼师傅叫进王府，让他们夫妻见面。女子久久地注视前夫，两眼涌出的泪水顺着脸颊往下流淌，表情悲痛。

在场的十多位宾客都是当时有名的文士，见此情景，无不为之动容。

宁王让文士们即景赋诗。王维是第一个完成诗作的，就是这一首《息夫人》。其他人看了王维的诗，没有一个敢拿出自己完成的诗作。王维的诗写得太好了，他们自愧不如。

王维的诗感动了宁王，宁王把女子还给她前夫，成就她对"前夫哥"的一往情深与忠贞志向。

王维的诗，字面上写的是春秋时期姓妫的息侯夫人的故事：息夫人在国家被楚王灭掉后，被迫成为他的侍妾并生下两个孩子，但一直没有开口说话。后来楚王问她为什么不说话，她表示，自己没能做到忠贞不二，心中愧疚，无话可说。王维借这个前代故事，委婉地替女子和她丈夫说情，希望宁王能做个君子，成人之美。

诗的好处是，既表现了女子对前夫始终不渝的感情，同时又给宁王改正夺人之爱的过错留下了足够的余地。

所幸宁王也是个聪明、爽快的性情中人，他读懂了王维诗的意思，接受了王维委婉的劝谏，放女子出王府，让她跟前夫再续前缘。

这不禁让人联想起《水浒传》中一出孽缘悲剧，武大郎、潘金莲也是以做饼（炊饼）售卖为生的夫妻，妻子也肤白貌美。只不过，两个故事的结局，一喜一悲，截然不同。

王维《送元二使安西》：
玩笑之间有深情

渭城朝雨浥轻尘，客舍青青柳色新。

劝君更尽一杯酒，西出阳关无故人。

——唐·王维《送元二使安西》

王维这首题为《送元二使安西》的诗，前人对它评价很高。明代胡应麟推它为盛唐绝句之冠；清代王士禛将它跟李白的《早发白帝城》、王昌龄的《长信怨》、王之涣的《凉州词》并列为唐代七绝的压卷之作。

众所周知，王维多才多艺，不但诗写得好，还擅长书法、绘画，音乐造诣也很高深，会作曲。史书记载，有人画了一幅《奏乐图》，王维能一眼看出画中乐工正在演奏《霓裳羽衣曲》第三叠第一拍。有人不相信，找齐了乐工来演奏，果然如王维所言。

大概是因为王维自己给这首诗谱了曲，而且曲子好听，长期被演唱、演奏着，所以也被叫作《渭城曲》或《阳关三叠》。

我相信，一般人在阅读、吟诵这首名诗和欣赏这首曲子的时候，心中都是怀着敬意的，表情肃穆。但是，我不得不指出，这首诗中其实隐藏着王维的一个玩笑。我认为，这首诗是王维一时高兴，信口吟出的游戏之作。

我这样说有两个证据：

第一个证据，诗的后两句，"劝君更尽一杯酒，西出阳关无故人"，相当诡异。

1200多年以来，似乎没有人注意到过如下情况：王维给这位姓元、家族排行老二的友人送别的地方不是阳关，是渭城，即咸阳城，在今天西安西北；而阳关远在今天甘肃敦煌市西南。渭城与阳关，两地相距三千多里！打个比方，有个朋友要从北京徒步或者骑行去广州，我在设宴给他送别时，劝他喝酒，说："再喝一杯吧，过了杭州就没有人请你喝酒了！"这叫什么话？从北京到杭州不是一路都有朋友会请他喝酒吗？正常人说话，应该是这样的：再喝一杯吧，出了北京就没有请你喝酒的熟人了！

第二个证据，格律上有疏漏。专业的说法是"失粘"了。

所谓粘，是指上联对句跟下联出句的第二个字，平仄相同，平粘平，仄粘仄。具体地说，就是第三句和第四句的第二个字应该平仄相同。但是，这首诗里，第二句第二个字"舍"字是仄声字，而第三句第二字"君"字是平声字，不相粘。这就叫失粘。

历史上有不少学者在一本正经地为王维的"失粘"辩护。

我认为，这种辩护大可不必。偶尔的疏漏，丝毫无损王维诗歌艺术的美名。

相反，如果这首诗真的是王维的游戏之作，倒是给了读者一个大大的惊喜：多才多艺的王维、连中三元的王维、因为母亲信佛终身参禅的王维、妻子早死后宁愿孤独以终老的王维，原来也有如此幽默诙谐的一面！

好朋友开得起玩笑，玩笑之间见深情。虽然我们不知道这元二是何许人，但可以肯定，他跟王维关系不错。如流星般归于寂灭的人生，由于王维的两句玩笑诗句而"名垂千古"，堪称千古佳话。元二大概也会因此感到荣幸吧。

苦心经营难遂愿，戏谑之间出佳作。这样的现象，文学史上并不少见。李白的《送孟浩然之广陵》，欧阳修的《醉翁亭记》，都属于这种情况。

王维诗歌中对前人作品的借用、化用与挪用情况

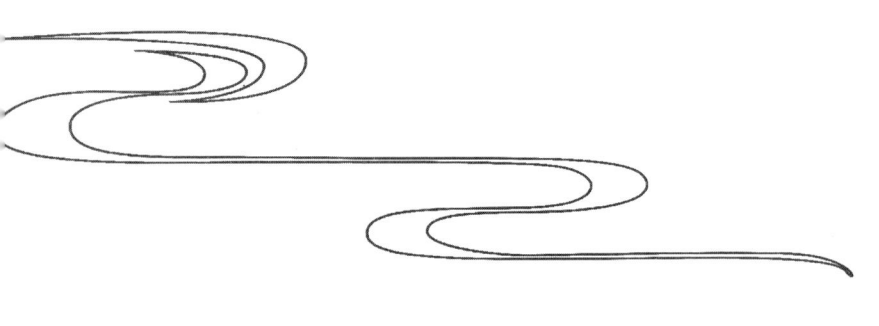

古人创作诗歌时，沿用前人用过的词语，借用前人创造的短语，化用前人发现的诗意，这些都是文学史上的常见现象。但是，沿用、借用、化用要有一定的度。越过这个度，就会影响到诗歌的艺术性，甚至涉嫌抄袭了。这个度很是微妙，不太容易把握。

在唐代优秀诗人中，王维在这个度上的把握上似乎偏于宽松。

王维的诗歌中，如下沿用、借用、化用诗句，是没有问题的，不会有人对它们提出批评意见：

王维《使至塞上》：大漠孤烟直，长河落日圆。

庾信《至老子庙应诏诗》：野戍孤烟起，春山百鸟啼。

李百药《秋晚登古城》：萧森灌木上，迢递孤烟生。

陈子昂《万州晓发放舟乘涨，还寄蜀中亲朋》：远岸孤烟出，遥峰曙日微。

王维《使至塞上》：萧关逢候骑，都护在燕然。

何逊《见征人分别》：候骑出萧关，追兵赴马邑。

王维《叹白发二首》：俯仰天地间，能为几时客？

《古诗十九首·青青陵上柏》：人生天地间，忽如远行客。

但是，对下面这些例子的评价，人们就可能见仁见智，产生分歧了：

王维《洛阳女儿行》：洛阳女儿对门居，才可颜容十五余。

梁武帝萧衍《河中之水歌》：河中之水向东流，洛阳女儿名莫愁。《东飞伯劳歌》：谁家女儿对门居，开颜发艳照里闾。

刘希夷《白头吟》：洛阳女儿惜颜色，行逢落花长叹息。

王维《少年行四首·其一》：新丰美酒斗十千，咸阳游侠多少年。

曹植《名都篇》：归来宴平乐，美酒斗十千。

王维《寄荆州张丞相》：所思竟何在？怅望深荆门。

沈约《临高台》：所思竟何在？洛阳南陌头。

王维《座上走笔赠薛璩慕容损》：希世无高节，绝迹有卑栖。

陆机《赴洛二首·其一》：希世无高符，营道无烈心。

王维《杂诗》：人见东方骑，皆言夫婿殊。

汉乐府《陌上桑》：东方千余骑，夫婿居上头……坐中数千人，皆言夫婿殊。

王维《杂诗》：持谢金吾子，烦君提玉壶。
辛延年《羽林郎》：不意金吾子，娉婷过我庐……就我求清酒，丝绳提玉壶。

王维《归嵩山作》：流水如有意，暮禽相与还。
陶渊明《饮酒·其五》：山气日夕佳，飞鸟相与还。

王维《凉州郊外游望》：女巫纷屡舞，罗袜自生尘。
曹植《洛神赋》：凌波微步，罗袜生尘。

王维《酌酒与裴迪》：酌酒与君君自宽，人情翻覆似波澜。
鲍照《拟行路难十八首·其四》：酌酒以自宽，举杯断绝歌路难。
陆机《君子行》：休咎相乘蹑，翻覆若波澜。

王维《山居秋暝》：随意春芳歇，王孙自可留。
王维《送别》：春草明年绿，王孙归不归？
《楚辞·招隐士》：王孙兮归来，山中兮不可以久留。
《楚辞·招隐士》：王孙游兮不归，春草生兮萋萋。

王维《积雨辋川庄作》：漠漠水田飞白鹭，阴阴夏木啭黄鹂。

李嘉佑：水田飞白鹭，夏木啭黄鹂。（据李肇《唐国史补》卷上）

这类情况，可能有人觉得还不错，是点石成金。也有人不以为然，觉得是照搬套用，近乎抄袭。我的意见是：无伤大雅，但不值得赞扬。杜甫有两句诗，可以借用到这里，"众人贵苟得，欲语羞雷同"。最好的诗人应该是自觉的语言艺术家，词语运用、句法组织、诗意营造都尽量体现个人修养，展现个性魅力，陈言务去，力戒俗语套话。

王维堪称唐代的一流诗人，享有"诗佛"的美名，有文学史学者甚至在著作中把他跟李白、杜甫并列，形成三足鼎立的局面。但是，在语言的创新和个性化追求上，王维是逊色于李白、杜甫的。王维的语言天赋并不在他们之下，但由于他缺少杜甫"语不惊人死不休"的精神，影响了他的诗歌成就，这是非常可惜的！

唐诗大恩人——张镐

俗话说，滴水之恩当涌泉相报。按照这个说法，喜爱唐诗的人，就都应该知道曾经有一个身居高位、没有留下任何诗歌作品的人，他于唐诗有极大的恩情，值得我们每一个喜爱唐诗的人对他心怀感激！

他的姓名叫张镐。张镐（？—764年），博州（今山东省聊城市）人。《旧唐书》说他"风仪魁岸，廓落有大志，涉猎经史，好谈王霸大略"。杜甫《洗兵马》诗这样刻画他的形象风采："张公一生江海客，身长九尺须眉苍。"张镐起家，始于大奸臣杨国忠的举荐，使他从一介布衣一下子被任命为左拾遗。接下来的火箭式升迁，主要跟安史乱军攻破长安、玄宗逃往成都时他一路徒步扈从有关，护驾有功。太子李亨在凤翔（今陕西省宝鸡市凤翔区）登基后，张镐受玄宗派遣，前往凤翔辅佐肃宗李亨。张镐兼有文武之才，所上奏章，对当时朝廷多有显著好处。肃宗即位的第二年，公元757年，他就从谏议大夫升为中书侍郎、同中书门下平章事。入仕三年，官至宰相，张镐大概是古今官场中升职最快的人之一了！居相位期间，张镐统率各路大军先后收复长安、洛阳两座都城和河南、河东各郡县，为李唐王朝在与安史叛军的较量中转败为胜，立下了赫赫功勋。

当然，我们说他于唐诗有恩情，不是指他军政方面的功劳，而是指他在处理繁忙的军政事务的同时，还为大唐三位超一流诗人办了三件大事！

第一件事是他间接替王昌龄报了仇。王昌龄任龙标县尉期间，因为告假省亲而误了归期，被顶头上司濠州刺史闾丘晓杀害。后来，闾丘晓没有执行张镐让他驰援宋州（治所睢阳城，在今天河南省商丘市睢阳区）张巡的命令，导致宋州陷落，名将张巡战死。张镐大怒，下令杖杀闾丘晓，闾丘晓以自己有年老亲人需要赡养为由请求留他一命，张镐说："王昌龄的亲人，谁替他赡养?"

第二件事是他可能帮助过李白。李白应江淮兵马都督永王李璘的再三邀请，做了他的幕僚。李璘起兵谋反，兵败被诛，李白处境很糟，"世人皆欲杀"。有人言之凿凿，说李白之所以没有被判死刑并于两年后遇赦获释，跟张镐有关系。我们没有看到相关文献记载，只知道李白被关进浔阳监狱后，曾经向崔涣、宋若思等人投诗求助，宋若思一度把他从监狱中放出来，让他在自己幕府中担任参谋。李白也曾给张镐写过两首诗，可见他们有过交往。从情理上说，张镐给予李白一定的帮助，是有可能的。

第三件事是他上书替杜甫辩护，使杜甫被无罪释放。宰相房琯因琴师门客董庭兰打着他的旗号干了些违法的事情（实际上可能不是这么回事，而是有人为了排挤房琯有意罗织的罪状），被罢免宰相一职。时任左拾遗的杜甫上疏，认为罪责轻微，不宜以此罢免要臣。肃宗大怒，下令三司推问。所谓三司推问，指刑部、大理寺、御史台三大司法机构联合审案，由韦陟、崔光远、颜真卿三位大臣负责，形势上对杜甫非常不利。此时宰相张镐出面相救，加上韦陟等从旁说情，肃宗这才不加追究，放了杜甫。

李白、杜甫人人皆知，是中国文学史上两位最伟大的诗人。其实王昌龄也不弱，李白对他推崇备至，视为知己。得知王昌龄被贬为龙标县尉后，李白作诗表示愿意千里相伴，"我寄愁心与明月，随风直到夜郎西"（《闻王昌龄左迁龙标遥有此寄》）。王昌龄生前已有"诗家夫子"的称号，可见地位很高，用今天的话说，是诗坛顶流。杜甫得到张镐的救助后，余生继续创作，写出了不少佳作，例如从洛阳到华州的路上就写出了著名的组诗系列"三吏""三别"。在华州待了一年多后弃官，在秦州，在举家翻山越岭前往成都的路上，在成都浣花溪畔草堂，在夔州瀼溪、东屯，在整个"漂泊西南"的十年里，杜甫创作出了大量优秀作品。不难想象，如果没有张镐出手相救，我们今天所能看到的杜甫诗集，就只有前半部分！

张镐，这两个字是不是应该被我们牢记在心里呢？

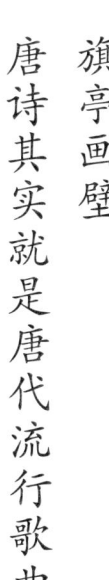

旗亭画壁：

唐诗其实就是唐代流行歌曲的歌词

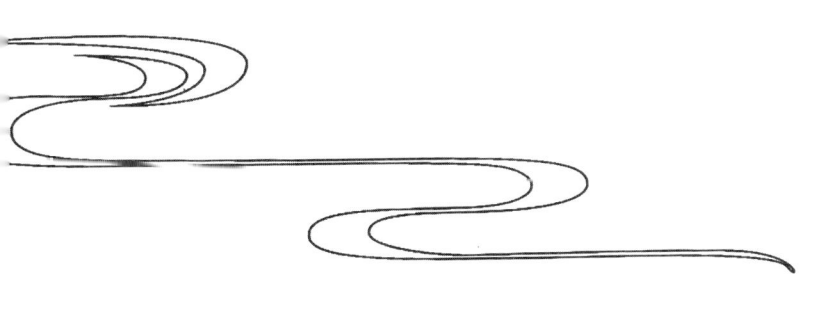

古语说："熟读唐诗三百首，不会吟诗也会吟。"对于今天的人们而言，唐诗是用来"读"的，即朗读，或者朗诵。而实际上，在唐代，诗大多是用来合乐歌唱的。诗歌也叫"歌诗"，意思是用来吟唱的诗。不是为了吟唱而写作的诗，叫做"徒诗"。"徒诗"是文人单纯为了表达自己的志向或抒发内心情感而创作的诗，供人阅读用的。

王维的《相思》诗："红豆生南国，春来发几枝。愿君多采撷，此物最相思。"这首如今少年儿童都熟读甚至会背诵的诗，在唐代就是一首流行歌曲的歌词。唐明皇时的宫廷首席歌唱家李龟年就擅长演唱这首歌。

为了说明这种情况，我们来讲一个故事。

开元年间（713—741），一日，天气寒冷，飘起了小雪。王昌龄、高适、王之涣三位诗人相约到旗亭（即酒楼）小酌一番，突然看见有十几个服饰华丽的梨园乐工。到了酒楼，三人便悄悄坐到一旁，围在火炉边，准备观看演出。一会儿，有四位相貌出众的歌女相继到来，裙裾华丽、容貌娇艳。很快，乐队开始演奏，乐工都是当时的著名乐手。这三位名气相当的诗人私下约定：我们几位都有诗名，平时没分过高下，今天可以根据歌女们的演唱情况分个高下，谁的诗被演唱得多，谁就获胜。

结果，第一个出场的歌女合着乐曲演唱："寒雨连江夜入吴，平明送客楚山孤。洛阳亲友如相问，一片冰心在玉壶。"这是王昌龄的《芙蓉楼送辛渐二首·其一》。王昌龄于是伸手在墙壁上画了记号，说："一首绝句。"接着，第二个出场的歌女唱道："开箧泪沾臆，见君前日书。夜台今寂寞，独是子云居。"这是高适的《哭单父梁九少府》。高适伸手在墙壁上画了记号。接着又唱："奉帚平明金殿开，且将团扇共徘徊。玉颜不及寒鸦色，犹带昭阳日影来。"这是王昌龄的《长信秋词五首·其三》，王昌龄伸手在墙壁上画上记号，说："两首绝句。"王之涣认为自己出名早，对其余二人说："前面两位都是潦倒乐官，演唱的都是下里巴人的通俗歌曲，阳春白雪不是俗人能够欣赏的。"同时指着众歌女中最漂亮的一位说："等会儿看这位歌女唱什么，如果她演唱的不是我的诗，我这辈子都不跟你们争高下了。万一是我的诗，你们也要在我面前跪拜，承认我的诗最好！"大家都笑着等待结果。两耳佩戴着玉环的歌女，开腔唱的是"黄河远上白云间，一片孤城万仞山。羌笛何须怨杨柳，春风不度玉门关"，这是王之涣的《凉州词》。王之涣自然是十分得意。歌女们得知三位都是著名诗人，而且都是她们所演唱诗歌的作者，十分仰慕，请求同席饮酒。三男四女，一直喝到深夜。

这个故事，被后人称为"旗亭画壁"或"旗亭赌酒"。唐代诗歌演唱、流传情形，诗人与歌女的关系，由此可见一斑。

李白诗歌中的六股真气

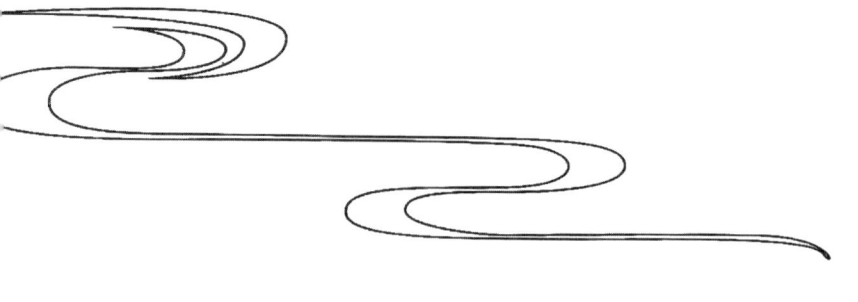

贺知章初次阅读李白的诗歌，就"惊为谪仙人"。"谪仙人"三个字既可以理解为李白在诗歌写作上是天降之才，不是人间所出的才子；也可以理解为李白的诗歌语言与众不同，是"外星语"。"谪仙人"当然是"四明狂客"贺知章的文学夸张。李白自己说过"我志在删述，垂辉映千春"（《古风·大雅久不作》）的话，这说明他的诗文写作效法儒家学派始祖孔子删《诗》述古的方式，传承古代文献记载的圣贤思想，目的是借此流芳百世。

李白诗歌之所以显得与众不同，主要是因为他的作品中蕴含着如下六股"真气"：

一、孩气。孩子气的最大特点是喜怒哀乐全要喊出来，心里怎么想，嘴上就怎么说，说个痛快，不怕他人笑话幼稚，不会隐藏，不会话到嘴边留三分。诗歌例句：

> 蜀道之难，难于上青天！（《蜀道难》）
>
> 天生我材必有用，千金散尽还复来。（《将进酒》）
>
> 燕山雪花大如席，片片吹落轩辕台。（《北风行》）
>
> 小时不识月，呼作白玉盘。又疑瑶台镜，飞在青云端。仙人垂两足，桂树何团团。（《古朗月行》）
>
> 大道如青天，我独不得出。（《行路难》）
>
> 仰天大笑出门去，我辈岂是蓬蒿人。（《南陵别儿童入京》）
>
> 飞流直下三千尺，疑是银河落九天。（《望庐山瀑布》）

二、**豪气**。豪迈之气，源于李白其人志向远大，才华横溢。纸里包不住火，诗中掩不了才志。诗歌例句：

> 山随平野尽，江入大荒流。(《渡荆门送别》)
> 人生得意须尽欢，莫使金樽空对月。(《将进酒》)
> 五花马，千金裘，呼儿将出换美酒，与尔同销万古愁！(《将进酒》)
> 长风破浪会有时，直挂云帆济沧海！(《行路难》)
> 兴酣落笔摇五岳，诗成笑傲凌沧洲。(《江上吟》)

三、**仙气**。李白是举行过入籍仪式的道教信徒、正式道士，通过修炼飞升成仙、长生不老是他的努力方向、终极梦想。诗歌例句：

> 素手把芙蓉，虚步蹑太清。(《古风》)
> 桃花流水窅然去，别有天地非人间。(《山中问答》)
> 永结无情游，相期邈云汉。(《月下独酌》)
> 若非群玉山头见，会向瑶台月下逢。(《清平调》)

四、**侠气**。盛唐时期，青少年普遍做过侠客梦。李白早年深受纵横家的影响，学过多年剑术。李白不但做梦，还曾经身体力行。诗歌例句：

愿将腰下剑，直为斩楼兰。(《塞下曲》)

抚长剑，一扬眉，清水白石何离离！(《扶风豪士歌》)

十步杀一人，千里不留行。事了拂衣去，深藏身与名。(《侠客行》)

五、酒气。借酒浇愁是李白生性使然，生活常态。如杜甫《饮中八仙歌》所言："李白一斗诗百篇，长安市上酒家眠。天子呼来不上船，自称臣是酒中仙。"诗歌例句：

我醉君复乐，陶然共忘机。(《下终南山过斛斯山人宿置酒》)

钟鼓馔玉不足贵，但愿长醉不复醒。古来圣贤皆寂寞，惟有饮者留其名。(《将进酒》)

划却君山好，平铺湘水流。巴陵无限酒，醉杀洞庭秋。(《陪侍郎叔游洞庭醉后三首·其三》)

但使主人能醉客，不知何处是他乡。(《客中作》)

举杯邀明月，对影成三人。(《月下独酌》)

六、浩气。孔孟都是李白景仰的古代圣贤，孟子所说"至大至刚"的"浩然之气"，李白身上也有。诗歌例句：

停杯投箸不能食，拔剑四顾心茫然。(《行路难》)

珠玉买歌笑，糟糠养贤才。(《古风》)

安能摧眉折腰事权贵，使我不得开心颜。(《梦游天姥吟留别》)

这六股"真气"，一般诗人身上、诗中可能会有其中一两股在某种程度上的表现，但是纵观整个中国文学史，六种全部具备，同时每一种都表现得淋漓尽致的，除李白外找不出第二个。了解李白诗歌中的这六股"真气"，对李白诗歌就能"思过半"——明白个六七分了！

李白的《静夜思》，您读懂了吗？

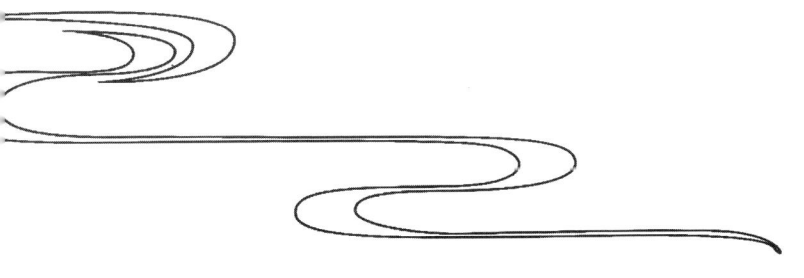

床前明月光，疑是地上霜。

举头望明月，低头思故乡。

——唐·李白《静夜思》

我要是说，很多人读不懂李白的这首《静夜思》，读者会不会认为我是在故弄玄虚呢？如果搞一个"中国古代诗歌作品知名度"大调查，这首《静夜思》即使不是第一名，至少也是前三名的。城镇道路上，随机找人背诵古代诗歌，会背《静夜思》的人数一定是最多的。牙牙学语的三四岁小孩儿，会背诵这首诗的，一抓一大把。

但是，会背诵不等于读懂了。很多人读不懂《静夜思》，这是事实。这里所说的"很多人"中，既有普通读者，也有文学研究专家。

把"床前明月光"中的"床"理解为胡床和水井边的围栏，是普通人没有读懂《静夜思》的一个例子。什么是胡床？就是马扎，淄博烧烤店里随处可见的坐具。让我们闭上眼睛想象一下：夜晚，诗人李白坐在庭院里休息或者赏月，月光照到他的小马扎前，他低头看见了，恍惚间以为是地上起了霜。李白的眼睛得有多近视！那情景，诗人形象和诗歌意境是不是有点儿猥琐呢？说李白坐在井台上乘凉或者赏月，看见月光洒落在井栏边，于是觉得月光像霜，然后抬头仰望月亮，低头思念故乡，诗意也好不到哪里去。

正确的理解，"床"就是房间里睡觉的床！真相往往就是这么朴实无华。

没错，唐朝有胡床，也管井栏叫"床"。但诗歌中指小马扎不是写作"胡床"，就是相邻诗句有交代。单用一个"床"字，一般指眠床。李白诗歌中，都能找到例子。"去时无一物，东壁挂胡床"（《寄上吴王三首·其二》）、"梧桐落金井，一叶飞银床"（《赠别舍人弟台卿之江南》），分别是指胡床和井床；而"美人在时花满堂，美人去后余空床。床中绣被卷不寝，至今三载闻余香"（《长相思》），其中的"床"，就分明是眠床、睡觉的床，不可能是胡床或井床。

有人说唐朝的房屋窗户都很小，月光不可能照进房间，照到睡觉的床前。唐朝的房屋有南北差异，北方为了冬季保暖窗户可能开得比较小，但南方自古流行干栏式建筑，为了夏季凉爽，窗户都大。再者，北方房屋即使窗小如今天的轮船、飞机的舷窗，只要方向对应，月光也是有可能照射到卧室床前的。事实上，根据我们的考证，李白写作《静夜思》的地方，正好是南方，今天浙江省绍兴、天台一带。

文学研究专家读不懂《静夜思》的，也大有人在。比如香港有位著名学者，在他题为《唐诗新赏》的书里，对《静夜思》做了如下的评价："寥寥二十字，明月一词，无必要地重复，语言浅畅，可惜显露直率而无余味。"而且非常不客气地认为，沈德潜、俞樾以及推崇这首诗的当代学人，都是"人云亦云、不真不切，震于大名、曲意回护"，造成了"皇帝新衣"式的笑话。"显露直率而无余味"八个字，简直将《静夜思》

说得一文不值。

我们说这位学者没有读懂《静夜思》，主要有三点理由：

一是他不了解李白《静夜思》的版本流传情况。第三句"举头望明月"，早期版本是"举头看山月"，"望明月"是明代人修改后的文字。旧版诗中"明月"并未重复出现。

二是他没有体察到"明月光"与"明月"之间细致、微妙的差异。"明月光"是光，是如霜的光影；"明月"是月，是高悬空中普照古今与四方、苏东坡词中"但愿人长久，千里共婵娟"的月亮。《静夜思》中"明月光"是触发诗情的眼前景物，而"明月"是这个景物的源头。从景物到源头的切换，是诗人内心寻找的过程，这个过程充满了乡愁、情思。

三是他不懂李白的《静夜思》不是脱口而出的顺口溜，而是对前人一系列羁旅、月下、失眠、思乡等主题的优秀诗歌的继承。诗人客居他乡，月光照进客舍，夜不能寐，披衣起床，月下散步，对月思乡……表现这种诗意的作品，早在东汉的《古诗十九首》中就出现了：

> 明月何皎皎，照我罗床帏。
> 忧愁不能寐，揽衣起徘徊。
> 客行虽云乐，不如早旋归。
> 出户独彷徨，愁思当告谁？
> 引领还入房，泪下沾裳衣。

接着，曹丕《杂诗二首》之一，是这样写的：

漫漫秋夜长，烈烈北风凉。

展转不能寐，披衣起彷徨。

…………

到了南北朝时期，有一首南朝民歌《秋歌》是这样写的：

秋风入窗里，罗帐起飘飏。

仰头看明月，寄情千里光。

可见，在李白之前已经有多首同类题材的佳作，它们如同一串夜明珠，在文学史的星空中熠熠生辉。

不妨说，李白的《静夜思》是前人这些优秀作品的改写本，精炼版。因为精练、深入浅出、词语通俗、诗句短小、容易记忆，所以家喻户晓、千古流传！

世人都道李白是天才，几个识得青莲善剪裁！

李白《春夜洛城闻笛》：一次国际化、大规模的思乡「快闪」

谁家玉笛暗飞声，散入春风满洛城。

此夜曲中闻折柳，何人不起故园情。

——唐·李白《春夜洛城闻笛》

对于李白这首脍炙人口的作品，一些名家的注释、鉴赏，或基本不作解释，或仅限于字面意思的串讲，这是非常遗憾的事情。

夜深人静时分，听到笛子吹奏的诉说离别行旅之苦的曲子，客居的游子思念起自己的家乡。这种情形，古往今来、随时随地都会发生，不足为奇。但是，既然诗人在题目中明确标出了洛城（今洛阳），作为读者，我们就不能不去了解洛阳这座城市的历史及其当时地位和影响力。

洛阳，其附近的仰韶、二里头等遗址，足以证明它拥有5000多年的文明史，地下出土与书面文献都可以证明其4000多年的城市历史。历史上曾有13个朝代把它作为都城，有着1500多年的建都史，是我国所有故都中历时最长久的一个。洛阳和西安一起组成历史上最强的都城"CP"，犹如双子星，在历史的星空中闪耀千年。洛阳与西安之间的崤函古道、函谷关，一直是两个城市之间的交通大道。杜甫的不少诗歌，包括著名的"三吏""三别"就诞生于这条大道上。洛阳还是隋唐大运河的中心，把中原与江南紧密联结在一起。语言上，洛阳话是今天普通话的重要源头，是中古《切韵》音系的语音基础和直接源头。洛阳还是先秦哲学家老子任皇家图书馆馆长的地方，同时也是孔子千里迢迢跑来向老子问礼讨教的城市。

遥想汉魏时期，一句"三河少年，风流自赏"，令人心驰神往。而洛阳，正是这"三河"的中心地区。

洛阳在周公、汉高祖以及历代文人心目中是天下的中心，是最理想的王都。1963年在陕西宝鸡市贾村镇发现的西周青铜器何尊，122字铭文中，记载了周武王灭商后，祭告于天，其中有"宅兹中国"的话，意思是以洛阳为中心，建立国家。长安与洛阳的关系，有点儿像欧洲的罗马与希腊，伟大归长安，光荣归洛阳。

"我志在删述，垂辉映千春"（《古风·大雅久不作》）的大诗人李白，对历史是相当有研究的；能写出"夫天地者，万物之逆旅也；光阴者，百代之过客也"（《春夜宴从弟桃花园序》）这种句子的大诗人李白，他的思绪决不限于一时一事一己的悸动。总而言之，创作这首诗时，李白的脑中、心中必定会如同江河大海的波浪般涌现出历史上种种关于洛阳的人和事。

唐朝跟汉朝一样，都是双首都制度。皇室在长安、洛阳两地都有皇城与宫殿。皇帝和朝廷两边办公，处理政事；官员、富商同时在两地置产，包括土地和宅邸。四百公里左右的距离，在主要交通工具为驴、马的唐代，似乎也不是太大的问题。因此，帝王和许多官员、富人过的都是双城生活。

历史记载，日本、朝鲜的遣隋使、遣唐使，访学的地点也多数是洛阳。遣隋使前后出发5次，有4次到访洛阳。遣唐使实际出发 12 次，处于盛唐时期的 8 次中，有 6 次到访洛阳。今天，在洛阳周公庙西侧、紫微城应天门遗址，树立着 1985 年由全日本文化团体联合会、日本奈良县文化协会联盟、日本橿原市文化协会、中国人民对外友好协会洛阳分会等团体共同制作的"日本国遣隋使遣唐使访都之地"的纪念石碑。由此可见，洛阳是当时不亚于长安的国际大都会，是文化交流与活动的中心城市。中西交汇，华洋杂沓，名胜之地、街头巷尾，行走着来自西域、东洋等地有着不同肤色与文化背景的各国人士，有为官的，有求学的，有经商的，也有跨国婚嫁从而定居生活的。熙熙攘攘，一派繁荣景象。

除了上述关于洛阳的历史和盛唐时期的种种情况，还有必要对诗中的"闻折柳"三个字有所了解。《折杨柳》曲，是汉乐府古曲，抒写离别行旅之苦。曲子音乐源自胡乐横吹曲辞，由汉代著名外交家张骞从西域带回，首先在长安传播。李延年在张骞带回来的《摩诃》《兜勒》两种曲调基础上创制出二十八解。《折杨柳》属于二十八解中传下来的《黄鹤》《出关》《出塞》等十种曲子之一。

有了如上背景知识，还需要对李白创作这首诗的时间、处境、心情等都有充分的了解，我们才可能真正读懂李白《春夜洛城闻笛》的诗意，深刻理解诗歌的艺术魅力。

比如说，从字面理解，这首诗的内容无非是：诗人在春夜听到笛子吹奏的《折杨柳》曲，起了对家乡的思念之情。如果只是这样，那么，把洛阳替换成任何一个城市乃至乡镇都是可以的。而了解前面介绍的关于洛阳的历史和现实的种种情况以后，我们就不会把在洛阳春夜闻笛思乡的人物局限于诗人自身，而理解为一次国际化、规模宏大的思乡"快闪"。思乡者，除了来自本国各州、府、县、乡的，还有来自东、西各国如波斯、日本的，来自日本的还包括李白的好朋友、曾经是遣唐使的晁衡或者叫朝衡，日本名字叫阿倍仲麻吕的人。"何人不起故园情"，这"何人"几乎无所不包，这"故园"也不限于我华夏版图。

李白《将进酒》中「将」字究竟读什么音？

君不见黄河之水天上来，奔流到海不复回。君不见高堂明镜悲白发，朝如青丝暮成雪。人生得意须尽欢，莫使金樽空对月。天生我材必有用，千金散尽还复来。烹羊宰牛且为乐，会须一饮三百杯。

岑夫子，丹丘生。将进酒，杯莫停。与君歌一曲，请君为我倾耳听。钟鼓馔玉不足贵，但愿长醉不复醒。古来圣贤皆寂寞。惟有饮者留其名。陈王昔时宴平乐。斗酒十千恣欢谑。主人何为言少钱，径须沽取对君酌。五花马，千金裘，呼儿将出换美酒，与尔同销万古愁。

——唐·李白《将进酒》

《将进酒》诗题和诗句中的"将"字，在研究诗词的学者当中，主张读"jiāng"音和"qiāng"音的都有。

孰是孰非，如何判断呢？

从隋朝陆法言编撰的《切韵》，经过几位唐五代宋人的增删修订、最后由宋朝官方重新整理而成的《广韵》等韵书的记载看，"将"字应该读"jiāng"的音。

将，在《广韵》中为平声阳韵即良切，释义是"送也，行也，大也，助也，辞也"等。在《集韵》中为平声阳韵资良切，"有渐之词，一曰且也，大也，领也，送也"。即良切、资良切，转换成现代北京话读音都是"jiāng"。可见，根据韵书，"将进酒"的"将"字应该读"jiāng"的音。

那么，"将"字的"qiāng"音是从哪里来的呢？

《诗经·郑风·将仲子》"将仲子兮",陆德明《经典释文》的注释是"七羊反,请也",在另一个地方还有"七良反"的注音。转换成现代北京话的读音都是"qiāng"。

两位姓陆的学者,他们的生活年代、著作完成时间都差不多,他们音韵方面的修养大概也难分伯仲,两人给字词注音,根据的都是前人的文献或口耳相传。总之,难以根据两人时间先后、学养高低对"将仲子兮"的"将"字的读音在"jiāng"和"qiāng"之间做出抉择。

剩下的只能根据音义关系进行分析。陆德明"七羊反""七良反"的注音,是跟"请"联系在一起的,换句话说,按照陆德明的注音,当"将"是"请"的意义时读"qiāng"音,"将"是其他意义时读音"如字",即读"jiāng"的音。《广韵》所收"将"字都没有"请"的义项。这不妨理解为《广韵》在字音字义的搜集上不够全面,漏收了"将"字"请"的义项。

七羊反读音的源头,可能是"破读"。汉代经师为了把"请"义的"将"和其他意义的"将"分开,通过改变声母读音的方法,赋予了它一个新的读音,把不送气的舌尖塞擦音"z"变成了同部位的送气音"c"。这种通过改变读音来区分词的意义的"破读",是汉代经师的一个惯用伎俩。

可见,如果唐诗中"将"字是"请"的意义,可以读"qiāng"的音。

不过,清代学者马瑞辰在《毛诗传笺通释》一书中提出一个观点：《诗经·王风·丘中有麻》"将其来施施"和《诗经·郑风·将仲子》"将仲子兮"中的"将"都是语气词，包括毛亨在内的前代训诂专家把它解释为"请"都是错误的。按照这个观点，"将"字又应该读"jiāng"的音。因为《广韵》即良切的"将"字就列出了语气词的义项。

可是，马瑞辰还提出一个观点：《诗经·郑风·将仲子》诗中的"将"读如《楚辞》的"羌内恕己以量人兮"的"羌"，说这是楚人的发语词。也就是说，这个"将"的读音不复是"将"，而是"羌"。按照《广韵》的注音，"羌"字是平声阳韵去羊切，应该读"kiāng"的音，转换成现代北京话也是"qiāng"。

最后说一下我的意见，分三点：

一、"将"字"jiāng""qiāng"两个读音之间，不存在绝对的是非对错之别，它们各有道理。

二、如果你认为"将进酒"是"请饮酒"的意思，不妨读"qiāng"的音；如果你认为"将进酒"不是"请饮酒"的意思，也不妨读"jiāng"的音。

三、我更倾向于读"jiāng"的音。理由有两点：首先，"请饮酒"，品味全诗，李白对岑勋、元丹丘两位酒友说话的态度没有那么斯文、客气。其次，"将进酒"是乐府杂曲中鼓吹曲辞的旧题，元稹、李贺等人都曾以《将进酒》为题作过诗，它相当于一个固定词语，不能拆解为"将＋进酒"。

李白《望庐山瀑布》：
一场大型赛诗会的冠军

名山胜景，人人都看得见，诗人见了会诗兴大发。因此，古往今来，便会有众多诗人，于有意无意间，凑成了写同样景色的诗歌竞技大会。

李白之前、同时、之后，都有诗人写过庐山瀑布，且不乏佳作秀句。例如张九龄《湖口望庐山瀑布泉》："万丈红泉落，迢迢半紫氛。奔流下杂树，洒落出重云。日照虹霓似，天清风雨闻。灵山多秀色，空水共氤氲。"孟浩然《彭蠡湖中望庐山》："黯黮凝黛色，峥嵘当曙空。香炉初上日，瀑布喷成虹。"徐凝《庐山瀑布》："虚空落泉千仞直，雷奔入江不暂息。千古长如白练飞，一条界破青山色。"

与此同时，李白本人，写庐山瀑布的诗也不止这一首。事实上，同样的题目（《望庐山瀑布》）下，除了这一首七言绝句外，还有一首五言古体诗。写到庐山瀑布的，还有《庐山谣寄卢侍御虚舟》，其中有"影落明湖青黛光，金阙前开二峰长，银河倒挂三石梁。香炉瀑布遥相望，迥崖沓嶂凌苍苍"等诗句。老实说，这两首诗写得也非常好。

因此，可以说，李白这一首七言绝句《望庐山瀑布》，之所以成为家喻户晓的名篇，是从前人、后辈以及他自己的众多诗篇中突围而出，艳压群芳，成为最终的优胜者。

"月子弯弯照九州，几家欢乐几家愁。"有李白这首七言绝句《望庐山瀑布》的光荣绽放，就有他人作品的黯然失色。张九龄、孟浩然等人的同类作品不必说了。晚于李白约一百年，元和年间（806—820）的著名诗人徐凝，他的《庐山瀑布》诗，尤其是"千古长如白练飞，一条界破青山色"两句，也得到了一些人的夸赞乃至推崇。据说白居易就有过"赛不得"的评语。但是，很不幸，在他之前，已经有李白的"飞流直下三千尺，疑是银河落九天"了。苏东坡在李白与徐凝之间，毫不犹豫地做出了云泥之别的评判："帝遣银河一派垂，古来惟有谪仙词。飞流溅沫知多少，不与徐凝洗恶诗。"（《世传徐凝瀑布诗云一条界破青山色至为尘陋又伪作乐天诗称美此句有赛不得之语乐天虽涉浅易然岂至是哉乃戏作一绝》）

不光是徐凝，李白本人也有黯然失色的时刻。他的五言古体诗《望庐山瀑布》"海风吹不断，江月照还空"两句，堪称佳句。李白同时代人、跟李白有交往的诗人任华，就曾说"余爱此两句"；后代有人因为它"凿空道出"，因为它"磊落清壮，语简而意尽"，认为比用比拟手法的"飞流直下三千尺，疑是银河落九天"还要好。遗憾的是，因为更多的人喜欢"飞流直下三千尺，疑是银河落九天"，前两句好诗便遭埋没，少有人知。不知道李白本人更喜欢哪两句。

总之，李白七言绝句《望庐山瀑布》可以说是古今咏庐山瀑布赛诗大会的扛鼎之作，是冠军。

那么，这首诗究竟好在哪里呢？

学者们有豪壮，即名即景造句、构思巧妙，气势美，力量美，"能以一己之精神面貌，融入景物之中"等说法。

而我感觉，这首诗好在三点：简短易懂、光影动感、想象有趣，主要指有童趣。儿童喜欢，就能够进入童蒙读本、小学语文课本，得到最广泛的传播。

　　李白这首《望庐山瀑布》的家喻户晓，可以给我们一点提示：诗歌作品的传播，有个规律，即得儿童者得天下。

李白七绝《望庐山瀑布》到底好在哪里？

日照香炉生紫烟，遥看瀑布挂前川。

飞流直下三千尺，疑是银河落九天。

—— 唐·李白《望庐山瀑布》

　　上文说过，李白这首七绝《望庐山瀑布》诗是古今咏庐山瀑布赛诗会的冠军。今天就来把这个比喻的说法再落实一下，讲一讲它是如何在"决赛"中胜出的。具体地说，它比起李白自己同一个题目、同时所写的另一首五言古体诗和另一位晚李白八九十年的诗人所写的七绝《庐山瀑布》，有哪些优势呢？

　　李白的五言古体诗《望庐山瀑布》，当然也是一首好诗，"西登香炉峰，南见瀑布水。挂流三百丈，喷壑数十里。欻如飞电来，隐若白虹起。初惊河汉落，半洒云天里。仰观势转雄，壮哉造化功。海风吹不断，江月照还空……"诗挺长，不全录。不难看出，二十几岁的李白，才情勃发，语言华丽。李白同时代、跟李白有交往的诗人任华表示自己爱其中的"海风吹不断，江月照还空"两句，宋代诗论家葛立方认为，这两句诗"凿空道出"，比用银河比喻瀑布还要好。胡仔也很赞赏这两句，说它们"磊落清壮，语简而意尽，优于绝句多矣"（《苕溪渔隐丛话》）。

　　但是，比起七绝的《望庐山瀑布》来，缺点还是明显的：一是诗太长，22句110个字，语言并不精练，不便于背诵与传播；二是正面铺排手法描写瀑布，缺少变化，容易使读者感到单调；三是"海风"两句是诗中警策金句，但整首诗并非金句迭出，大多诗句平凡无奇。

徐凝《庐山瀑布》也是七言绝句，如下：

> 虚空落泉千仞直，雷奔入江不暂息。
> 千古长如白练飞，一条界破青山色。

这首诗也很有名，不乏赞美者，有人称赞它"脍炙人口"。传说因为这首诗得到白居易的赞赏，徐凝在科举考试中战胜了日后诗歌成就明显高于他的竞争对手张祜。

不过，到了宋代，徐凝的诗遭到了差评。苏轼游览庐山时，读到朋友书中屡次把徐凝这首诗和李白的七绝《望庐山瀑布》相提并论，觉得可笑，称徐凝这首作品为"恶诗"。

当代著名学者程千帆先生对李白、徐凝的诗，从如实表达庐山瀑布的形体特征、表现诗人的精神面貌、使用的比喻本身符合生活的逻辑、比喻新鲜而富于创造性等方面，做了全面的比较。

程千帆先生具体指出：李白诗第一句描写香炉峰，陪衬瀑布水。第二句描写诗人自己的活动，使人有可能想象他登高望远、遗世独立、精神与天地往来的风貌，大大扩张了诗的容量。而徐凝的诗纯属客观描写，显得单调，还有无我的缺点。李白诗用银河欲落的假象比拟瀑布下泻的真象，非常贴切。徐凝用白练将青山单一的颜色"界破"，没有意义。李白诗有生活现象的依据，而徐凝诗是拼凑起来的"尘陋"。李白的两个比喻，银河比瀑布，紫烟比山林氤氲，都很新鲜；徐凝的比喻，飞练比瀑布，雷声比水声，都是前人用过的，没有新鲜感。

我很赞同程千帆先生的说法。这里只想增加两句：李白七绝《望庐山瀑布》的最大优点是兼有他六股真气中的仙气和孩子气，仙气令作品灵动，孩子气令作品有童趣；而李白的五言古体诗《望庐山瀑布》和徐凝的《庐山瀑布》以及历代其他诗人的同题作品，都没有这两股真气。

李白《黄鹤楼送孟浩然之广陵》：『烟花三月』是哪里的景色？

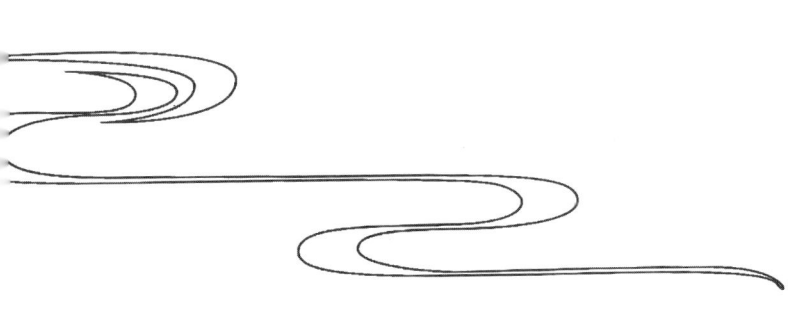

人的离别心情，由于年龄、关系、性情、原因、境遇、命运等的不同，悲欢的程度随之而有差别，用词语去表现，就有"依依不舍""怅然若失""黯然销魂""生离死别"等等。

阅读表现离别的诗歌作品，想要准确理解诗意，把握诗人作诗时的心情十分重要。

有人把李白《黄鹤楼送孟浩然之广陵》中第二句"烟花三月下扬州"的"烟花"理解为扬州的春天美景，甚至具体化到烟花柳巷、寻花问柳上。我认为，这跟李白在黄鹤楼送别孟浩然时的心情严重不符！

故人西辞黄鹤楼，烟花三月下扬州。

孤帆远影碧空尽，唯见长江天际流。

——唐·李白《黄鹤楼送孟浩然之广陵》

如果"烟花"指扬州春天的美景，或风尘女子貌美如花，那就等于说孟浩然的扬州之旅是寻欢作乐之旅。由此延伸，作为好朋友，李白当时的心情只能解读为羡慕、嫉妒、抱怨、戏谑之类。全诗的意思，等于李白告诉孟浩然：你孟浩然跑到烟花遍地的扬州逍遥快乐去了，留下我李白一个人在武汉继续过乏味无聊的日子！

这样理解当然是错误的。

首先，这不符合李白跟孟浩然的关系。孟浩然大李白12岁，诗名很大，而且颇有隐逸之风，总之是李白所敬仰、喜爱的前辈。李白一首题为《赠孟浩然》的诗中有"吾爱孟夫子，风流天下闻""高山安可仰，徒此揖清芬"等句子，可以说明李白是孟浩然的小迷弟，他对孟浩然的才华和人品都是非常推崇的。

其次，破坏了诗歌意境的美。孟浩然、李白都不是沉迷声色之人，通俗地说，他们都是风流但不下流的文人，是视诗歌创作如生命的诗人。写出那么多赞美山水田园、脍炙人口的诗篇，说明他们的审美有着远高于常人的标准和水平。

如果把"烟花三月"理解为眼前之景或普遍之景，就没有这些问题了。阳春烟景之时，乃是诗友相伴盘桓、流连赏景、赋诗饮酒的好季节。也就是说，孟浩然应该留下来，或者李白能够跟孟浩然一起去扬州游玩，而不是像眼前这样，现实的原因迫使两个人不得不分开，从此天各一方。

这样理解，整首诗的结构、诗意就都可以融通无碍了。诗分两层。表层：前两句交代送别地点与时节，即黄鹤楼、花草如烟的三月；后两句描写别离情形，孟浩然乘船东去，李白原地目送。深层：送别者对远行者依依不舍，满怀惜别之情，换言之，李白对孟浩然一往情深。

这样理解至少有两个好处，一是揭示出这首作品之所以脍炙人口、流传千古的奥秘：情景交融。二是说明黄鹤楼不但发生过有人得道成仙的故事，而且春天也有美好的景色，令人流连忘返。

李白《古朗月行》：
一诗两读，是童话，也是政治寓言

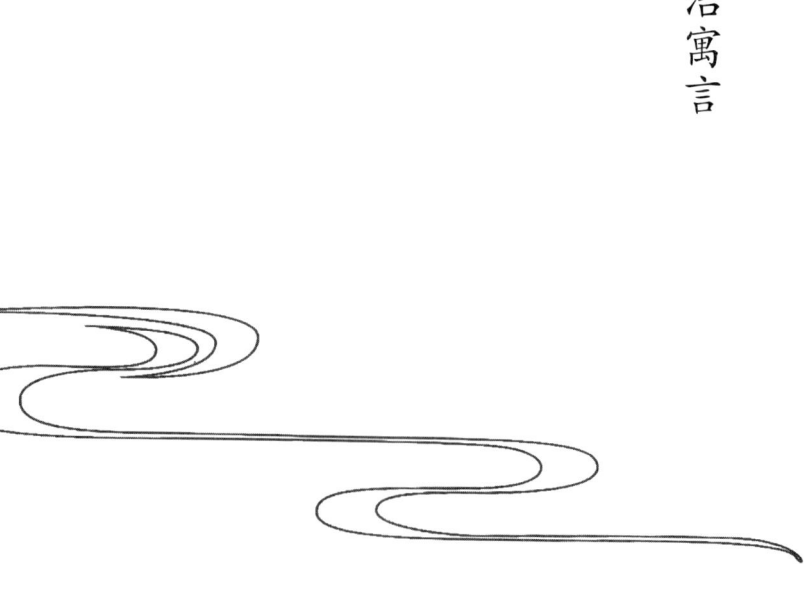

宇宙无垠，星辰如海。对于地球上生活的人类而言，最熟悉、亲切的莫过于距离最近、抬头可见的月亮。小学语文课本之所以收入这首诗（前半部分），那是因为诗中语言通俗易懂；小学生都能摇头晃脑倒背如流，那是因为诗中月亮充满有趣的故事。这样说来，李白岂不成了儿童文学作家、童话大王？事实并非如此！相比于儿童趣味，李白更关心的是政治局势。

小时不识月，呼作白玉盘。又疑瑶台镜，飞在青云端。
仙人垂两足，桂树何团团。白兔捣药成，问言与谁餐。
蟾蜍蚀圆影，大明夜已残。羿昔落九乌，天人清且安。
阴精此沦惑，去去不足观。忧来其如何？凄怆摧心肝。

——唐·李白《古朗月行》

历来学者多认为这是一首政治寓意诗，以月亮比喻朝廷政治，表现诗人对开元、天宝时局的深度忧虑。好色之徒心中的天鹅肉杨贵妃，被李白比喻为月宫蟾蜍——癞蛤蟆，因为她的妖媚迷惑，月亮唐明皇（或说朝政）黯然失色，不再明亮，无法光照神州。导致李唐王朝大厦差点儿倾覆的安史之乱即将爆发。因此，这首诗被学者定义为"危急之际，忧愤之词"。

但是，1300多年后的今天，杨贵妃、李隆基、安史之乱、李唐王朝都不过是如烟往事，可以成为今天人们茶余饭后谈笑的材料，而对今天人们的生活不会有丝毫影响；曾经令李白慷慨激昂、忧念成疾的爱恨情仇与兴亡悲喜，也早已化作轻风淡云，难以引发今人的共情。

诗的前八句写儿童关于月亮的种种幼稚、谐趣的想象，后八句情绪大变，写月食景象；前八句情绪轻松欢快，后八句感情凝重悲伤。有变化，有映照，构成完整、有机的诗意。

诗中李白使用的艺术手法是比喻，把政治局势比作月亮。政治局势是本体，月亮是喻体。成年读者可以侧重本体，诵读以表达忧愤之情，寄托忧国情怀；少年儿童和富有童心的成年读者不妨陶醉于生动、有趣、有故事的喻体中，享受童趣的快乐。

这是一种有趣的"一鱼两吃"，这种可供"两吃"的作品，唐诗中还有不少。

李白《赠汪伦》：

请李白喝酒的汪伦其实大有来头

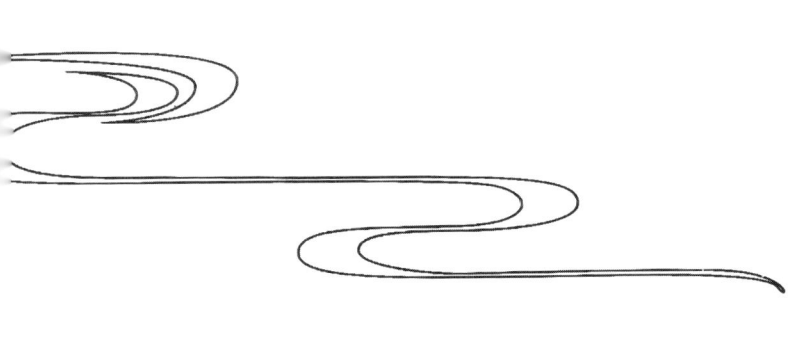

李白是特别爱喝酒的大诗人，请他喝过酒的人一定很多。但是，喝酒后李白郑重其事地写诗表示感谢的却只有汪伦一位。

李白乘舟将欲行，忽闻岸上踏歌声。
桃花潭水深千尺，不及汪伦送我情！

——唐·李白《赠汪伦》

两位清代著名学者为此感到纳闷：汪伦不过是一个普通村民，他怎么会认识大诗人李白，并邀请他到自己家饮酒的？

您也有这样的困惑吗？

其实，汪伦可不是一个普通的村民，而是一位大有来头的人物！

汪伦，字文焕，一字凤林，是越国公汪华的五世孙，曾经做过泾县县令。汪华起家于隋末乱世，从一个普通小兵升到歙州代理刺史。占据歙、宣、杭、睦、婺、饶六州后，拥兵十万，自称"吴王"。归顺大唐后，总管六州军事兼歙州刺史，封上柱国、越国公。贞观二年（628）奉诏进京，授左卫白渠府统军，掌管禁军，守卫洛阳和长安两座京城。汪华于贞观二十三年（649）病逝，唐太宗亲赐谥号"忠烈"，称"忠烈王"。汪华死后，李唐对汪氏家族恩宠如旧，人走茶不凉。

李白现存诗歌中有《过汪氏别业二首》。诗题中的汪氏别业即汪伦家的别墅。诗歌作于天宝十四载（755）秋天，在泾县，跟《赠汪伦》是同一时间、同一地点。诗中透露出如下信息：汪伦家境富裕，有园林式别墅；汪伦喜欢结交贤士，李白已经久闻他的大名；这是李白跟汪伦的初次见面。李白之所以应邀来泾县游玩是感动于汪伦的热情相邀；汪伦奉李白为上宾，给予隆重的款待，烹羊宰牛，歌舞助兴，通宵宴饮。

合理想象：李白离开汪府时，汪伦本人不是空手相送。为了表达对李白的敬意和依依不舍之情，汪伦悄悄安排了踏歌送行的节目。踏歌节目的表演者是汪府的女乐班子。所谓踏歌，既不是有些专家所说的汪伦本人"歌唱时以脚踏地为节拍"，也不是权威的《唐诗鉴赏辞典》所说的"一群村人踏地为节拍，边走边唱前来送行"。《旧唐书》记载唐睿宗在某年元宵节，到安福门看花灯时，"出内人连袂踏歌"，让宫女手拉手踏歌。皇帝都让自己老婆当众踏歌，汪伦让众小妾踏歌给李白送行，也合乎情理。

李白在接受了汪伦的崇高礼遇、盛情款待后，临行时又意外得到踏歌相送的待遇，惊喜之下，脱口吟出了"桃花潭水深千尺，不及汪伦送我情"这样的千古名句！

李白怎样感谢于他有知遇之恩的贺知章？

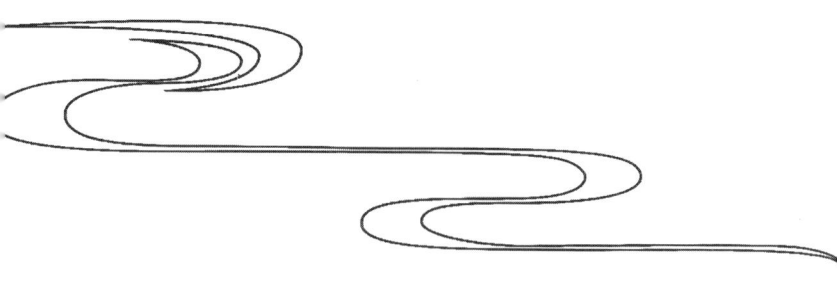

四明有狂客，风流贺季真。

长安一相见，呼我谪仙人。

昔好杯中物，翻为松下尘。

金龟换酒处，却忆泪沾巾。

狂客归四明，山阴道士迎。

敕赐镜湖水，为君台沼荣。

人亡余故宅，空有荷花生。

念此杳如梦，凄然伤我情。

——唐·李白《对酒忆贺监二首》

"秀才人情纸半张"，老话说得一点也不错。但是，像李白这样的超级秀才，半张纸足以彪炳史册，光耀千秋。

早年李白初到长安谋求仕进，在道教宫观紫极宫会见贺知章。贺知章读过李白的几首诗（尤其是《蜀道难》）后，非常惊奇，称李白为"谪仙人"，即仙界下凡的诗人。贺知章的赞赏和延誉，对李白的仕进可能没有多少实质性的帮助，但是对提升李白在诗坛的地位和扩大李白诗歌在社会上的影响，应该是帮助很大的。李白是领贺知章这个情的，上述《对酒忆贺监二首》就是有力的证据。众所周知，浪漫主义诗人李白，视饮酒如生命，"天子呼来不上船，自称臣是酒中仙"（《饮中八仙歌》），性情落拓不羁，一般的人情往来，他未必上心。但对贺知章的称赞，他却郑重其事地写诗加以纪念，诗中表达了对贺知章深切的悼念。

那么，贺知章的称赞，对李白诗名的确立和社会影响的扩大，究竟起了怎样的作用呢？根据当代文学史家研究，李白杜甫的时代，以长安、洛阳两座都城为舞台的主流诗人的诗歌创作，无论是诗歌结构上还是词语选择上，都有一整套严格的规定。而李白这个从边远小地方突然来到京城谋求进身的人，诗歌写作上从未受过严格的训练，对主流诗坛的规矩所知不多。在当时已经成名的诗坛大佬眼里，李白及其诗歌作品无异于乡野俚曲，根本不入他们的法眼。一向不按常理出牌的"四明狂客"贺知章并不理会主流诗坛那套规矩，"谪仙人"三个字，既是对李白诗歌的高度赞扬，同时也打破主流诗坛对诗歌创作的垄断局面，巧妙地规避了李白诗歌跟主流诗歌的正面冲突，使与众不同的李白及其诗歌以类似清流的形象，在诗坛占有一席之地。

诗题中"对酒"二字，说明两首诗都是酒后吐真情。李白对贺知章的知遇之恩，虽没有任何表示感激、感恩的话语，但有平实的往事回忆和真挚的悼亡，情见乎词。李白的回忆落实在二人初见之地长安紫极宫和贺知章致仕后终老之地山阴故宅两个地方，人亡物在，天人永隔，"却忆泪沾巾""凄然伤我情"。不说恩情，但表哀思，这是士流诗人的言情抒怀，不是市井百姓的感恩戴德。

年近五十的李白，对已经逝去的贺知章，深情缅怀，是最好的感恩！

诗圣杜甫的真实形象

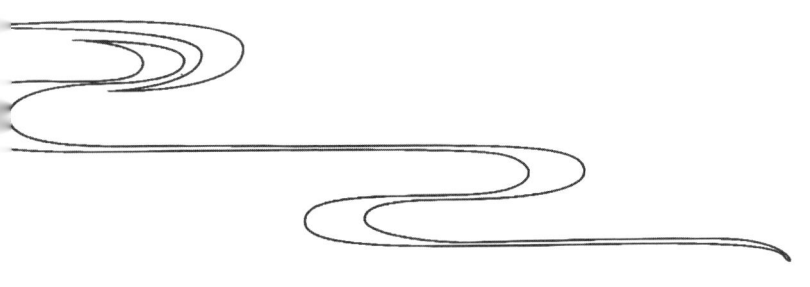

任何历史人物，在被大众接受、传播、描述过程中，往往会被贴上一个标签，被固定为一个形象。而实际上，现实生活中的任何一个人，都是有血有肉、复杂多面甚至多变的。比如伟大诗人杜甫，为大众所熟知的标签是"人民诗人"，形象是愁眉苦脸的，好像从出生起他就只做一件事：为大众写诗，抒发忧国忧民的情感。

说杜甫为大众写诗，抒发忧国忧民的情感，当然没有错。错的是，把这当成了杜甫人生的全部。杜甫真实的人生，是丰富多彩的，是鲜活多面的！

追溯事物得名来历，有"山鸟自呼名"的现象，说的是人们根据禽鸟的啼鸣声音给它们取名字。我们认识、了解诗人，也不妨借用这个方法。

让我们来看看，杜甫在诗歌里给自己留下了哪些并不愁苦的形象。

七龄思即壮，开口咏凤凰。(《壮游》)

诗圣童年，开口就与众不同。

忆昔十五心尚孩，健如黄犊走复来。
庭前八月梨枣熟，一日上树能千回。(《百忧集行》)

少年强，则唐强。

甫昔少年日，早充观国宾。

读书破万卷，下笔如有神。(《奉赠韦左丞丈二十二韵》)

少年时代已经打下学者型诗人的基础。

岐王宅里寻常见，崔九堂前几度闻。(《江南逢李龟年》)

穿梭于"天花板"级社交圈中的青少年杜甫！

放荡齐赵间，裘马颇清狂。
春歌丛台上，冬猎青丘旁。
呼鹰皂枥林，逐兽云雪冈。
射飞曾纵鞚，引臂落鹙鸧。(《壮游》)

穿貂皮，骑骏马，唱歌，打猎，典型的公子哥！

清夜沉沉动春酌，灯前细雨檐花落。
但觉高歌有鬼神，焉知饿死填沟壑。(《醉时歌》)

在静谧的春夜，细雨时分，与友人对酌，时而高歌豪饮，时而相对沉默。

老夫怕趋走，率府且逍遥。

耽酒须微禄，狂歌托圣朝。(《官定后戏赠》)

好不容易得到一个官职，却又满不在乎，这是只有见过世面的世家公子才会有的初入官场时的表现吧。

夜阑更秉烛，相对如梦寐。(《羌村》)

战乱时期夫妻相见，爱深情切！

生还对童稚，似欲忘饥渴。

问事竞挽须，谁能即嗔喝？(《北征》)

兵荒马乱岁月，颠沛流离生活，对孩子有如此耐心，杜甫是个好爸爸无疑！

老妻画纸为棋局，稚子敲针作钓钩。(《江村》)

昼引老妻乘小艇，晴看稚子浴清江。(《进艇》)

居所比带游泳池的别墅更有野趣，一家人共享天伦之乐。我不羡鸳鸯不羡仙，羡慕杜家生活每一天！

肯与邻翁相对饮，隔篱呼取尽余杯。(《客至》)

很别致的饮酒场景。

新添水槛供垂钓，故着浮槎替入舟。(《江上值水如海
势聊短述》)

在家门口垂钓，乘坐竹筏出入，这生活谁不羡慕？

黄四娘家花满蹊，千朵万朵压枝低。(《江畔独步寻
花》)

杜甫这是在花园里赏花，一朵一朵看过去。

白日放歌须纵酒，青春作伴好还乡。(《闻官军收河南
河北》)

真是人逢喜事精神爽。

旧犬喜我归，低徊入衣裾。
邻里喜我归，沽酒携胡芦。(《草堂》)

避乱结束，回到久违的草堂住所，欢乐场景令人陶醉。

问法看诗妄，观身向酒慵。

未能割妻子，卜宅近前峰。(《谒真谛寺禅师》)

参悟佛法，视如生命的写诗、饮酒都可以放弃，但是妻子儿女却无法割舍，杜甫是多么热爱他的家庭！

自倚红颜能骑射，安知决骤追风足，朱汗骖骖犹喷玉。

…………

何必走马来为问，君不见嵇康养生遭杀戮。(《醉为马坠诸公携酒相看》)

已是满头白发的老人，但酒后高兴，骑马飞驰。摔伤后，众亲友来慰问，他还打趣亲友，说不必看望他。听天由命的豁达，令人哑然失笑。

这样的杜甫，是不是更加可爱呢？

诗圣杜甫留给后世的两大遗憾

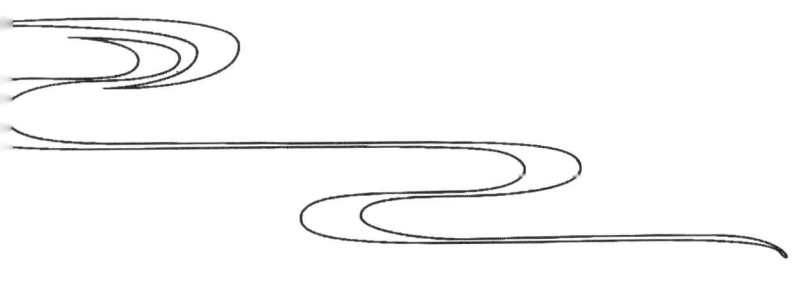

杜甫的诗歌艺术成就斐然，在他死去不久就被人们推崇备至，封神拜圣。元稹称赞杜诗"尽得古今之体势，而兼人人之所独专""诗人以来未有如子美者"（《唐故工部员外郎杜君墓系铭·序》）。后来又被戴上"诗圣"的桂冠。杜甫被誉为集大成诗人，宋人王禹偁说"子美集开诗世界"（《日长简仲咸》）。中国文学史上第一个有正式名字、影响最大的诗文派别——江西诗派，供奉"一祖三宗"，三宗是黄庭坚、陈师道、陈与义，一祖就是杜甫，高居至尊宝座。唐宋以来，受杜甫影响在诗歌创作上取得耀眼成绩的诗人不计其数！

杜甫一生，在诗歌艺术上孜孜以求，从不懈怠，真可谓生命不息作诗不止。"说诗能累夜，醉酒或连朝"（《奉赠卢五丈参谋（琚）》），"但觉高歌有鬼神，焉知饿死填沟壑"（《醉时歌》），"为人性僻耽佳句，语不惊人死不休"（《江上值水如海势聊短述》），"不薄今人爱古人，清词丽句必为邻"（《戏为六绝句》），"别裁伪体亲风雅，转益多师是汝师"（《戏为六绝句》），这些是他一再表明的创作态度。杜甫追求的艺术境界是"毫发无遗憾"（《敬赠郑谏议十韵》）。

杜甫保留至今的1400余首诗歌作品，经过历代众多学者的不懈努力，已经有了比较可信的编年和翔实的注解。通读杜甫诗集，我们对他生平和诗歌内容及其艺术魅力都能有较为全面的认识与理解。

似乎可以说，杜甫在诗歌创作上已经没有什么遗憾了。

但是，作为一名杜诗爱好者、杜甫其人的敬慕者，我却有

些"贪得无厌",不知足,认为杜甫给后世的我们留下了许多遗憾,其中荦荦大者有两个方面:

其一是杜甫有大量作品没能保存下来。不同于李白作品的散失主要是由于他自己不注意留存,没有及时整理、编辑。杜甫许多作品没能保存下来的原因是:他自己把它们给删除了!杜甫在写于天宝十三载(754,杜甫43岁)的《进〈雕赋〉表》中说:"自七岁所缀诗笔,向四十载矣,约千有余篇。"但是我们今天所能看到的杜甫43岁以前所写的诗文只有区区数十篇。可见,光是四十多岁以前,他就有1000篇左右诗歌被他日后编辑诗集时给删去了。"七龄思即壮,开口咏凤凰"(《壮游》),杜甫咏凤凰的处女作以及其他青春时期的大量作品,我们都无缘见识!被删去的作品,大概包括两类:一类是杜甫自己不满意的,觉得艺术上不够成熟,内容上较为幼稚等;还有一类是杜甫不愿意给他人与后人看见的作品,比如说涉及人际关系,关于青春期思想感情之类。杜甫自己不满意,不等于作品真的不好,没有保存价值。巨匠手里的次品,也比一般人的佳作强。至少,它们对于我们了解杜甫及其时代、社会,是非常有意义的。我们现在对杜甫青年时期的情况,几乎一无所知,不能不说是莫大的遗憾!

其二是杜甫写了很多悼念朋友的深情诗作,但是没有留下一首悼念妻子的作品。杜甫青少年时期,性格早熟,"脱略小时辈,结交皆老苍"(《壮游》),有许多在他之前死去的朋友,李邕、郑虔、房琯等,他都为他们写下了深情的悼亡诗。他深爱的妻子杨氏应该是比他去世晚，杜甫婚姻幸福，没有悼念妻子的机会——这样说挺不厚道的，只是套用清人赵翼"国家不幸诗家幸"（《题元遗山集》）的名句，作"诗家不幸读者幸"的胡思乱想。潘岳、苏轼、纳兰都留下了若干悼亡名作，流芳百世。以杜甫的文采和他对妻子的感情，假如他不幸遭遇丧妻之痛，一定能够写出催人泪下、流传千古的悼亡诗篇！杜甫深爱妻子，勇于袒露自己对妻子的爱，均有诗为证：在长安时一个月夜想念在鄜州的妻子，写下了"何时倚虚幌，双照泪痕干"（《月夜》）的诗句；乱世中与家人团聚，夫妻二人不舍得睡去，"夜阑更秉烛，相对如梦寐"（《羌村》）；友人参悟佛法，企图影响杜甫，杜甫用"未能割妻子，卜宅近前峰"（《谒真谛寺禅师》）两句诗加以婉拒。

世界因矛盾而存在，因遗憾而美好。我们也只能接受杜甫留给我们的这两个遗憾了！

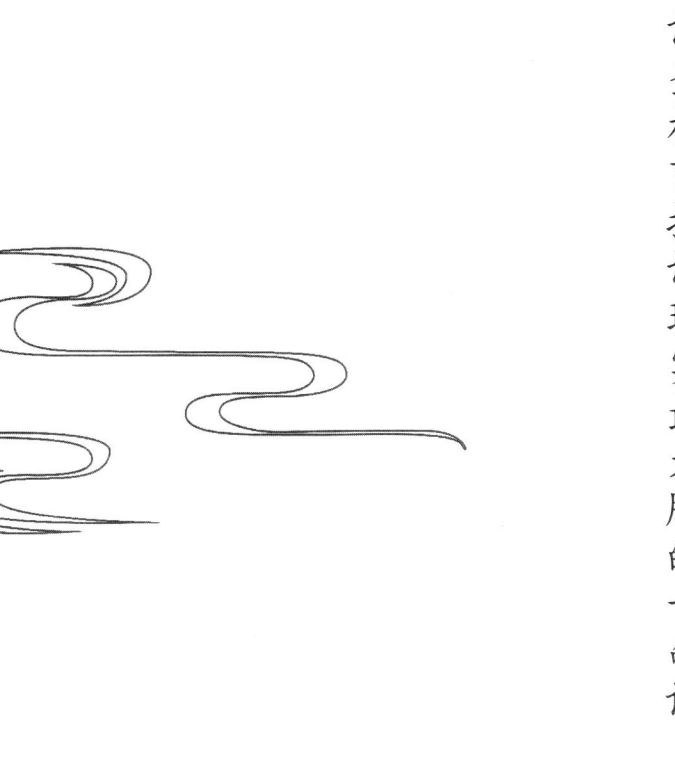

诗圣杜甫批评现实最大胆的十句诗

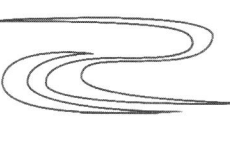

杜甫是中国历史上最伟大的现实主义诗人。获得这个"最伟大"称号，不但需要卓绝群伦的诗歌艺术修养，悲天悯人、忧国忧民的博大胸怀，更需要"虽千万人吾往矣"的勇气！鲁迅说："真的猛士，敢于直面惨淡的人生，敢于正视淋漓的鲜血。"（《记念刘和珍君》）纵观三千年中国文学史，这样的猛士屈指可数。毫无疑问，杜甫是其中之一！

口说无凭，有诗为证。

让我们来看一看杜甫保留至今的诗歌中，有哪些他人难以企及的大胆诗句：

> 子璋髑髅血模糊，手提掷还崔大夫。（《戏作花卿歌》）

梓州刺史段子璋谋反，在绵州自称梁王。猛将花敬定攻下绵州，斩杀段子璋并割下他的首级，向上司成都尹崔光远请功时，将血肉模糊的首级扔在崔光远面前。传说朗读这两句诗有使人疟疾痊愈的奇效。若是在今天，杜甫这样的诗句恐怕是要被批评为过于暴力、血腥的。

> 彤庭所分帛，本自寒女出。鞭挞其夫家，聚敛贡城阙。（《自京赴奉先县咏怀五百字》）

杜甫路过骊山，想象朝廷里君臣欢宴的享乐场面，再联想到民间疾苦：为君臣纺织华服布料的女子，自身却缺少御寒的衣服，在寒冬里瑟瑟发抖；女子丈夫也不能幸免，因为赋税不能及时上交，经常遭受官吏的鞭笞。如此不合时宜地批评朝廷，很容易惹恼帝王将相，后果很严重。

　　朱门酒肉臭，路有冻死骨。(《自京赴奉先县咏怀五百字》)

不管这里的"臭"是香气还是臭气，把贵族豪门的酒肉跟黎民百姓冻死在路边无人收埋的骸骨放一块说，是会得罪整个统治阶级的。

　　关中小儿坏纪纲，张后不乐上为忙。(《忆昔二首·其一》)

把朝廷中掌握实权的大臣称为小儿，嘲讽唐肃宗李亨怕老婆，任由其作威作福，搞任人唯亲、卖官鬻爵之类不正之风，杜甫真是吃了豹子胆！

　　吏呼一何怒，妇啼一何苦。(《石壕吏》)

就像当今有学者指出的，这是站在逃避兵役的"刁民"立场上讽刺政府公务员，有妨碍执法的嫌疑啊。

世人皆欲杀，吾意独怜才。(《不见》)

政治"小白"李白因为参加了永王李璘的军事行动，结果被定性为造反篡位。这在唐朝是重罪，轻则流放，重则杀头。杜甫竟然敢于替叛国者李白鸣不平，这是冒天下之大不韪呀！

儒术于我何有哉，孔丘盗跖俱尘埃。(《醉时歌》)

以"奉儒守官"为业的书香门第子弟杜甫，竟然把圣人孔子跟著名强盗柳下跖的名字相提并论，在尊孔子为"至圣先师"的封建时代，可是大逆不道。

香雾云鬟湿，清辉玉臂寒。(《月夜》)

大唐是强盛、自信的国度，但是士大夫的言行是有严格规定的。至少，用"香雾云鬟""清辉玉臂"这样香艳的词语形容自己妻子的身体，是封建礼教所不允许的。

不过行俭德，盗贼本王臣。(《有感五首·其三》)

杜甫这是在疾言厉色地教育皇帝，一定要厉行节约，否则原本温顺的臣属百姓都可能成为盗贼，揭竿而起。

边庭流血成海水，武皇开边意未已（《兵车行》）

开疆拓土，那是封建帝王雄才大略的同义词，杜甫居然敢批评唐玄宗李隆基，指责他的开疆拓土给黎民百姓带来了灾难！

这些诗句，即使今天读来，都会令人情不自禁地替老杜捏两把汗。我怀疑，杜甫著名诗句"为人性僻耽佳句，语不惊人死不休"（《江上值水如海势聊短述》），不是对他自己追求诗歌语言艺术精神的说明，而是为了开脱自己可能犯下的"言论罪"埋下的伏笔。仿佛是说：瞧！我这都是为了诗歌艺术才写出这些扎眼、刺耳的诗句，并没有批评政治、制度的意思。

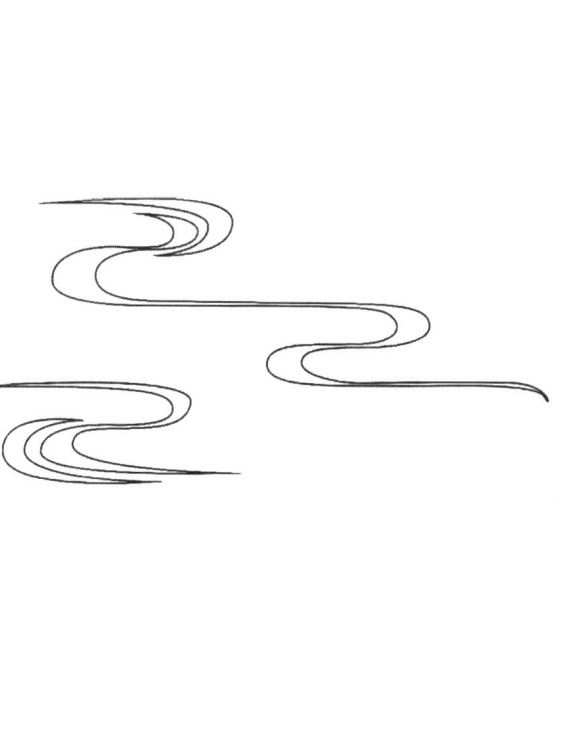

《游龙门奉先寺》初露杜甫『诗圣』实力

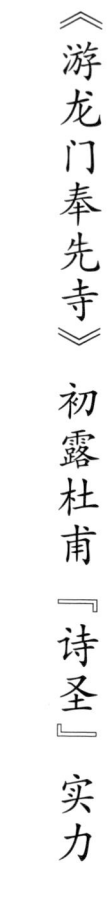

龙门石窟，毫无疑问是洛阳市的第一大热门名胜古迹，人山人海不足以形容其场面的壮观。到洛阳不游览龙门石窟，等于没有到过洛阳。但是，有多少游览过或正准备去游览龙门石窟的人，知道1200多年前青年诗人杜甫就已经游览过龙门石窟并且写下了一首极具功力的诗歌呢？

> 已从招提游，更宿招提境。
> 阴壑生虚籁，月林散清影。
> 天阙象纬逼，云卧衣裳冷。
> 欲觉闻晨钟，令人发深省。
>
> ——唐·杜甫《游龙门奉先寺》

这是杜甫保留至今的诗歌中创作时间最早的几首作品之一，按写作时间先后编排的杜甫诗集如仇兆鳌《杜诗详注》把它排在第一首，《望岳》诗的前面。写作这首诗时，杜甫大概二十五六岁。

杜甫保留至今的诗歌作品，共1400多首。作于天宝十三载（754）的《进〈雕赋〉表》有"自七岁所缀诗笔，向四十载矣，约千有余篇"的说明。可是现存诗文中写于天宝十三载以前的只有七十余首，其中三十岁以前的诗作更是只有10首左右。可见杜甫日后在编辑自己的诗文时，删去了大量早期的作品。《游龙门奉先寺》一诗得以保存至今，说明杜甫本人对它是相当满意的。

不过，这首诗在杜甫全部诗中仍然属于平平无奇一类，很少有人在编选杜诗时会把它选入。

而实际上，这首不太令人瞩目的作品仍然大有奥妙。

粗心的读者，可能觉得这是一首写龙门奉先寺夜景的平凡之作，看不出它的过人之处。清代学者金圣叹是个细心、用心的读者，独具慧眼的批评家，他看出了这首诗的好处。光是诗歌题目，就令金圣叹赞不绝口。请看：

> 题是《游龙门奉先寺》，及读其诗起二句，却云："已从招提游，更宿招提境。""已"字、"更"字，是结过上文，再起下文之法。今用笔如此，岂此诗乃是补写"游"以后事耶？然则当时此题，岂本有二诗，而忘其第一首耶？我反覆思之，不得其故。一日无事闲坐，而忽然知之：盖此篇乃先生教人作诗不得轻易下笔也！即如是日于正游时，若欲信手便作，岂便无诗一首？然而"阴壑""月林"之境必不及矣！夫此境若不及，便是没交涉；夫作诗没交涉，便如不曾作。先生是以徘徊不去，务尽其理。题中自标"游"字，诗必成于宿后。如是，便将浅人游山一切皮语、熟语、村语，掀剥略尽，然后另出手眼，成此新裁。杜诗为千古绝唱，洵不诬也！（《唱经堂杜诗解》）

读了金圣叹这一番解读，对杜诗的感觉，是不是有所不同？

杜甫住宿过的龙门奉先寺，如今只剩以照武则天模样雕刻的卢舍那大佛为首的石雕群像，没有可供游客住宿体验名刹夜景的僧舍客房。但是假如游客能够读一读杜甫这首诗，想象夜间"阴壑生虚籁，月林散清影"的意境，设想一下清晨将醒时分听到钟声，会不会对佛理、对人生有所醒悟，旅游的快乐与意义一定会得到延伸，得到升华！

杜甫《望岳》：

诗人站位在泰山山麓、山顶还是山外？

岱宗夫如何？齐鲁青未了。

造化钟神秀，阴阳割昏晓。

荡胸生层云，决眦入归鸟。

会当凌绝顶，一览众山小。

——唐·杜甫《望岳》

一般认为，这首诗是杜甫年轻时期的作品，写作时年仅二十五岁。在杜甫诗集中，这首诗算是比较容易理解的。但是有个问题，历来众说纷纭：杜甫当时是站在什么地点写这首诗的。

概括起来，主要有三种观点：

第一种观点：泰山山麓。王嗣奭《杜臆》："身在岳麓而神游岳顶。""荡胸生层云"，表现襟怀浩荡；"决眦入归鸟"，表现眼界空阔；"一览众山小"，是诗人通过想象得到的景，不一定需要再次登顶才能见到。当代诗人臧克家的看法跟王嗣奭相近，他说："此诗是杜甫站在泰山低处，如'斗母宫'上下，仰望高处的兴来之笔。"

第二种观点：泰山附近。仇兆鳌《杜诗详注》："此望东岳而作也。诗用四层写意：首联，远望之色，次联，近望之势，三联，细望之景，末联，极望之情。"当代著名杜甫研究专家萧涤非先生也不同意诗作于泰山山麓，开始登山之时的说法，他认为"在一种'可望而不（可）即'的情况下，登山的欲望往往是更为强烈的"。他赞成历来人们一致认为的此诗是

223

"杜甫在一定的距离内望泰山而作的"。

第三种观点：泰山顶上。当代有学者提出，杜甫这首关乎泰山的《望岳》不同于关乎西岳华山和南岳衡山的另外两首《望岳》的"遥望"是"向岳而望"，它是"登临而望"。并且具体化到诗人是站在日观峰上。"诗人当时只登上日观峰，而未登'绝顶'，故于游兴方酣，而众鸟归山、天色将暮的时候，不能作'欲穷千里目，更上一层楼'的打算，只得预期'凌绝顶'而'一览众山小'。"（许永璋《说杜诗〈望岳〉》）

三种观点，各有各的道理，各有各的破绽。举例来说，"山麓"说可以令读者联想起孔子登泰山而小天下的故事，给阅读增添趣味，但"望"字的意义只能局限于仰望，跟整首诗的诗意不合。"附近"说对理解首联"齐鲁青未了"一句和尾联"会当凌绝顶，一览众山小"两句很便利，但对理解二、三两联四句诗有困难。"顶上"说对理解二、三两联倒是便利，但跟诗题《望岳》相矛盾，站在泰山顶上望泰山，正如萧涤非先生所指出的，等于说杜甫写了一首"文不对题"的诗；日观峰已经是登顶了，可以"一览众山小"了，从日观峰到丈人峰（其实泰山最高处是玉皇顶，不是丈人峰），相距很近，高度差不大，中间也没有陡坡，还有玉皇顶从来都是不允许攀登的。总之，在日观峰大喊"会当凌绝顶"，不合情理。

鉴于从前三种观点各有缺点，这里我们尝试提出如下意见：分两处，有切换，先是在距离泰山比较远的某处，接着是泰山绝顶，最后回到距离泰山较远处。

主要理由是：开篇第一句"岱宗夫如何"，是个疑问句，由此可见这是一首问答体的诗。可能是真的答问——有人向诗人打听泰山景物，也可能是诗人为了引起读者的兴致，有意设置的问答体。总之，这是一首说景诗。诗人以他曾亲身登临泰山绝顶的经验，向友人或诗歌受众描述站在泰山绝顶远望、近望、细望、极望的朝暮景致，最后给出"会当凌绝顶"的建议。

　　诗的首联、尾联都是实际情形，都在距离泰山比较远但能遥望泰山的某处；中间二、三两联是想象情形，诗人想象自己站在泰山绝顶所见景物。诗句虚实结合，诗人站位有变化，诗歌因而生动跌宕；人物不止诗人一个，画面更加饱满。

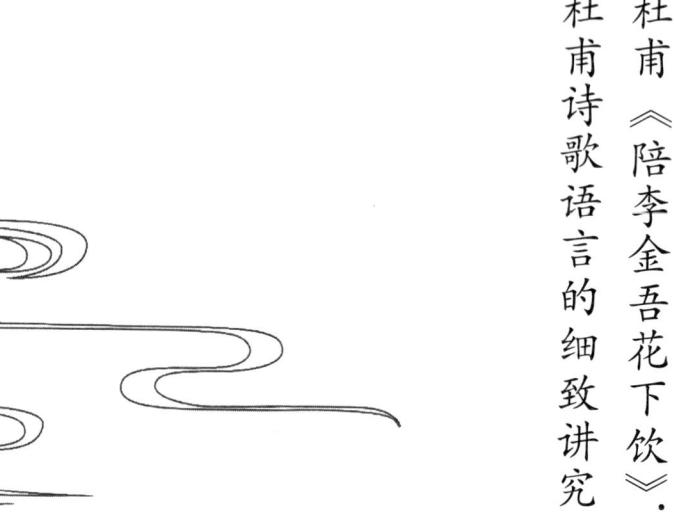

杜甫《陪李金吾花下饮》：
杜甫诗歌语言的细致讲究

胜地初相引，徐行得自娱。

见轻吹鸟毳，随意数花须。

细草称偏坐，香醪懒再沽。

醉归应犯夜，可怕李金吾。

——唐·杜甫《陪李金吾花下饮》

杜甫在《春日忆李白》诗中对诗仙说："何时一樽酒，重与细论文。"由此可见，杜甫对诗歌艺术的讲究，有多么认真，多么细致！

这首《陪李金吾花下饮》，算不上脍炙人口的佳作，根本入不了选家的法眼。但就是这样一首少为人知的作品，经过清代天才诗文评论家金圣叹的揭示，我们可以了解到，诗中词语运用的精确、细致，言外之意的丰富、贴切，足以令人叹为观止！

胜地，就是好地方。有好景致，或者有人文古迹。从诗中看，像是花园式酒家。作为老朋友，理应早就多次邀请诗人到此游玩，宴饮。可是，这位姓李的执金吾（相当于今天的公安局局长）却是第一次邀请诗人来此宴饮。

既然邀请了诗人来此宴饮，按照礼节，主人应该有相见恨晚的姿态，敦促客人早点儿、快一些到达；客人到了之后，至少得接待一下，陪着说说话。这位主人不但不催促，反而让客人慢点儿走。客人到达后，他也完全没有表现出接待的样子，诗人只得自娱自乐：看到禽鸟羽毛之类轻柔之物，就撮口吹气，不让它们掉落地面；看到花朵，便仔细地数起花蕊共有多少根须。如此打发时间，可见诗人当时多么无聊！

宴席也不正式，类似野餐，席地而坐，地上是细软的草。且主人也没有让客人坐在尊贵的客位上，而是让他在偏位落座。说是饮酒，一壶酒喝完后，并不再上一壶，让客人尽兴。这位姓李的执金吾，负责都城夜间巡逻。朋友尽兴饮酒，不会惹出什么麻烦，他完全有能力予以照顾。而这位"李局长"，不但不予宽容，反而会比他人更加严厉地呵斥酒后的朋友！论威武，令东汉光武帝刘秀年轻时羡慕不已的执金吾，也在他面前黯然失色！

回过头来看诗的题目，本来应该是《李金吾招饮花下》的，但是杜甫却写成了《陪李金吾花下饮》。主人不陪客人，反而是客人陪主人，礼仪之道被颠倒了。

这是一次所有环节都被弄拧巴了的尬饮。李金吾不知道是情商太低，还是为人傲慢，生生地将一次宾主把酒言欢的机会，变成了诗人满腹牢骚的吐槽。原本可能像卫八处士、王倚等人那样依托杜甫诗歌流芳百世的，这下成了贻笑万代的无礼之辈。

生前权势显赫的朝廷官员，就因为对伟大诗人的一次失礼招待，留下了这样一幅不光彩的画像，实在有些不值！

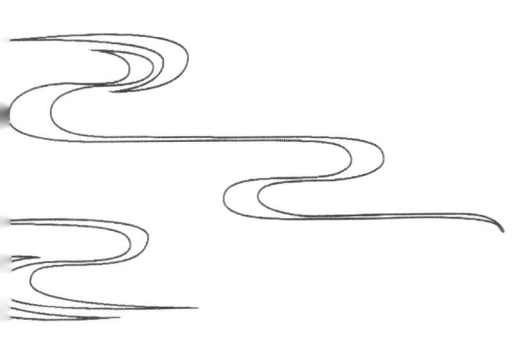

杜甫《石壕吏》：
诗圣之所以为诗圣的一个例证

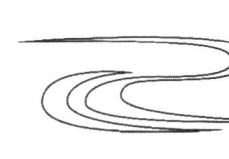

杜甫是"诗圣",这是连小学生都知道的事情。但是,"诗圣"的具体含义,恐怕很少有人说得清楚。按照东汉著名经学家、文字学家许慎的解释,"圣"的意思是"通"。聪明睿智,精通某件事,都可以称为"圣人"。而实际上,在人们心目中,杜甫头顶的"诗圣"桂冠,分量要比聪明、精通等词语重得多。这是为什么呢?

《石壕吏》一诗中,藏着这个问题的答案。

　　暮投石壕村,有吏夜捉人。老翁逾墙走,老妇出看门。
　　吏呼一何怒,妇啼一何苦。听妇前致词,三男邺城戍。
　　一男附书至,二男新战死。存者且偷生,死者长已矣。
　　室中更无人,惟有乳下孙。有孙母未去,出入无完裙。
　　老妪力虽衰,请从吏夜归。急应河阳役,犹得备晨炊。
　　夜久语声绝,如闻泣幽咽。天明登前途,独与老翁别。

　　　　　　　　　　　　　　　——唐·杜甫《石壕吏》

诗作于乾元二年(759)三四月间。《新安吏》诗题下有杜甫本人原注:"收京后作。"学者们根据这个注,加上"三吏""三别"六首诗歌多处提到李唐军队在相州邺城(今河南省安阳市、河北省临漳县一带)战役失利的事,判断它们都作于杜甫从东都洛阳返回华州途中。这年杜甫48岁,身份是朝廷官员,华州司功参军。华州在今天陕西省渭南市,司功参军相当于今天地级市政府的办公室主任。

《石壕吏》诗以第一人称讲述了一段旅途见闻：投宿石壕村（今河南省三门峡市陕州区观音堂镇）时，耳闻目睹朝廷官吏在一户人家抓壮丁的过程，主要记录了女主人向征兵官吏倾诉自己家庭面临的困难情况。

这是一首纪实风格的诗歌，诗中"老妇"向官吏倾诉她的家庭困难情况：三个儿子都去当兵，参加了邺城战役，其中两个儿子已于不久前战死；家里有个还在吃奶的孙子和他的生母，因为家境贫穷，儿媳妇没有一件像样的裙子可穿，不方便出来见人。除去隐瞒了有个老翁，其他情况应该都是真实可信的。老翁的翻墙逃走，事出无奈。如果他被抓了丁，这个家里侥幸活着的人都将没有活路，儿媳妇、孙子都难逃饿殍的厄运！

就是这样一首诗，近年却遭到了若干专家的非议！西北某大学一位教授，在一篇学术论文中提出如下观点：诗里的"老翁"是逃兵，他翻墙逃走是违反当时兵役法的违法行为；北京某著名大学一位教授在讲座时刻意淡化朝廷与百姓利益的矛盾冲突，把当时朝廷的利益拔高，等同于国家民族的利益。他的意思是，杜甫不应该批评官吏的"夜捉人"行为。

一东一西两位教授，他们的观点都不是"绝唱"，而有一定的代表性，跟他们持相同观点的人，数量还可能不少。他们都生活在距离杜甫创作《石壕史》时1200多年的今天，他们对当时朝廷政策、官员的维护，得不到李唐王朝的褒奖与赏赐。但是他们头脑里、心中的"臣"的意识根深蒂固，情不自禁地要为朝廷及其官员辩护。

从此就不难看出杜甫之所以被称为"诗圣"的原因：早在1200 多年前，杜甫已经可以超越自身阶级、身份的局限，为民请命。杜甫是一个具有"自由之精神，独立之思想"的人，是一个心怀悲悯、推己及人的儒者。杜甫的身上，散发着人性的光辉！

杜甫《石壕吏》：

『老妇』随官吏去军中服役是因为她深明大义吗？

杜甫《石壕吏》中的"老妇"最后是跟"夜捉人"的官吏走了。一些当代学者据此赞扬"老妇"深明大义。例如萧涤非先生在《杜甫诗选注》中说："这位老妇，一下子献出了三个孩子，最后还挺身而出，献出自己一条老命，虽由强迫，也不是没有义愤。"说得比较含蓄，但深明大义的意思还是看得出来的。谢思炜《杜甫诗》中这个意思就被表达得更加直白："尽管作者写老翁一家的遭遇充满同情，却并没有太多表现吏如何凶恶（当然也就没有很多谴责）的语句，甚至赞许老妇应役是深明大义之举。"

　　事实果真如此？我认为值得商榷。

　　一个普通百姓家庭，为了王朝平定他们自己集团内部人的"叛乱"，已经献出了三个青壮年的儿子，这样的母亲难道还不够深明大义吗？眼看着唯一有能力养家糊口的老翁又要被官府捉走，儿媳妇以及还在吃奶的孙子将被活活饿死。这种情况下，老妇表示愿意随官吏去军中服役，分明是万般无奈，迫不得已。"吏呼一何怒，妇啼一何苦"，杜甫已经交代得很清楚，官威不可违，妇苦无处诉，哪里还有老妇表现自己"深明大义"的丝毫余地！选择从军服役，老妇牺牲自己，绝不是为了李氏王朝、官家利益，她是为了保护自己的家不至于死绝灭门！

　　如果老妇的深明大义包含有"牺牲小家以成就国家"的成分，那她就不应该掩护老翁"逾墙走"，不应该啼哭得那么凄苦，没有必要向官吏倾诉自家的种种悲惨与苦难，她应该劝说、动员老翁不要翻墙逃走，告诫他"男儿要当死于边野，以马革裹尸还葬耳"（范晔《后汉书》）的道理，演出一折"老妇送翁上战场"的大戏。

我不清楚称赞老妇深明大义的当代学者们究竟是因为一时糊涂，还是他们古为今用、学以致用的治学理念所致。据我所知，古代研究杜甫诗歌卓有成就的学者，似乎没有人是持这种为表忠心，甘愿违背人性的观点的。仇兆鳌《杜诗详注》强调老妇一家遭遇悲惨，当时社会的民不聊生。王嗣奭《杜臆》更是把老妇描绘成善于糊弄、对抗官府的女侠："老翁走，此妇出门，便见胆略，而胸中已有成算。老翁之逃，妇教之也。吏呼则真，而妇啼一半装假，前致辞未必尽真也……"

当代学者中，霍松林先生说："老妇害怕守寡的儿媳被抓，饿死孙子，只好挺身而出。"（《唐诗鉴赏辞典》）这个说法比较客观，中肯。

杜甫《石壕吏》：

杜甫『暮投石壕村』具体住在哪里？

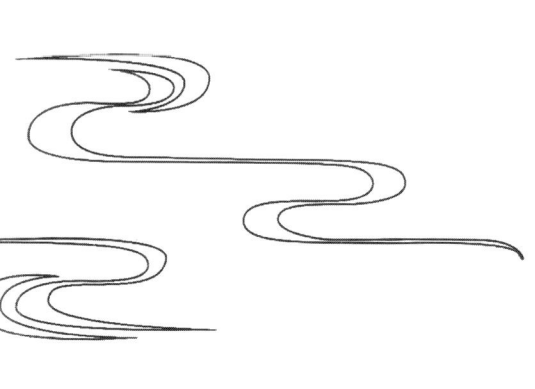

《石壕吏》诗的中间大段是"听妇前致词"的内容，最后两句是"天明登前途，独与老翁别"。学者们根据这两部分诗句判断，杜甫在石壕村投宿的正好是这户故事人家。仇兆鳌《杜诗详注》根据诗的第二段"备述老妇诉吏之词"推测杜甫当晚"宿于其家"。萧涤非《杜甫诗选注》："独与老翁别，是杜甫和老翁告别。老翁在天明以前，已偷偷回到家中，杜甫就是住在这位老翁家里的，所以和他告别。"

说杜甫当晚住在这户人家，情理上有讲不通的地方。

首先，从老妇向官吏倾诉的自家穷苦情况看，这户人家显然没有接待过往客人的条件与能力。生过孩子不久、还在哺乳期的儿媳妇"出入无完裙"，是老妇拒绝捉人官吏入室搜查的理由，杜甫住在他们家当然也是多有不便的。

其次，杜甫投宿在这户人家，但整个故事自始至终杜甫都没有发挥过任何作用，这不太合情理。杜甫时任华州司功参军，也是朝廷命官，而且在皇帝身边做过左拾遗的官，论品级、论见识，杜甫都远在捉人的小吏之上。按理说，小吏见杜甫投宿在这户人家，多少应该有所忌惮。

再次，石壕村不是多么偏僻的村庄，位于崤函古道附近，是洛阳西行经过函谷关、潼关通往华州、长安方向的重要道路。村中不敢说一定有官修的驿站，类似今天民宿、旅馆给过往客人提供食宿的店铺，唐朝叫"村店"，应该是有的，杜甫不必投宿在一户普通百姓家里。

还有，如果杜甫投宿在这户人家，以老妇的沉着机智，她一定会利用杜甫的身份，震慑一下捉人的小吏，为自己争取利益。

至于从诗中老妇向小吏倾诉的内容及翌日诗人只跟老翁一人道别来看，有两种解读：一种是杜甫投宿的地方是这户人家的近邻，夜里老妇对小吏说的话都听得清楚，次日跟老翁道别是诗人出于关心特意叩门道别；另一种是杜甫因为自己旁观或听了村民的介绍，大致了解官吏在这户人家捉人的情况，以此为基础，进行了添油加醋、移花接木的创作。至于诗人采用第一人称身份讲述故事，是为了增加真实性和可信度，增强诗歌的艺术感染力。换言之，这是一种叙事手法。

我曾经于2014年、2024年两度访问位于今天河南省三门峡市陕州区观音堂镇的石壕村。村庄面沟背山，村前是一条深切的沟壑，村后是一道几十米高的土梁。地理位置与环境大概跟唐代差不多。十年间村中住宅面貌几乎没有变化，有些房子看起来很有历史的沧桑感，给人一种自唐代以来变化不大的感觉。村中民宅，一户一院，普遍是矮小的平房，围墙也不高。邻居有官府夜里捉人这样的大动静，听得见说话声音，完全没有问题。

其实，杜甫当年是否投宿在故事家庭，对于理解诗意来说，不是一件多么重要的事情。倒是老翁当夜潜回家中，第二天早上诗人能跟他道别，这是个很值得关注的情节。它可以提示我们两点：一是官府"夜捉人"行动相当随意，当时捉住就抓走了，当时躲开事后并不追究；二是那时民风淳朴，老翁不用担心村里群众悄悄向官府举报。

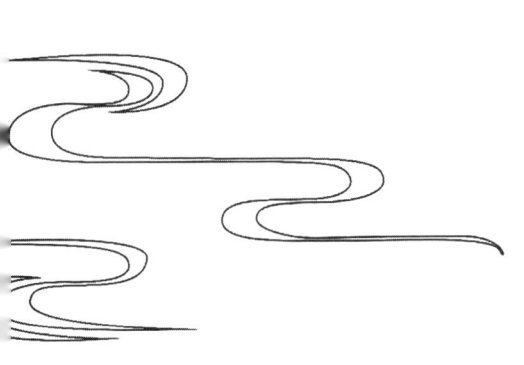

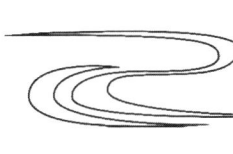

杜甫写出『三吏』『三别』

那一路的交通工具是什么？

有读者读完"三吏""三别"后，或许会提出一个问题：杜甫写出"三吏""三别"，是在乾元二年，公元759年春天，他到洛阳省亲后返回华州继续做他的司功参军。那么，他这一路使用的是什么交通工具？

这是一个有趣的问题。人们在阅读《石壕吏》的时候，如果知道杜甫使用的交通工具，是步行、骑驴还是骑马，理解"暮投石壕村"与"天明登前途，独与老翁别"等诗句时，就比较有画面感、亲切感，如临其境，如见其人。这对理解整首诗的诗意是大有好处的。

杜甫出门、旅行，步行、骑驴、骑马都有可能。

困守长安十余年，杜甫的主要交通工具是毛驴，《奉赠韦左丞丈二十二韵》诗"骑驴三十载，旅食京华春"可以证明。

杜甫至德二年（757）逃出被安史乱军占领的长安，在夏季草木掩护下昼伏夜行，逃窜到当时肃宗皇帝临时驻跸的凤翔，"麻鞋见天子，衣袖露两肘"（《述怀》），这一回大概是步行的。

至于骑马，那是杜甫的拿手好戏，早年在齐赵一带骑马射箭，呼鹰逐兽，裘马清狂，前后长达五六年。中年在朝廷做左拾遗，《晚出左掖》诗"避人焚谏草，骑马欲鸡栖"，应该是官府给配的坐骑。在成都，勉强做了严武幕府的参谋时，自嘲说"老去参戎幕，归来散马蹄"（《到村》）。晚年在白帝城，一次酒酣耳热之际，误以为自己是少年之身，骑马飞奔下坡。结果跌落马下。杜甫诗中，各个时期都有关于自己骑马的记载。可见，马是他一生中最常用的交通工具。

唐朝不同于东晋，东晋的马匹大都被征为军用，宰相以下只配备牛车。但唐朝大多数时候，民用马匹供应都不成问题。郑虔因为"诗书画三绝"受到唐玄宗的赏识，给了他一个广文馆博士的职位。这是个十分清冷的职位，但是，"广文到官舍，系马堂阶下。醉则骑马归，颇遭官长骂"（《戏简郑广文虔兼呈苏司业源明》），可见郑虔仍然有马可骑。

杜甫这一趟旅行，是任华州司功参军期间，作为朝廷命官，论理是有马可骑的；但是，当时朝廷军队正在相州跟安史乱军决战，形势危急，"有吏夜捉人"，难免也有大量征用民间马匹的可能。

如果没有明确的文字记载，杜甫这一次旅行，使用什么交通工具，是难以确定的。

所幸，"三吏"之一《潼关吏》中有如下几句诗："借问潼关吏：'筑城还备胡?'要我下马行，为我指山隅。连云列战格，飞鸟不能逾。"杜甫骑在马上向守关的官吏打听筑城是否为了防备胡人袭击，热心、自信的守关官吏于是邀请他下马，带他参观地理形势，向他展示战备状况。"要我下马行"，说明杜甫当时是骑在马上的。

既然认为"三吏""三别"都是杜甫根据从洛阳到华州这一路所见所闻创作的诗歌，洛阳到华州大约六百里路，合理想象，所用的交通工具应该是一样的，都是骑马。不大可能是过了石壕村，半路得到一匹马，骑到潼关。从石壕村到潼关城大约有三百里路。

　　杜甫有没有可能是坐轿车或轿子的呢？没有可能！秦始皇出巡各地坐豪华的"立车"或"安车"——都是马拉的铜车，唐太宗在宫廷里乘简易人力小轿子步辇，众所周知。但是，普通官员、民间出行用马拉轿车和轿子，是宋代以后的事。轿车费马，轿子费人力而且速度慢，杜甫根本用不起。还有，杜甫全部诗文里，没有一处记载他出行是坐轿车或轿子的。

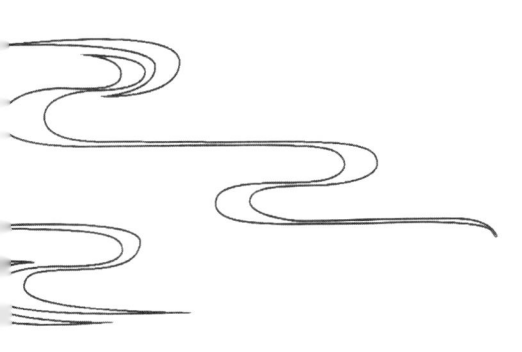

杜甫《江畔独步寻花》：
黄四娘是什么样的女人？

黄四娘家花满蹊，千朵万朵压枝低。

留连戏蝶时时舞，自在娇莺恰恰啼。

——唐·杜甫（《江畔独步寻花七绝句·其六》）

一个繁花似锦的私家花园，这个花园允许异性诗人杜甫一个人进入，随意观赏。这花园的主人"黄四娘"，究竟是个什么样的人呢？实在是令人心生好奇。

苏轼有一首作于海南儋州的诗，题目是《正月二十六日，偶与数客野步嘉祐僧舍东南野人家，杂花盛开，扣门求观。主人林氏媪出应，白发青裙，少寡，独居三十年矣。感叹之余，作诗记之》，诗中还有这样两句："主人白发青裙袂，子美诗中黄四娘。"可见，在苏轼的想象中，杜甫笔下的黄四娘是个农村老妇人。

元代杂剧作家乔吉散曲《折桂令·七夕赠歌者》："黄四娘沽酒当垆，一片青旗，一曲骊珠。滴露和云，添花补柳，梳洗工夫。"黄四娘摇身成了酒家老板娘。

清代学者浦起龙《读杜心解》："黄四娘自是妓人。"

当代学者萧涤非先生强调"娘子乃唐时妇女的美称"，意思是，黄四娘是有一定身份的女子。

也有人根据诗意，称黄四娘为杜甫居住成都时的邻家女子。

其实，这些说法都不合情理。黄四娘如果是有家庭身份的女性，称呼上应该用她丈夫的姓氏。直呼黄四娘家，分明表示她是个独居之人；黄四娘若是普通农村妇女，不大可能有一个鸟语花香的园子，"千朵万朵"，可见园子规模不小；黄四娘若是邻家女子，杜甫独自进入她家庭院，从容不迫地赏花、看蝶、听莺，不合当时礼制；如果黄四娘是妓女，杜甫不会随意进入她的庭院，更不会煞有介事地把这事写进诗歌。

我们这里提出一个新观点，供大家参考：黄四娘乃是花禅。花禅即早年曾经沦落风尘，后来遁入空门的女子。

唐代有称尼姑为"娘"的。唐玄宗为了将儿媳妇变成自己的妃子，让杨玉环短暂出家为尼，宫中呼为"娘子"。加上《江畔独步寻花七绝句·其五》"黄师塔前江水东"云云，黄师塔即僧人埋葬处，可知黄四娘居住之处接近佛寺。因此，黄四娘很有可能是尼姑。

稍晚于杜甫的唐代名妓薛涛，居住处在万里桥边，与杜甫草堂距离不远。可能杜甫家附近有条街巷，曾经是风尘女子聚居之地。黄四娘是花禅，亦庄亦谐，杜甫才可以用"竹枝词"变调，以"癫狂"心态游逛她的花园。在唐朝，文人士大夫跟才女尼姑交往，打情骂俏，屡见载籍，可见是当时社会习俗所允许的。

需要注意的是，"黄四娘"不是"黄四孃"。意思是"黄家四姑娘"，而不是"姓黄的四姨妈"。也就是说，这位花禅没有结过婚，年龄并不大。

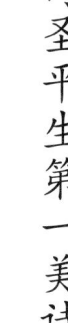

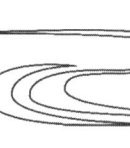

杜甫《绝句》：

「两个黄鹂鸣翠柳」，诗圣平生第一美诗

两个黄鹂鸣翠柳，一行白鹭上青天。

窗含西岭千秋雪，门泊东吴万里船。

——唐·杜甫《绝句四首·其三》

安史之乱被平定的第二年，公元 764 年春天，杜甫的世交好友严武被委任为剑南节度使，第二次担任蜀地的军政长官。在梓州避难一年多的杜甫一家，得以回到成都，回到浣花溪畔的草堂。这首诗作于返回成都后不久。不难想象，写诗的时候，杜甫心情大好。

大好心情下，杜甫写出了他平生最美的诗。

具体地说，有如下五种美：

一是对称美。两个对一行，黄鹂对白鹭，鸣对上，翠柳对青天；窗对门，含对泊，西岭对东吴，千秋对万里，雪对船。除了窗对门、西岭对东吴声调不是平对仄，雪对船不是同类事物之外，其他对得都相当工整。

二是色彩美。词语上的对称，在色彩上构成了明艳的画面，黄对白，翠对青，白雪对碧水。不用说，这是阳光明媚、和风拂面的春天。

三是景物美。黄鹂好声音，白鹭好颜色、好身形，雪山好景致，渡船好造型。这是一件天工与人力合作而成、动静结合的立休美术作品，精妙无比。

四是构图美。四句诗，分别是四幅画。其中"窗含西岭千秋雪，门泊东吴万里船"，都是我国古代园林艺术中的借景手法，纳天地大景于咫尺之间。有视觉，有想象，亦真亦幻。

五是心情美。正如王国维《人间词话》所说，"一切景语皆情语"。四句诗不是焦点透视、一眼所见，而是散点透视、环视四周所得，是全景组合。换言之，诗人凡所触目，皆是美景。诗人的心情之美，不言而喻。

"门泊东吴万里船"，在杜甫写诗的时候，未必是离开蜀地的实况，而可能是一种遐想、幻想。"越女天下白"（《壮游》），"思吴胜事繁"（《春日梓州登楼二首·其二》），皮肤白皙的越地女子，烟柳繁华、温柔富贵的吴地城乡，年轻时游历吴越的经历，在杜甫心里留下了太多美好的记忆。江东地区有一批杜甫诗歌的爱好者、知音，他们在那里刻印了杜甫的诗集，争相传阅。吴越，是一片令杜甫感到愉快的土地，这也是一种美好的心情，是令诗人感到心弛神往的想象。

杜甫写『两个黄鹂鸣翠柳』时是什么心情？

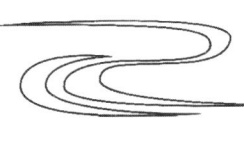

传统文论，有"诗言志，词言情"的分工。而实际上，表达情感也是诗歌的核心价值所在。没有感情和感情表达得不贴切的作品，都不是好诗，甚至不能算是诗。相应地，能否准确理解诗歌所表达的感情，也是诗歌阅读的重要修养。

杜甫这首《绝句四首·其三》字面意思并不复杂，其中蕴含着诗人什么样的感情？具体地说，是愉悦、欢快的心情？还是抑郁、忧愁的心情？

上海辞书出版社《唐诗鉴赏辞典》主张前者，称杜甫写作这首诗时"心情特别好"。前两句"传达出无比欢快的感情"，后两句"诗人愉快的心情不言而喻"。

著名学者程千帆先生主张后者。他说："前半以黄鹂、白鹭载鸣载飞之乐来反衬自己客居成都之抑郁无聊，有人不如鸟之意。"后半则暗示了"对于吐蕃内侵的忧虑以及一己怀归的心情"。

两种说法，截然不同。那么，孰是孰非呢？

模仿一句当下流行的俏皮话句式：成年人的世界不轻易做选择题。

让我们先来看看双方各自的理由。愉悦欢快说的理由有：天气好，晴空万里；黄鹂成双成对，鸟鸣声具有喜庆的意味；白鹭飞行姿态优美，色彩鲜明；千秋雪景嵌在窗框里，美景令诗人心情舒畅；万里船可供诗人畅行万里，"青春作伴好还乡"（《闻官军收河南河北》）。抑郁忧愁说的理由主要有：诗人曾在别的诗里表达过羡慕飞鸟能自由飞翔的意思；跟后两句有类似意思的作品《野望》"海内风尘诸弟隔，天涯涕泪一身遥"，抒发了忧虑战乱、怀念兄弟、思念故乡的感情。

可见，愉悦欢快说的理由来自对诗歌本身语句的直接解读，而抑郁忧愁说的理由来自对其他诗作的联想与佐证。表面上看，前者更有说服力。

但是，我们知道，杜甫的诗歌艺术不同于李白的清水芙蓉，喜怒哀乐都不加掩饰，令人一望可知；杜甫诗歌的风格是沉郁顿挫的，思想感情往往是复杂多义的，笑中带泪，喜时含悲。

如果把这首和同题的其他三首绝句放在蜀中叛乱被平定、好友严武回到成都任职、杜甫一家结束避难回到草堂居住的短暂时间内，这首绝句的感情固然应该作愉悦欢快理解；但是，如果把眼光放大到杜甫整个晚年，它的感情也的确可以解读为抑郁忧愁的。如同被称为杜甫生平第一首快诗的《闻官军收河南河北》，短暂的快乐，转头成空。写作"两个黄鹂鸣翠柳"等诗后不久，就因为严武死去等原因，杜甫不得不携家人作别黄鹂翠柳、白鹭青天、西岭雪景，登上万里船，离开草堂，离开成都，继续踏上漂泊之路。最终命殒旅途，客死他乡！

杜甫《茅屋为秋风所破歌》中的诗圣形象

八月秋高风怒号，卷我屋上三重茅。

茅飞渡江洒江郊，高者挂罥长林梢。下者飘转沉塘坳。

南村群童欺我老无力，忍能对面为盗贼。

公然抱茅入竹去，唇焦口燥呼不得。归来倚杖自叹息。

俄顷风定云墨色，秋天漠漠向昏黑。

布衾多年冷似铁，娇儿恶卧踏里裂。

床头屋漏无干处，雨脚如麻未断绝。

自经丧乱少睡眠，长夜沾湿何由彻。

安得广厦千万间，大庇天下寒士俱欢颜，风雨不动安如山。

呜呼！何时眼前突兀见此屋，吾庐独破受冻死亦足！

——唐·杜甫《茅屋为秋风所破歌》

说起杜甫，很多人都会第一时间想起他的《茅屋为秋风所破歌》，摇头晃脑地背诵起其中的诗句。不光是自媒体网红在拍视频、带货需要煽情时这样，就连有些作家、学者在与杜甫有关的学术性座谈会上也常常如此。自然，他们的结论和导向也大抵相似：杜甫家很穷，杜甫心中有太多忧愁，杜甫思想很伟大。

每当看到这些画面、场面，我都不免替杜甫着急。

在杜甫58年的人生中，是有穷的时候，也有很多忧愁的事情，思想也有伟大的部分。但杜甫出生于不用纳税服役的官宦人家、书香门第，在当时两大都城长安和洛阳都有土地和房产。杜甫也有七情六欲，生活中也有欢歌笑语，喜怒哀乐一样也不比别人少。杜甫是中国文学史上首屈一指的集大成诗人，他的诗歌，保存至今的有1400多首，各种题材，各种风格都有。人们不分青红皂白，根据《茅屋为秋风所破歌》中的诗句就给杜甫定了调，画了像，使他永远定格为穷困潦倒、愁眉苦脸的形象。

若是杜甫通过时光隧道穿越到今天，看到人们给他画的这副"尊容"，他的反应一定会是四个大字：哭笑不得！

除了郭沫若先生，大概其他人在阅读《茅屋为秋风所破歌》时心里都会有点儿优越感：杜甫比自己还穷。

这实在是个误会！杜甫在成都浣花溪畔前后五年的生活，总体而言是相当安逸的。因为安史之乱，杜甫带着妻子儿女辗转到了成都，马上就得到了安身之所，经营住宅，得到日常生活用品，种植数目不小的松竹果树，这得多大一片土地呀！然后，就过上了跟妻子下下棋、划划船，看儿女们钓鱼、游泳的悠闲生活。说是草堂，墙壁上却有著名画家给他画的山水、骏马。他的居所，"万里桥西宅，百花潭北庄"（《怀锦水居止二首·其二》），"窗含西岭千秋雪，门泊东吴万里船"（《绝句四首·其三》），环境优美。试问：这是你我这样的普通人能享到的福吗？川西成都地区，上自节度使，下至州县令长，不少是杜甫的亲朋好友，出钱出力，他们都能给杜甫以切实的帮助。

杜甫的穷困大多是暂时的，苦难往往是语言艺术渲染的效果。

这样说丝毫没有贬低杜甫思想境界的意思。相反，杜甫在自身丰衣足食、偶然遭遇困难时刻，能够想到真正处于饥寒交迫状态的寒士，泣血喊出："安得广厦千万间，大庇天下寒士俱欢颜，风雨不动安如山……何时眼前突兀见此屋，吾庐独破受冻死亦足！"其思想上已经超越了推己及人的儒家圣贤境界，而上升到了舍己为人的佛陀、耶稣的"救世主"境界！

《覆舟二首》：杜甫最诙谐的诗歌作品

巫峡盘涡晓，黔阳贡物秋。

丹砂同陨石，翠羽共沉舟。

羁使空斜影，龙宫闷积流。

篙工幸不溺，俄顷逐轻鸥。

竹宫时望拜，桂馆或求仙。

婺女凌波日，神光照夜年。

徒闻斩蛟剑，无复爨犀船。

使者随秋色，迢迢独上天。

——唐·杜甫《覆舟二首》

作为中国历史上最伟大的现实主义诗人，杜甫有许多揭露丑恶、批评朝政、同情百姓的作品。因此，杜甫诗歌给予读者的印象通常是嫉恶如仇，义正词严。而实际上，作为集大成的诗人，杜甫诗歌的语言风格是多样的，艺术手法也是多变的。

本篇要赏读的《覆舟二首》，就不同于"三吏""三别"之类凝重风格的作品，呈现出诙谐、幽默的特点。

诗歌的写作背景是：唐朝皇帝，包括玄宗李隆基，认道家始祖李聃（老子）为先人，推崇道教，痴迷于炼丹服药，梦想成仙，祈求长生不老。上有所好，下必趋附。地方官员为了讨好朝廷，纷纷搜集道家炼丹用的丹砂和装饰用的翠鹬羽毛等物作为贡品，派遣使者送往京城。自然，这种事情会给百姓的生产生活造成困扰，增加他们的负担。再者，杜甫本人是儒家信徒，认为炼丹、成仙是荒唐之事。凑巧，发生了这样一件事情：一艘运送丹砂、羽毛之类贡品的船在巫峡沉没。

杜甫利用这次事故，用轻松的笔调，对朝廷和地方官员进行了嘲讽。

第一首，像新闻报道一样描述整个事故。沉船事故发生的地点（黔阳县境内的巫峡）、时间（秋季）、物品损失（丹砂、翠羽）、人物伤亡（押运贡品的官员溺死，乘船的篙工生还）、原因（丹砂、鸟羽太重）等，新闻五要素都有了。但显然，诗歌并不是对事故进行客观、理性的叙述，而巧妙地加以褒贬。后四句翻译成现代汉语，大致是：押船官员，一个漂亮的侧身空翻，入水之后就到了龙宫深渊，再也没有上来；撑船的篙工，虽然也落入水中，但很快就在水面上跟鸥鸟追逐嬉戏起来了。巫峡的江水溺不死篙工。"龙宫阒积流"，文雅的词语，字里行间都是幸灾乐祸；一个"幸"字，表达了对无辜百姓的关切之情。

显然，杜甫写了第一首后，觉得意犹未尽，于是再来一首，用更加典雅精致的词语和诗句，对当时朝廷炼丹求仙的荒唐行径进行了嘲谑。前两联，君臣在祭拜祈福，直到贡船沉没之时，他们都还在祈求成仙。后两联，指出道家的矛盾：既然道家自诩有能斩杀蛟龙的宝剑和燃烧发出的光亮可以消灭水族怪物的犀牛角，为什么押船的官员还是溺水而死呢？"使者随秋色，迢迢独上天"，借用道家成仙飞升的说法，指称押船官员的溺死。本应飞升上天，他却下坠入水，故意说反话，加以嘲笑。

安静处细细品味这首诗歌的措辞，是会忍不住发出笑声的！

杜甫怎样描写绝世美女王昭君？

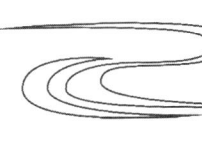

群山万壑赴荆门，生长明妃尚有村。

一去紫台连朔漠，独留青冢向黄昏。

画图省识春风面，环珮空归月夜魂。

千载琵琶作胡语，分明怨恨曲中论。

——唐·杜甫《咏怀古迹五首·其三》

王昭君是中国历史上"四大美女"之一，因为她的性格刚正不阿，命运坎坷多难，历代文人墨客多有把她视为自己命运化身的，借她的故事抒发怀才不遇的感慨。因此，关于她的诗歌作品特别多，赞美她容貌的佳句不胜枚举，而且花样翻新。但是，如果论对读者心灵震撼的强烈程度，杜甫这首《咏怀古迹》堪称第一！

诗歌内容如下：王昭君出生于荆门附近，今天湖北省宜昌市兴山县昭君镇（原城关镇）。因为不肯贿赂画师，她给汉成帝筛汰过目用的画像被画师丑化了。结果匈奴王选中她为和亲对象，她只能忍辱负重远嫁匈奴。按照匈奴习俗，她先后做了匈奴王父子三人的妻子，死后埋葬在遥远的北方沙漠地区——今天呼和浩特市南边，成为异国他乡的游魂。远在匈奴的王昭君，只有在弹奏琵琶时，才能倾诉一下心中的思念和怨恨之情。整首诗都在讲述王昭君和亲远嫁的故事，没有一句议论。

正如少年时代即以善作古体诗著称、写出过"曾因酒醉鞭名马，生怕情多累美人"（《钓台题壁》）名句的郁达夫所指出的，杜甫这首诗的艺术手法是：诗句所描写景物，上一句阔大，下一句细小，忽大忽小，错落有致。"群山万壑赴荆门"景物阔大，"生长明妃尚有村"景物细小；"一去紫台连朔漠"景物阔大，"独留青冢向黄昏"景物细小。

郁达夫能凭自己的直觉感受到这种艺术手法的好处，但是他不知道这个好处就是上世纪五六十年代风靡欧美文学评论界的"新批评派"所说的语言的张力。这种语言的张力可以给读者造成审美心理上强有力的冲击，使他们的内心、感情被深深地打动，乃至震撼。

其实，清代学者吴瞻泰已经准确地感受到了这种语言张力所造成的震撼人心的艺术效果，他在《杜诗提要》书中说："发端突兀，是七律中第一等起句，谓山水逶迤，钟灵毓秀，始产一明妃。说得窈窕红颜，惊天动地。""窈窕红颜，惊天动地"八个字，概括得十分准确生动。

用摄影术语来说就更加通俗易懂："群山万壑赴荆门"是俯瞰，是远景，全景；接着，镜头被瞬间拉近，"生长明妃尚有村"是近景，是特写，定格在著名美女"明妃"身上。这个时候，聚光灯照着"窈窕红颜"王昭君，她身外的一切，包括千山万壑，都只是陪衬，都悄然隐去，世间只有明艳照人的王昭君！

奇妙的是，诗中并没有一个字是描写王昭君的容貌或服饰的。这真是：不著一字，尽得风流！

杜甫诗歌的微观世界也妙趣横生

杜甫的诗歌之所以被称为"诗史"，是因为反映了李唐王朝由盛转衰的历史变化，许多重大历史事件、社会问题和历史人物，都在他的诗歌里得到了描写和记载。因此，称杜甫手中的笔为"如椽之笔"，并非夸张。

杜甫的写景诗句，大家耳熟能详的有："岱宗夫如何，齐鲁青未了"（《望岳》）；"锦江春色来天地，玉垒浮云变古今"（《登楼》）；"无边落木萧萧下，不尽长江滚滚来"（《登高》）；"星垂平野阔，月涌大江流"（《旅夜书怀》）；"吴楚东南坼，乾坤日夜浮"（《登岳阳楼》）等，都是天地大景。

但是，千万不要因此就认为，杜甫只会用粗豪大笔书写雄奇壮阔的江山大景。实际上，杜甫也能用蝇头小楷勾勒细致入微的草虫小景。这些工笔画风格的诗句，假如我们能用心、细心去品读，不难发现，其中妙趣横生。

泥融飞燕子，沙暖睡鸳鸯。（《绝句二首·其一》）

这两句诗摘自写于阆州、表现春天美景的一首五言绝句。春天来临，天气转暖，鸟语花香。前两句"迟日江山丽，春风花草香"，写的是远景，由江山、花草组成的静态之景，是全景；后两句转入近景，由燕子、鸳鸯组成的动态之景，局部之景。泥土融化，沙地暖和，燕子飞翔，鸳鸯酣睡，共同组成了一幅和谐、温馨的图画，这都需要诗人静心、细心观察。对读者而言，不知不觉间，身为之静，情为之专，心为之醉。

山果多琐细，罗生杂橡栗。或红如丹砂，或黑如点漆。(《北征》)

唐肃宗至德二年，公元 757 年 8 月，唐肃宗李亨给左拾遗杜甫放了个假。杜甫从凤翔（今陕西省宝鸡市）出发，向西北方向走，前往鄜州（今陕西省延安市富县）探望妻子儿女。到达鄜州后，写了一首题为《北征》的长诗。上述四句就出自这首叙事长诗，以朝廷官员身份表达忠君爱国之情。诗歌以广阔、深厚的山川、社会为背景。但是，杜甫在用广角摄取山川远景的时候，突然将镜头聚焦于面前咫尺，用微距刻画眼前小景。在"猛虎立我前，苍崖吼时裂"的山谷中，突然出现丛丛或鲜红、或漆黑的山果。这些山果，在雨露滋润下，"甘苦齐结实"，组成了一片安宁祥和的小世界。对历经艰险的旅人而言，这是多么令他惊诧、欣喜的景致！

仰蜂粘落絮，行蚁上枯梨。(《独酌》)

蜜蜂是身形细小的昆虫，加上飞翔时翅膀快速震动，很少有人能注意到蜜蜂飞行时杨花柳絮飘落在它们朝上的脸上这样的细节；蚂蚁排列成行在枯树枝干上爬行，也很少有成年人会去注意它们究竟是往上移动还是往下移动。但是，杜甫都认真观察了，而且郑重其事地把它们写进诗歌，生动而传神。运用中国文学史上最高雅的文体——诗歌，去表现这些微不足道的事物与景象，可以说，这是杜甫的创举。

　　杜甫不但能在一首诗中，用两个或四个句子去表现微观景致，他还能用整首诗表现微观世界的景物与故事。例如，《风雨看舟前落花，戏为新句》完整地讲述了一个微观世界中花草虫鸟之间的情感故事，生动有趣！

被遗弃的乡村：
令人想起杜甫的两首诗

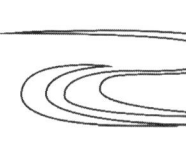

如今，人去楼空，满目断垣残壁，荒草连天的乡村，随处可见。在全球性的城镇化大潮中，我国乡村衰落的程度与速度，犹如汹涌澎湃的江河。规模之大，速度之快，令人惊诧，令人惆怅。每次走在半荒芜的村落中，我的心里都会翻涌起复杂的情感，有好奇，有担忧，有伤感。那些离开祖祖辈辈居住了千百年的村庄祖屋的人们，如今都身在何处？离开故土以后，他们靠什么丰衣足食，养家糊口？实现"适彼乐土"的理想了吗？以人工智能为代表的现代工业技术日新月异，生活节奏越来越快，大量人力工作将被机器人取代；世界上不少地方正炮火连天，生灵涂炭，民不聊生……那些在乡村有过安静稳定的慢生活经历的人们，他们会怀念从前的日子吗？他们会想着有朝一日返回故里吗？科技的发展，生产方式的改变，不远的将来会让乡村跟城市一样适合人们生活吗？

乡村凋敝，历史上也曾经发生过，诗歌里就有记载。走在距离诗圣杜甫出生地只有120公里的村落中，我不禁想起杜甫的两首诗。

第一首是《兵车行》：

> 边庭流血成海水，武皇开边意未已。
> 君不闻：
> 汉家山东二百州，千村万落生荆杞。
> 纵有健妇把锄犁，禾生陇亩无东西。
> …………

杜甫这是批评唐玄宗在位时好发动拓边战争，大量征召青壮男子入伍，造成农村缺少劳动力，村庄中杂树丛生，田地抛荒，颗粒无收。

第二首是《无家别》：

> 寂寞天宝后，园庐但蒿藜。
> 我里百余家，世乱各东西。
> 存者无消息，死者为尘泥。
> 贱子因阵败，归来寻旧蹊。
> 久行见空巷，日瘦气惨凄。
> 但对狐与狸，竖毛怒我啼。
> 四邻何所有，一二老寡妻。
> …………

朝廷军队在邺城吃了败仗，一位士兵回到家乡，发现家已经不存在了。村庄景象惨不忍睹：家园房屋已经荡然无存，长满了野草。一百多户人家的村子，因为战乱，村民四散逃难，活着的不通消息，死去的已经化为尘土。士兵回到村子，巷陌空空，不见人影，气氛凄惨。倒有几只狐狸，冲着他炸毛怒啼。寻遍四邻，只见到一两个年老的寡妇。

杜甫诗中记载的农村凋敝景象，祸源都是兵燹。青壮年男子大量战死沙场，战乱、饥荒导致贫穷，粮食、医药都严重短缺，百姓不是饿死，便是病死。总而言之，农村凋敝是由于人口骤减。今天的情况截然不同。不是因为人口减少，而是由于经济发展的需要。因为改革开放，三四十年里，社会经济快速发展，民生状况有了明显改善。市场经济因素，生产方式的改变，使得人口与财富的分布发生了巨大变化：人口和财富都流向了城市，农村被嫌弃，被丢弃了。

这种人口和财富的流向，令人目眩心惊的同时，也令人疑惑：林立的高楼，逼仄的空间，污浊的空气，真的适合人类这种两腿直立行走的无毛动物居住吗？山清水秀、空气清新的乡村，会因为位置偏僻、距离遥远、交通不便而被人类永久丢弃吗？

刘皂《旅次朔方》：
思乡的无奈与忧伤

虽然诗歌不是以讲道理为主的文体，但是阅读诗歌作品时，为了更好地了解诗歌的美妙，更深入地理解诗歌的含义，是不妨刨根究底地问几个"为什么"的。"为什么"也许问不出语文考试的标准答案，问不出事情背后的原因，但是，能够让读者思维发散，展开联想，多方探索，从而获得意料之外的知识，体验不曾亲身经历的情感。这里我们以刘皂的《旅次朔方》为例：

　　客舍并州已十霜，归心日夜忆咸阳。
　　无端更渡桑干水，却望并州是故乡。
　　　　　　　　　　　　——唐·刘皂《旅次朔方》

　　正式赏读诗歌之前，先说一下作者究竟是刘皂还是贾岛的问题。不少诗集把这首诗归在贾岛名下，《全唐诗》采取两可态度，《元和御览诗集》归在刘皂名下。我赞同刘皂所作的观点。理由有三：一是诗中"忆咸阳"指诗人想家，但贾岛是范阳（在今天北京房山一带）人，籍贯不合；二是贾岛一生，没有客居并州十年的经历；三是刘皂虽然诗名没有贾岛大，保留至今的作品除此之外仅四首，但诗写得不错，尤其善于表现离别、思念之情，例如：《边城柳》"一株新柳色，十里断孤城。为近东西路，长悬离别情"，《长门怨三首·其二》"宫殿沉沉月欲分，昭阳更漏不堪闻。珊瑚枕上千行泪，不是思君是恨君"。

此外，这首诗的题目有两个：一个是《旅次朔方》，一个是《渡桑干》。前者是概括诗意，后者是指出重点，两个都挺切题，难分优劣。

我们要问的第一个"为什么"是：为什么客居并州十年里归心似箭，日夜思念家乡咸阳？

刘皂生平，除了猜测其在唐贞元年间在世外，几乎一无所知。有人说他是为了谋取功名利禄，才在远离家乡的并州（今山西太原）客居十年。无论诗人是从军还是经商，日夜归心似箭，还能逗留十年之久，简直不可思议。揣摩诗意，更多的是身不由己，或者对环境非常不满意。是否谋求功名利禄，并不重要。重要的是，唐朝时，并州是边疆地区，北邻匈奴，军情危急，人民悍勇，多沙尘，寒冷时间漫长。这些情况在唐诗中都有反映。例如：李顾《塞下曲》"少年学骑射，勇冠并州儿。直爱出身早，边功沙漠垂"；李端《送王副使还并州》"并州近胡地，此去事风沙。铁马垂金络，貂裘犯雪花"；曹松《送进士喻坦之游太原》"并州戎垒地，角动引风生"。

第二个"为什么"是：为什么诗人在不得不渡过桑干河后，会把并州视为故乡？

这需要我们了解桑干河跟并州的地理位置关系。桑干河发源于山西省宁武县，向北流经忻州市、朔州市、大同市。进入河北省，在怀来汇合洋河后流入官厅水库。出官厅水库，成为永定河。在山西境内，桑干河基本上是从西南向东北方向流淌的河流。因此，渡桑干可以理解为向西北方向移动。渡过桑干河，比起并州，其地理位置更加偏远、更加接近胡人地界因而更加危险、天气更加恶劣。用今天的话说，没有最糟糕，只有更糟糕。

"无端更渡桑干水"，情况有点类似苏轼被朝廷一再向南方贬斥。苏轼是越贬越南，这首诗的作者是"越走越北"，这都不是他们内心愿意发生的事情。苏轼《自题金山画像》诗："问汝平生功业，黄州惠州儋州。"不像今天，海南是人们向往的旅游胜地，在苏轼那个年代，岭南地区是炎方，是瘴疬之地。虽然水果种类繁多，可以实现"荔枝自由"["日啖荔枝三百颗，不辞长作岭南人"（苏轼《惠州一绝》)]，但是，待在那里会有生命危险。有人研究苏轼遇赦北返途中死去的原因，认为他的身体已经中了瘴疬毒气。对于咸阳人刘皂来说，路途遥远、军情危急、苦寒、风沙等等，都是他痛苦的渊薮。苏轼经历的坎坷多，随遇而安的能力强，贬斥多了，他能做到"心似已灰之木，身如不系之舟"（苏轼《自题金山画像》)。刘皂做不到苏轼那么洒脱，他只能在"归心日夜忆咸阳"的基础上，加上一个思念的地方——并州！或者说，并州取代咸阳，成为他思念的故乡。咸阳因为路途更加遥远，更加难以回去，在诗人思念的地图上变得模糊。这是怎样的无奈与忧伤！

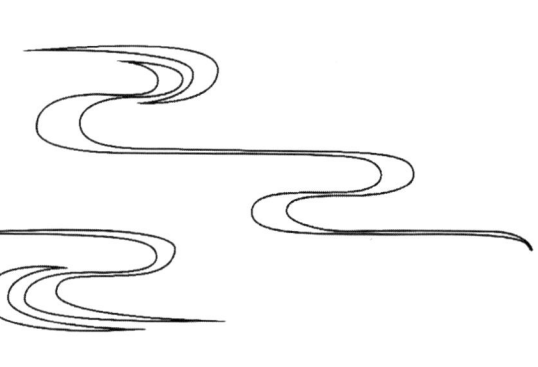

柳宗元《江雪》：
这不是一首写钓鱼的诗！

千山鸟飞绝，万径人踪灭。

孤舟蓑笠翁，独钓寒江雪。

——唐·柳宗元《江雪》

乍一听，这像是一首写钓鱼的诗。一个老人在天寒地冻的季节钓鱼。

其实，这是一首表现诗人内心清高与孤傲的作品！

这首诗作于柳宗元被贬永州期间。唐顺宗永贞元年，即公元805年，柳宗元参加王叔文发动的意在内抑宦官、外制藩镇的"永贞革新"运动，运动失败后被贬为永州司马。柳宗元谪居永州，历时十年之久。不难想象，这期间柳宗元的处境很糟糕，内心是孤独、苦闷的。

诗歌用高度夸张的手法，营造了一个广阔、凄清、寒冷、孤独的世界：因为下雪，天地一片银白，连绵群山的上空不见一只飞鸟，阡陌纵横的地面道路没有一个行人——自然景物是如此广阔。但是，这个广阔的世界，却意外地出现了一只小船、一个穿着蓑衣戴着斗笠的渔翁——人间形象是如此渺小。自然景物的广阔，跟人间形象的渺小之间构成了强烈的对比。

这是一首寓情于景的诗，表面上是写景，写出了诗中有画的景——寒江垂钓图，而实际上却表现了诗人内心世界的清高与孤傲。

前人已经注意到，千山、万径这两个大数量的词语跟孤舟、独钓这两个单数词语构成惊人的反差效果。其实，这首诗的用韵，也是非常有讲究的。绝、灭、雪都是入声字，入声字的读音特点是"短促急收藏"，吟咏时戛然而止，不能拉长；入声韵不同于阴声韵、阳声韵能够表现舒缓、从容的意境，它通常只能表现凄绝、孤独的意境。言为心声，入声韵的字，表现的是诗人内心的决绝，不求和解、不留余地、不畏艰险、不惧对立。因此，塑造的人物形象，具有遗世独立的品性。

柳宗元作于同一时期的另一首脍炙人口的作品《渔翁》，押的也是入声韵：

渔翁夜傍西岩宿，晓汲清湘燃楚竹。
烟销日出不见人，欸乃一声山水绿。
回看天际下中流，岩上无心云相逐。

好像是巧合，这首诗的主人公也是渔翁。不同的是，这首诗表现的不是白雪覆盖的寒冷冬季，而是山清水秀的温暖春夏。不过，毕竟都是渔翁，遗世独立的心境是一样的。

入声韵表现意境的特点，可以通过比较而凸显出来。跟柳宗元时代相近的诗人元稹表现冷宫宫女生活的《行宫》诗，其意境就与之截然不同：

寥落古行宫，宫花寂寞红。
白头宫女在，闲坐说玄宗。

论孤独，冷宫里的白头宫女丝毫不亚于江边垂钓的渔翁。但是，诗歌押了鼻音韵尾的阳声韵，表现出来的就不是宫女内心的决绝，而是绵绵无尽的惆怅。遭冷落、被遗弃的宫女，她们的心里不敢有愤怒，也不敢有怨恨，能有的只是无奈和迷茫。白头宫女的哀怨语音，仿佛在宫墙的阻隔下成为回音，缭绕在百无聊赖的宫女周身，显得岁月更加单调，漫长。

同样是表现孤独，李白跟柳宗元的孤独也不一样。李白的《独坐敬亭山》《月下独酌》也是表现孤独的。但是李白的孤独，人与景物之间有情绪上的交流，可以同享快乐。"相看两不厌，只有敬亭山""举杯邀明月，对影成三人"。柳宗元的孤独，人是超然物外的，跟景物之间没有任何交流。

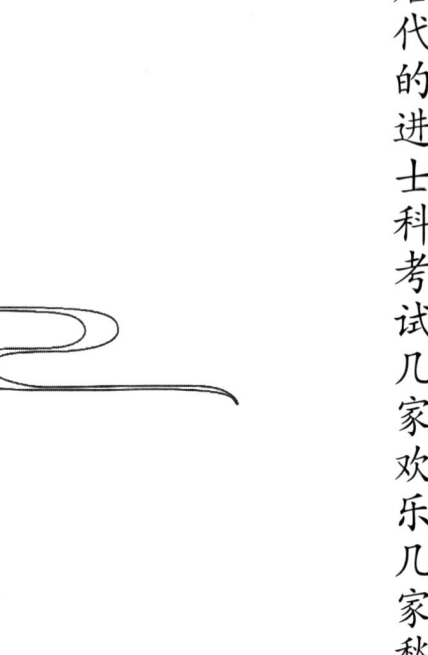

唐代的进士科考试几家欢乐几家愁

孟郊《登科后》：

贞观初年，有一次，唐太宗微服出行，在端门看见新科进士连缀而行，十分得意，对身边侍从说了一句豪气满满的话："天下英雄入吾彀中矣！"

其实，李世民这句豪气冲天的话语，完全经不起推敲。唐朝几十种科举考试科目中，进士科考试每次录取的名额非常有限。根据徐松《登科记考》记载，唐朝289年里进士科考试，共举行266次，及第进士共6442人，平均每年只有22人。录取率只有百分之一二。最少的时候，只录取三五人，最多的时候也不过四五十人。这跟后来宋、明、清等朝代动辄成百上千，最多的时候甚至上万比起来，简直是小巫见大巫，零头都不如。

最受欢迎同时也是录取比例最低的进士科考试，势必将相关人士的悲喜情绪无限放大：登科者固然风光无限，心花怒放；而落第者，则落寞惆怅，黯然神伤。口说无凭，有诗为证：

最能反映登科、落第悲喜两重天情形的，非《登科后》一诗莫属：

> 昔日龌龊不足夸，今朝放荡思无涯。
> 春风得意马蹄疾，一日看尽长安花。
>
> ——唐·孟郊《登科后》

十年寒窗，金榜题名之前，读书人灰头土脸，蓬头垢面，无人理睬；金榜题名之后，扬眉吐气，春风得意。澎湃的心情，恨不得快马加鞭，一日看尽长安的花朵。

这一首诗主要表现诗人考中进士后的喜悦心情。失败过两次，到四十六岁才考中进士的孟郊，前两次落第后的落寞惆怅，在两首落第诗中都表现得非常真切，令人动容：

> 晓月难为光，愁人难为肠。
> 谁言春物荣，独见花上霜。
> 雕鹗失势病，鹪鹩假翼翔。
> 弃置复弃置，情如刀剑伤。（《落第》）

> 一夕九起嗟，梦短不到家。
> 两度长安陌，空将泪见花。（《再下第》）

落第者愁肠百结，心情无法开解；万物复苏的春天，落第者看见的却是尚未消融的冰霜；文采出众的铩羽而归，平庸之辈却榜上有名；充满自信，满怀用世理想，却遭无情黜落、遗弃，内心有如被刀剑划伤。落第之后，彻夜难眠，一次次地起身悲叹，入眠太短暂，短到连做一个回家的梦的时间都不够。两次到长安赶考，看见花朵都忍不住泪涌满眼，伤心不已。

有一位赵姓女子所写的《夫下第》诗，惟妙惟肖地刻画出了落第丈夫回家时遭受邻里嘲笑、脸面无光的形象，夫妻见面时难以言表的尴尬：

良人的的有奇才，何事年年被放回。

如今妾面羞君面，君若来时近夜来。

　　《全唐诗》中，表现进士考试失败后境遇与心情的作品，数量巨大。相传出自诗人赵嘏之口的"太宗皇帝真长策，赚得英雄尽白头"两句诗，道出了进士科考试对士子们普遍、长久的伤害。

孟郊 《登科后》：

为什么是马蹄疾？ 为什么一日看尽长安花？

在唐代几十种科举考试科目中，进士科以其参与考试者诗文名家众多、及第难度大、日后多有位至宰辅者等特点，成为唐代最负盛名、最被推重的考试。考中进士的人，被称为"白衣卿相""一品白衫"。以至于出现"缙绅虽位极人臣，不由进士进者，终不为美"的情况。

进士难考，考中后荣耀非凡，前程似锦。金榜题名举子的喜悦，被诗人孟郊"春风得意马蹄疾，一日看尽长安花"两句诗，表现得淋漓尽致。

那么，诗人为什么用飞马观花来表现登科后的快乐之情呢？这跟当时社会的流行风尚有关。大唐时期，由于国力强盛，社会安定，经济昌盛，文化繁荣，宴饮、赏花、骑马成为众举子日常生活的主要内容，拿来打比方，正合适。

先说赏花。读过一些唐诗的人，对唐朝赏花风气之盛都会有深刻的印象。李白在山里跟隐士饮酒，不能缺少鲜花，"两人对酌山花开，一杯一杯复一杯"（《山中与幽人对酌》）；杜甫独自在江边漫步，不知不觉间就走进了黄四娘家的花园，"黄四娘家花满蹊，千朵万朵压枝低"（《江畔独步寻花七绝句·其六》），尽情欣赏起来；刘禹锡《元和十年自朗州承召至京戏赠看花诸君子》《赏牡丹》等诗更是写出了春天长安和洛阳赏花场面的宏大与热闹——"紫陌红尘拂面来，无人不道看花回""唯有牡丹真国色，花开时节动京城"。

再说宴饮。《唐摭言》记载，进士科考试放榜后，京城就进入了宴饮赏花的季节，"人置皮袋，例以图章、酒器、钱绢实其中，逢花即饮"。诗人张籍有诗句道："无人不借花园宿，到处皆携酒器行。"写诗祝贺朋友考中进士，诗句中少不了花的点缀。例如："满怀春色向人动，遮路乱花迎马红"（赵嘏《今年新先辈以遏密之际每有宴集必资清谈书此奉贺》），"高情懒行乐，花盛仆马前"（刘驾《送人登第东归》）。姚合的《杏园》诗这样描写曲江观宴与赏花情景："江头数顷杏花开，车马争先尽此来。欲待无人连夜看，黄昏树树满尘埃。"

唐代人赏花"胃口大"，花的种类完全不挑剔，牡丹、桃花、杏花、槐花乃至油菜花，都在他们观赏范围之内。当然，最名贵、最受欢迎的还数牡丹花。李肇《唐国史补》记载："京城贵游尚牡丹，三十余年矣。每春暮，车马若狂，以不耽玩为耻。执金吾铺官围外寺观，种以求利，一本有值数万者。"

宴饮、看花还有题名大雁塔，是举子中进士后狂欢的三大项目。正如郑谷诗句所道："题名登塔喜，醵宴为花忙。"（《贺进士骆用锡登弟》）

最后是骑马。一般而言，唐代举子的交通工具都是马匹。但是少数家境贫寒的，某些特定时期，也可能退而求其次，骑毛驴或者徒步。比如，唐懿宗李漼咸通（860—874）末年，有当政者觉得举子们骑骏马、带仆人，场面大，太奢侈浪费，不能提倡。于是上书皇帝，禁止进士、举人骑马，只能骑驴。深究原因，大概是因为到了唐末，国运式微，经济衰退，马匹供应已经有困难，铺张浪费不符合当时国情。不出意料，只准进士、举人骑驴狂欢的规定，遭到了诗人的讽刺，有人作诗道：

"今年敕下尽骑驴，短鞘长鞭满九衢。清瘦儿郎犹自可，就中愁杀郑昌图。"（《嘲举子骑驴》）日后做到宰相的郑昌图（字光业）身材魁梧，愁的不光是人，还有他胯下的毛驴！

柳公权《为宫嫔咏》：
大书法家用诗歌化解宫廷情怨

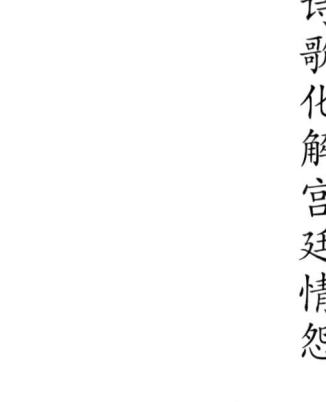

唐诗，实在是一个神奇的世界。诗歌的作用，只有我们想不到，没有它们做不到的；一个看起来不像是会做诗的人，关键时刻如果有需要，也能七步成诗，赢得满堂喝彩！

不分前时忤主恩，已甘寂寞守长门。

今朝却得君王顾，重入椒房拭泪痕。

——唐·柳公权《应制为宫嫔咏》

柳公权这三个字，大家都不陌生。学习过书法的少年儿童，即使没有临摹过《玄秘塔碑》《冯宿碑》《神策军碑》等著名碑帖，至少也听书法老师说过这位书法家的姓名。唐代最有名的两位楷书大家，颜真卿、柳公权，这两个名字对书法爱好者而言，可谓如雷贯耳。范仲淹曾经称赞他们的书法是"颜筋柳骨"。柳公权的书法远取钟繇、王羲之，近取颜真卿、欧阳询，形成自己以骨力劲健见长的独特风格，"如辕门列兵，森然环卫"（陆心源《宋史翼·岑宗旦》）。苏东坡称赞柳公权书法"能自出新意"（《东坡题跋》卷四），米芾则用道家修炼境界比喻柳公权的书法："如深山道人，修养已成，神气清健，无一点尘俗。"（《米芾集·书评》）整个中国书法史上，有"楷书四大家"的说法，分别是唐代的颜真卿、欧阳询、柳公权和元代的赵孟頫。可见，在书法界中、书法史上，柳公权是因楷书而封神的人物。

柳公权的主要成就，除了书法，还有辞赋。他的胞兄、官至兵部尚书的柳公绰在写信向宰相推荐柳公权时说过"家弟苦心辞艺"的话。因为善于写作赋体散文，柳公权曾在进士科考试中拔得头筹——中过状元。

柳公权的终身事业则是做官，他历穆宗、敬宗、文宗三朝，主要工作是给皇帝提意见，做过左拾遗、翰林学士、右补阙、弘文馆学士、谏议大夫等，官至国子祭酒、工部尚书、太子太保，封河东郡开国公，死后获赠太子太师。柳公权在担任谏官期间，不是唯唯诺诺之辈，他大胆提出自己的意见，敢于批评皇帝的错误做法，当时人称赞他"有诤臣风"。

这样一位仕途通达的封建官员，给人的印象，大概是一副板着面孔、不苟言笑、正襟危坐的样子。

但是，他竟然干过一件只有浪漫诗人才能干得了、干得好的事情：即景赋诗，调解皇帝与嫔妃之间的矛盾，使他们尽释前嫌，重归于好。

事情是这样的，唐武宗李炎曾经被一个嫔妃惹怒，冷落了她一段时间。但武宗皇帝终究是喜爱这位嫔妃的，想要把她召回身边，只是苦于没有台阶下。于是，一天当着众人的面对柳公权说："朕生这位嫔妃的气，但如果柳学士能为她写一首诗，朕便可以不跟她计较。"武宗皇帝这样说，大概也有为难一下柳公权的意思。

柳公权虽然有六首诗保存在《全唐诗》等文献中，但他显然不擅长写诗，或者无意做诗人，称他为诗人，实在有些勉强。

但是，这一回柳公权不但没有推辞，反而作出快速反应：接过皇帝命人递过来的蜀笺（一种较为短小的笺纸），不假思索便写下这首绝句。武宗皇帝一看，龙颜大悦，称赞柳公权超过了才高八斗的曹植的七步成诗，他三步成诗。并当即赏赐柳公权二十匹锦缎，命嫔妃向他拜谢。

这首七言绝句，可以说表现了柳公权的敏捷诗才和极高的情商：站在嫔妃的角度，替她表达了对皇帝不计较自己冲撞行为的谢恩、已经闭门思过认识到自己的错误、愿意痛改前非等意思，态度端正，措辞得体，感情真挚。押鼻音尾韵，有利于表现宫女温婉的性格。

合理想象，倘若柳公权把兴趣转移到写诗上，一定可以成为一位优秀的诗人！

『三流』诗人生前落魄贫穷，死后被当成神供奉

如果我问：中国文学史上，哪位诗人被后人推崇得最高？

可能会在屈原、陶渊明、杜甫、李白、王维等人之间选择。实际上，"浪漫主义诗歌之父""隐逸诗人之宗""诗圣""诗仙""诗佛"，都只是口头表扬，他们并没有享受到任何实际的待遇。

中国文学史上被推崇得最高并且享受到了崇高待遇的诗人，是晚唐一位"三流"诗人，他叫贾岛！——这大概出乎很多人的意料吧？

唐王朝宗室之后、进士出身的李洞，把贾岛推崇到佛的高度：用铜铸了贾岛像，随身携带，经常手持串珠口念"贾岛佛"，一日千遍；遇到喜欢贾岛的人，就亲手抄写贾岛的诗篇相赠，再三叮嘱，说贾岛诗无异于佛经，回去就要焚香礼拜。

南唐人孙晟，跟李洞相似，也是贾岛的隔代知音。他画了贾岛画像，挂在墙壁上，早晚叩拜。

每到改朝换代之际，贾岛都格外受到诗人们的推崇，他们模仿贾岛的诗，从贾岛那里汲取精神力量。晚唐至五代，学习贾岛的诗人，不计其数。几乎每个时代的末叶，诗坛都有效法贾岛的人：宋末的"四灵诗派"，明末"竟陵诗派"的钟惺、谭元春，清末的"同光派"，莫不如此。

别的诗人，后人推崇他们，最多修建个纪念馆。给贾岛修建的不是简简单单的纪念馆，是金碧辉煌的祠，叫贾公祠；而且在贾岛做过主簿的四川长江县（今大英县一带）、其家乡范阳郡（今北京西南）两个地方都有贾公祠，贾岛是祠堂里供奉的主神！

有趣的是，生前对贾岛有知遇之恩、官居省部级高位、一代文坛盟主、是贾岛需要仰望的人物韩愈，死后在贾公祠里却跟孟郊一起成了配享的角色，韩愈坐在贾岛左手边，孟郊则坐在贾岛右手边！

贾岛年轻时，为了有口饭吃，有个地方住，不得不出家做和尚，法名无本。在洛阳做和尚时，洛阳县令规定僧人午后不得离开寺庙。贾岛感慨自己"不如牛与羊，犹得日暮归"。参加进士科考试，他屡试不第。因为写诗讽刺科举制度，他又被列为"科场十恶"。因为他有诽谤朝廷的言论，唐文宗为了惩罚他，给了他一个长江县主簿的小官做。后来升任他为州司户参军（相当于民政局局长）时，发现他已经死了。

贾岛，一生坎坷，贫穷。到了死后很多年，才受到世人的推崇。真可谓生前憋屈，死后伟大！

贾岛诗歌名句欣赏

说贾岛是"三流"诗人，丝毫没有贬低他诗歌水平的意思。能在诗人辈出的大唐占有一席之地，他当然不是凡人。

苏东坡有句著名的评语叫"元浅白俗，郊寒岛瘦"：元稹的诗浅显，白居易的诗通俗，孟郊、贾岛的诗善于表现贫寒窘迫的生活。

苏东坡的评语有一定道理，贾岛有不少贫苦名句。例如：

> 茫然九州内，譬如一锥立。(《重酬姚少府》)
> 下第只空囊，如何住帝乡。(《下第》)
> 羁旅复经冬，瓢空盎亦空。泪流寒枕上，迹绝旧山中。(《冬夜》)
> 市中有樵山，此舍朝无烟。井底有甘泉，釜中乃空然。(《朝饥》)
> 鬓边虽有丝，不堪织寒衣。(《客喜》)

穷到竟然想用鬓角白发当羊毛编织寒衣！太可怜了！大唐王朝的诗人，竟然如此凄惨，怎能不叫人潸然泪下！

贾岛因为出家当过和尚，对僧人生活比较了解，因而写出了不少有禅意的好句。例如：

> 独行潭底影，数息树边身。(《送无可上人》)

写出了孤独如影随形的感觉。

鸟宿池边树，僧敲月下门。(《题李凝幽居》)

动感画面，栩栩如生。
也不乏诗意新颖的妙句。例如：

　　秋风吹渭水，落叶满长安。(《忆江上吴处士》)

两种秋景，无限感慨。

　　共君今夜不须睡，未到晓钟犹是春。(《三月晦日赠刘评事》)

惜春心情，分秒必争。
　　一般认为，贾岛能写佳句，但难以做到整首诗都好。不过有例外：

　　十年磨一剑，霜刃未曾试。
　　今日把示君，谁有不平事！(《剑客》)

刀光剑影，颇见侠客风采。

　　松下问童子，言师采药去。
　　只在此山中，云深不知处。(《寻隐者不遇》)

满纸烟霞，写出了隐居者的仙气。

旧事说如梦，谁当信老夫。
战场几处在，部曲一人无。
落日收病马，晴天晒阵图。
犹希圣朝用，自镊白髭须。(《代旧将》)

将军老去壮心犹在，很像杜甫的作品。

还有一首诗，被很多人当作贾岛的作品，那就是《渡桑干》：

客舍并州已十霜，归心日夜忆咸阳。
无端更渡桑干水，却望并州是故乡。

写出了"人在江湖，身不由己"的漂泊与无奈，诗是好诗。可惜，不是贾岛写的，真正的作者是刘皂。

"鸟宿池边树，僧敲月下门"，关于贾岛的故事，最为大众熟知的是"推敲"。回味发生在贾岛、韩愈之间的推敲故事，默诵诗人《题诗后》，"两句三年得，一吟双泪流。知音如不赏，归卧故山秋"。几许惆怅，几许向往，漫步在贾岛故里的村镇街巷，恍惚间似乎大唐就在我的身旁！

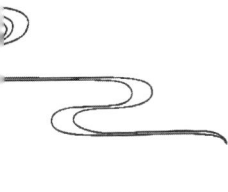

杜牧《泊秦淮》四题

一、秦淮河的前世今生

> 烟笼寒水月笼沙，夜泊秦淮近酒家。
>
> 商女不知亡国恨，隔江犹唱后庭花。
>
> ——唐·杜牧《泊秦淮》

杜牧这首诗，在名作如林的唐诗中也是数得上的精品之作。有人认为，这首诗可以跟王翰的《凉州词》"葡萄美酒夜光杯，欲饮琵琶马上催。醉卧沙场君莫笑，古来征战几人回"，王昌龄的《出塞》"秦时明月汉时关，万里长征人未还。但使龙城飞将在，不教胡马度阴山"，并列为唐诗中七绝的压卷之作。在所有关于秦淮河的诗歌中，这一首是最为脍炙人口的。

为了更好地理解杜牧的这首名作，我们分四节来说一说跟这首诗有关的情况。

《泊秦淮》中的秦淮，就是今天南京城里的秦淮河。秦淮河源出今天江苏省溧水区东北，流经南京地区，汇入长江。南京市区这一段，相传为秦始皇南巡会稽时所开凿，目的是疏通淮水。可见，秦淮河的名字是"秦始皇疏通淮水之河"的缩略语。

有些文献说，秦淮河兴盛于明清时期。因为朝廷在附近设立科举考场，江南举子汇聚于此，由于众举子对情色娱乐的需求，使这一地区成为烟柳繁华之地。众所周知，明清之际有著名的秦淮八艳，柳如是、陈圆圆、董小宛、李香君等，虽然都是风尘女子，却是历来多少文人士子心中、梦里不老的女神！直到民国时期，秦淮河依然是声色氤氲之地。在俞平伯、朱自清的同题作文《桨声灯影里的秦淮河》中，有生动的描写。秦淮河兴盛于明清时期的说法，明显不符合事实。单是从杜牧这首诗看，晚唐时期这里便已经是情色娱乐的所在了。

而从李白等人的诗歌看，早在盛唐时期，秦淮河就是声色游乐之地了。李白有一首诗，题目就透露了这个信息：《玩月金陵城西孙楚酒楼，达曙歌吹，日晚乘醉，著紫绮裘乌纱巾，与酒客数人，棹歌秦淮，往石头访崔四侍御》。诗中写自己跟十几个酒友在船中大呼小叫，醉态可掬，不但引得秦淮河两岸的人拍手大笑，而且引起了妓女们的注意。"半道逢吴姬，卷帘出揶揄"，妓女们也在嘲笑他们的酒后失态。这从李白的好朋友魏万的诗中也能得到印证。魏万《金陵酬李翰林谪仙子》，描写他们同游秦淮河时有"楚歌对吴酒"的情形。唐代诗人张若虚的《春江花月夜》所描写的，可能也是秦淮河一带的景色。

二、商女究竟是什么样的女子？

"商女不知亡国恨，隔江犹唱后庭花"中的商女，有的书上注释为"卖唱的歌女"，有的书上注释为"指在商人船上的扬州歌女"。"指在商人船上的扬州歌女"的说法令人费解，"卖唱的歌女"的解释倒是对的，但不够准确。

"商人船上的扬州歌女"，把"商女"的"商"字解释为"商人"，纯属望文生义。这里的商，实际上是五音"宫商角徵羽"的商。宫商角徵羽，简单地说，就是古人区分的五声音阶，相当于今天简谱的 1（do）、2（re）、3（mi）、5（sol）、6（la）。商作为第二级音，属金，象征臣属。以商为基音构成的调式，称商调式。宋玉《对楚王问》"引商刻羽，杂以流徵"讲的是乐曲中旋律节奏的变化。跟"商女"类似的词语有"商弦""商歌""商声"等。商弦，五音之一，用七十二丝。商歌，商调式歌曲，悲凉低音的歌。《淮南子·氾论》说：百里奚喂牛，伊尹背锅烧菜，姜太公操刀宰牛，宁成唱商调式歌曲，各有各的美妙之处。商声，是指令人忧伤凄怆的歌声。阮籍《咏怀》诗："素质游商声，凄怆伤我心。"

按照阴阳五行的说法，商对应金，对应西，对应秋。宋玉《九辩》诗云："悲哉秋之为气也！萧瑟兮草木摇落而变衰。"我国的诗歌创作，从宋玉这里开始，定下了悲秋、伤秋的基调。

总而言之，商女比较准确的理解是：演唱悲伤曲调歌曲的歌女。

三、真的有能使国家灭亡的歌曲吗？

《泊秦淮》的后两句，"商女不知亡国恨，隔江犹唱后庭花"，等于说《后庭花》这首歌曲是亡国之音吗？

《后庭花》，即《玉树后庭花》，是南朝陈末代皇帝陈后主（陈叔宝）所作的乐府新曲。因为陈后主长期沉迷声色，荒废政务，最后导致亡国，于是后人把他所作的《玉树后庭花》视为亡国之音。

其实，这里杜牧并不是为了批评歌女，而是剑指听歌曲的人。演唱什么，不是由卖唱歌女决定的，而是由买唱的达官贵人选择的。杜牧是讽刺那些爱听《后庭花》之类歌曲的达官贵人！爱听《后庭花》者，都是沉湎声色、不思进取之辈。可见，亡国的原因不是音乐，而是这些沉湎声色、不思进取的人。

这很容易让人联想起唐太宗李世民的一番言论。

记录唐太宗治国理政思想和故事的《贞观政要》，记载了这样一个故事：李世民把礼乐看作圣人用于节制人类欲望的手段，认为它跟政治的好坏没有关系。可是，御史大夫杜淹不同意。他坚持认为：前代那些短命的王朝，都跟亡国之音有关。陈代快要灭亡时有《玉树后庭花》，齐有《伴侣曲》。"行路闻之，莫不悲泣，所谓亡国之音也。"杜淹的观点是：音乐的悲喜跟国家的兴亡有直接关系。这也是封建时代士大夫间普遍流行的观点。唐太宗对这种观点很不以为然。他说：声音是不能感人的，快乐的人听着开心，哀伤的人听着悲戚。"悲悦在于人心，非由乐也。将亡之政，其人心苦，然苦心相感，故闻而则悲耳。"他反将杜淹一军，说：《玉树》《伴侣》的曲子都在，我可以让乐工为您演奏，您听了一定不会悲伤起来。对唐太宗的话，魏征表示赞同，说"乐在人和，不由音调"（刘昫等《旧唐书》）。

四、杜牧到底是个怎样的人？

杜牧作《泊秦淮》讽刺他人沉湎声色，这个事情细思有趣。因为，杜牧自己并非正襟危坐、道貌凛然的人。

有一个流传很广的民间故事：杜牧出任湖州刺史期间，看见一个十岁的民间少女，非常中意。于是跟她家人约定，十年后自己再来湖州任职时迎娶她。可是，杜牧再到湖州时已经是十四年以后的事情了，早就超过了十年之期，当年的小女孩已经嫁人，儿女成行。故事只是故事，并不可信。唐朝法律规定，士大夫阶层是不能娶民间女子为妻的。但这个故事也有它的合理性：杜牧是个风流才子。

杜牧生活上有纵情酒色、放浪不检点的一面，"但将酩酊酬佳节，不用登临恨落晖"（《九日齐山登高》），"十年一觉扬州梦，赢得青楼薄幸名"（《遣怀》），喜欢饮酒，爱逛青楼，都是他生活情形的真实写照。

看起来，有点贼喊捉贼的味道。那么，杜牧到底是一个怎样的人呢？

唐文宗大和年间（827—835）中进士后，杜牧曾任黄州、池州、睦州、湖州等地刺史，在朝廷中做过司勋员外郎、中书舍人等。杜牧是一个关心政治，有理想、有抱负的文人，对军事、战争、税赋、治乱等问题都很感兴趣，并且有一定的研究。但是，晚唐时期朝廷政治腐败，社会矛盾尖锐，李唐王朝江河日下，摇摇欲坠，令他感到失望与悲哀。杜牧死后不到三十年，爆发了黄巢领导的农民大起义；他死后五十余年，唐王朝土崩瓦解，进入了分裂、纷乱的五代十国时期。

有两种可能：一种，杜牧早年的纵情酒色、放浪不羁，是一种消极的反抗，是怀才不遇境况下的自我放逐与麻醉；另一种，风流才子本色，生活上不拘小节，但在大是大非问题上并不含糊，人生理想从不迷失。当然也有可能，两者兼而有之。

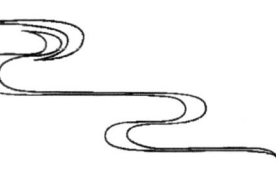

薛逢：

阿婆的比喻每个人都用得着

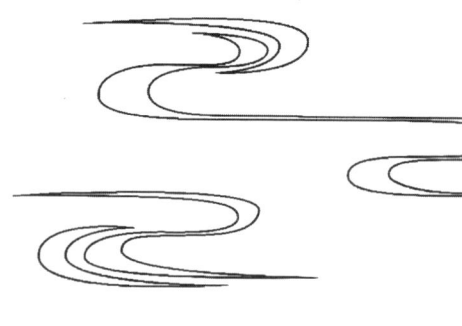

《全唐诗》中收录了薛逢80多首作品，诗歌成就不算大。但在我看来，他的确是个有趣的人，值得介绍给大家。

先来讲薛逢的一个小故事：

薛逢晚年，官位不高，某天骑着一匹瘦马上朝。正好赶上科举考试放榜，新科进士鱼贯而行。开路的差役见薛逢行头寒酸，便高声喝道："回避新郎君！"令薛逢感到难堪。薛逢便打发人上前传话："报道莫贫相，阿婆三五少年时，也曾东涂西抹来！"意思是说，别看你们今天风光旖旎，老夫我也是中过进士的人！

就冲薛逢这幽默诙谐劲儿，我们必须给他点个大大的赞！

是啊，人生在世，谁都曾经年轻过，有过光鲜亮丽的"小鲜肉"阶段，但谁都有年老色衰、鹤发鸡皮的一天；得意时分不要忘形，风水轮流转。任何时候，保持平和心态，讲究气质修养，盛衰泰然，宠辱不惊，都应该是我们不懈追求、努力的方向！

薛逢，蒲州人，晚唐诗人。蒲州，在今天山西省永济市。王之涣《登鹳雀楼》"欲穷千里目，更上一层楼"的鹳雀楼、王实甫《西厢记》张生和崔莺莺爱情故事发生地普救寺和金庸《神雕侠侣》郭襄一见杨过误终身的风陵渡，都在永济市，或者跟永济市有关。

薛逢性格有点儿像宋朝大文豪苏东坡，对达官贵人缺少恭敬的态度。同年中进士的杨收升任宰相，薛逢的贺诗中有"须知金印朝天客，同是沙堤避路人"（《贺杨收作相》），哪壶不开提哪壶；王铎入朝为相时，他又写了"昨日鸿毛万钧重，今朝山岳一毫轻"（《句》），言语之间，颇有嘲讽的意味，薛逢因此屡遭贬斥，仕途不顺。与其同年进士，有三位先后做到宰相，相比之下，更加显得"文艺最优"的薛逢落寞潦倒。

薛逢比较受人称道的诗是《元日田家》：

> 南村晴雪北村梅，树里茅檐晓尽开。
> 蛮榼出门儿妇去，乌龙迎路女郎来。
> 相逢但祝新正寿，对举那愁暮景催。
> 长笑士林因宦别，一官轻是十年回。

诗中描述了乡村农家过春节的情形。前四句对农村景物和春节习俗的描述，生动活泼，充满了喜庆的气氛。南北村庄，天晴后地面积雪，梅花吐艳；掩映林间的农家为了迎接新年的到来，一大早家家户户都把茅屋的正门打开了。媳妇儿携着酒器出门去打酒，乌龙狗儿摇着尾巴迎接女子回家。

薛逢有几首感慨人生老去的诗，写得不坏。我最欣赏的是《老去也》一首，"惆怅人生不满百，一事无成头雪白。回看幼累与老妻，俱是途中远行客。匣中旧镜照胆明，昔曾见我髭未生。朝巾暮栉不自省，老皮皱皱文纵横"，刻画细致，写出了岁月这把"杀猪刀"对于人生的残酷无情。

赵嘏：

一首让爱情失而复得的唐诗

唐朝之所以成为中国诗歌史上的巅峰时期，是有许多原因的。诗人受到当时社会普遍的敬畏，是其中之一。诗人遭世人蔑视、鄙视的时代，写诗的人比读诗的人多，诗歌是不可能繁荣起来的。

诗人受到当时人们的敬畏，这样的故事，在唐代简直是俯拾皆是。

今天我们只讲其中一个故事。

故事主人公是晚唐著名诗人，山阳（今江苏省淮安市淮安区）人赵嘏。说他是著名诗人，有三个证据：一、他是著名诗人，号称"小杜"的杜牧的好朋友，杜牧很欣赏他的诗歌才华；二、他的《长安秋望》诗中有"残星几点雁横塞，长笛一声人倚楼"，深受当时人们的喜爱，被称为"赵倚楼"；三、深居皇宫大内的唐宣宗李忱久闻赵嘏大名，曾问宰相，赵嘏官做得怎么样，有提拔重用的意思。可惜的是，宣宗看到赵嘏诗集第一卷中一首《题秦皇》诗中"徒知六国随斤斧，莫有群儒定是非"两句，很不高兴，提拔的念头从此打消。

赵嘏的情况跟中唐"大历十才子"之一韩翃构成有趣的对照。韩翃因为一首《寒食》诗，尤其是其中"春城无处不飞花，寒食东风御柳斜"两句受到唐德宗李适的赏识，钦点为驾部郎中、知制诰，后来官至中书舍人（负责起草皇帝诏令）。韩翃的运气比赵嘏好得多，赵嘏终其一生只做到渭南县尉，相当于今天县级公安局局长。

赵嘏跟韩翃命运上有十分相似的地方：都在中进士前娶了

一个貌美如花的歌姬，二人恩爱无比，不久被位高权重者夺去，最后又由于某个机缘失而复得。

韩翃是滞留长安期间，好友李生把自己家"艳绝一时，喜谈谑，善讴咏"（李昉等《太平广记·柳氏传》）的歌姬柳氏慷慨赠送给他，给他们办了婚事。第二年韩翃考中进士后，自己回老家省亲，将柳氏暂留长安。两人分居两地期间，柳氏先后经历了长安沦陷于安史乱军、被蕃将沙吒利劫去为妾。韩翃在上级长官、节度使侯希逸的帮助下，由肃宗皇帝李亨出面下诏将柳氏判归韩翃，夫妻得以团聚。

赵嘏是在安家浙西时，认识了一位美貌歌姬，纳其为妾，宠爱有加。因为要进京赶考，便把她留在家里照顾母亲。当年中元节，她去鹤林寺游玩时，浙西节度使卢简辞见色起意，把她据为己有。第二年，赵嘏进士及第，为失去美姬而伤心，于是作《座上献元相公》诗一首：

寂寞堂前日又曛，阳台去作不归云。
当时闻说沙吒利，今日青娥属使君。

大意是，失去爱妻后，日子过得寂寞无聊，想起当初夫妻恩爱，思念不已。联想到韩翃妻子柳氏被沙吒利夺去失而复得的故事，为自己失去美姬无法要回懊恼不已。

不料，这首诗传到卢简辞那里，卢简辞心中不安，派手下不远千里将美姬用轿子送到长安，还给赵嘏。结果在函谷关外的一个驿站——横水驿，跟刚出关骑在马上的赵嘏迎面相遇。二人相拥哭泣，女子大概早已思念成疾，两天后竟然死了！赵嘏在爱情方面的运气，也比韩翃差。

浙西节度使之所以能把美姬送还给赵嘏，可能还有赵嘏中了进士、幼承父亲著名边塞诗人卢纶庭训等方面的原因，但赵嘏那首深情悲伤的诗，应该是主要原因。

《水浒传》里，东京八十万禁军教头林冲美貌的妻子被高衙内窥见后，企图占为己有。未能遂愿，便设下一系列毒计，恨不得将林冲置之死地。相比之下，唐代部分权势人物的心肠还没有那么坏！

唐诗中的『孤烟』图景

富有诗意和表现力的词组，必然会受到诗人们的青睐，然后加以频繁地使用。使用的人数、次数多了，词组的意义和用法也难免要发生改变。当然，不同的人，对这样的词语也会有不同的态度。诗歌从本质上说就是语言的艺术，因此，了解词语的使用及其变化情况，对于阅读诗歌、理解诗歌、提高诗歌鉴赏水平，都是大有好处的。

今天我们以"孤烟"为例，看看一个富有诗意和表现力的词组，在唐诗的使用中会有一些什么样的情况。

"孤烟"入诗，知名度最高的诗句是王维《使至塞上》中的"大漠孤烟直，长河落日圆"。自然，王维并非"孤烟"的发明人，"孤烟"入诗至少可以追溯到南朝齐梁间的范云和北朝周时的庾信那里：

范云：孤烟起新丰，候雁出云中。（《别诗二首·其二》）

庾信：静亭空系马，闲烽直起烟。（《伤王司徒褒诗》）

庾信：野戍孤烟起，春山百鸟啼。（《至老子庙应诏诗》）

其中，"大漠孤烟直"句法上跟庾信的"野戍孤烟起"最接近，意思上也可以相通。"大漠孤烟直"中"孤烟"的意思，历来有烽烟、尘卷风、平安火、炊烟四种说法，根据地理位置、王维出使时并无战争发生、尘卷风跟落日难并出等情况，我选择"平安火"义。

王维不是唐代最早将"孤烟"入诗的诗人，李百药、陈子昂的诗中已经出现过了：

> 李百药：萧森灌木上，迢递孤烟生。(《秋晚登古城》)
> 陈子昂：远岸孤烟出，遥峰曙日微。(《万州晓发放舟乘涨，还寄蜀中亲朋》)

一个烟出树林上，一个烟出水岸边，都跟边塞、战争无关，炊烟的可能性比较大。

粗略翻检《全唐诗》，"孤烟"出现 50 次左右。唐代诗人把孤烟的构图功能发挥得淋漓尽致，有：孤烟＋海岛，渡口＋孤烟，村庄＋孤烟，远村＋孤烟，远树＋孤烟，孤烟＋水泽，孤烟＋驿站，山坳＋孤烟，荒原＋孤烟，竹林＋孤烟，溪边＋孤烟，江中小岛＋孤烟，孤烟＋积雪，寺庙＋孤烟，草舍＋孤烟，蜗居＋孤烟，洞庭湖＋孤烟，山峰＋孤烟，陵墓＋孤烟，关隘＋孤烟，夕阳＋孤烟，归鸦＋孤烟，残雪＋孤烟，水＋孤烟，坐禅僧＋孤烟，孤烟＋枝头鸬鹚，孤烟＋城关＋渭河，孤烟＋落日＋高树，孤烟＋暮色＋马，落日＋孤烟，池塘＋孤烟，孤烟＋长林＋春水，等等。真可谓：诗人四时在游吟，神州到处有孤烟！

王维显然特别喜欢以"孤烟"入诗，他现存诗歌中"孤烟"至少出现过五次。诗中出现三次以上"孤烟"的诗人还有刘长卿、杜牧。有喜欢的，自然也有无感的。李白、杜甫的诗中就都没有出现过"孤烟"。

王安石《梅花》：梅花的赞歌

当代有一首广为传唱的革命歌曲《红梅赞》："红岩上红梅开，千里冰霜脚下踩。三九严寒何所惧，一片丹心向阳开，向阳开。红梅花儿开，朵朵放光彩，昂首怒放花万朵，香飘云天外。"不惧寒冷，花朵漂亮，香气四溢，赞美梅花，可以说是相当全面了。

在我国，写诗赞美梅花的历史非常悠久，至少可以追溯到唐朝，优秀作品可谓车载斗量。宋人王安石的《梅花》诗，是其中的佼佼者。它以精练、通俗、生动的语言，赞美了梅花的甘于寂寞、不惧寒冷、洁白如雪、芳香远播等优良品性：

墙角数枝梅，凌寒独自开。

遥知不是雪，为有暗香来。

——宋·王安石《梅花》

说它脍炙人口，应该不算夸张。我家上幼儿园中班的女儿就能熟练背诵，而且很喜欢这首诗。

理解这首诗，下面两个情况需要了解：

第一种情况，在王安石之前，已经有过类似的作品了。比如唐代诗人戎昱的《早梅》诗，有"应缘近水花先发，疑是经春雪未消"两句，已经把梅花比喻作白雪。古乐府有一首诗是这样写的："庭前一树梅，寒多未觉开。只言花似雪，不悟有香来"，诗意、词语同王安石《梅花》如出一辙，王安石的诗像是从它脱胎而来。

第二种情况，王安石非常喜欢梅花，他的诗集中有五六首专门写梅花的作品。为了赞美梅花，王安石曾经拿杏花做反衬。《红梅》诗说因为梅花开得晚，到春天过了一半才开放，"北人初未识，浑作杏花看"。众所周知，从唐代开始，杏花的形象就被赋予了行为轻薄的象征意义。薛能诗："活色生香第一流，手中移得近青楼。谁知艳性终相负，乱向春风笑不休。"（《杏花》）吴融诗："粉薄红轻掩敛羞，花中占断得风流……独照影时临水畔，最含情处出墙头。"（《杏花》）王安石本人写杏花的诗也有"独有杏花如唤客，倚墙斜日数枝红"（《杏花》）的句子。后来，叶绍翁《游园不值》的名句"春色满园关不住，一枝红杏出墙来"，更是被借用来指女人水性杨花，不安本分。北方人误认梅花作杏花的"梗"，后来南宋末年的汪元量也用过，组诗《醉歌》中有两句："北人环立阑干曲，手指红梅作杏花。"

至于王安石《梅花》诗的好处，主要是诗歌使用了倒叙手法，出人意料，却又合乎情理。前两句，"墙角数枝梅，凌寒独自开"，开门见山，交代梅花开放的景象，貌似平淡无奇；但是，三、四两句，以因果倒叙的手法，先是激发起了读者的好奇心，接着揭示出令人信服的答案。与此同时，既描写了梅花的颜色：雪白，又表现了梅花最受人称道的特点：暗香——淡雅的芳香。整首诗的语言，因而跌宕多姿，生动有趣。

至于这首诗有没有使用隐喻、拟人等修辞手法，用梅花表示自己的人生处境和品性修养，读者朋友不妨见仁见智。

苏轼《蝶恋花·春景》：
一次艳遇带来的种种情感体验

花褪残红青杏小。燕子飞时，绿水人家绕。枝上柳绵吹又少，天涯何处无芳草。　　墙里秋千墙外道。墙外行人，墙里佳人笑。笑渐不闻声渐悄，多情却被无情恼。

——宋·苏轼《蝶恋花·春景》

一首只有56个字的小词，给后代留下了两句引用频率很高的格言："天涯何处无芳草""多情却被无情恼"。不能不说，这是一个语言的奇迹！

这首词的写作时间，有两种可能：一是作于熙宁九年，公元1076年。此时苏轼任密州知州，即地区级政府一把手。密州在今天的山东省诸城市境内。二是作于绍圣二年，公元1095年，在惠州，即今天广东惠州。作于密州，根据是：这首《蝶恋花》词的上下片分别像作于密州的《满江红·东武城南》上片和《蝶恋花·帘外东风交雨霰》上片。《满江红》上片有"枝上残花吹尽也"的句子，《蝶恋花》上片有"帘外东风交雨霰。帘里佳人，笑语如莺燕"等句子。作于惠州，除了多种文献直接记载外，还有关于苏轼后半生的爱侣王朝云唱这首词的记载。

二者相比之下，作于惠州的可能性更大。

苏轼在惠州时，看到树叶随风飘落，心生悲秋之情。于是让朝云唱这首词。朝云还没有开唱，已然"泪满衣襟"。苏轼问她原因，朝云回答说，自己唱不了词中"枝上柳绵吹又少，天涯何处无芳草"两句。苏轼笑着说自己正悲秋，朝云又伤春。于是作罢。没过多久，朝云因病去世。苏轼为此写了多首深情的悼亡诗词。

另有记载，朝云伴随苏轼前往贬谪之地岭南的路上，天天吟诵"枝上柳绵吹又少，天涯何处无芳草"两句。病重临终，还在不停地吟诵。

"枝上""天涯"两句，为什么令朝云伤感呢？有两个可能：一是朝云因为春天即将逝去，联想到自己青春不再，容颜老去。这是美人迟暮的感伤。二是朝云为夫君苏轼被贬谪到遥远的炎方，可能会客死异乡感到悲伤。多愁多病的王朝云，也许是两种情况兼而有之。

苏轼写作这首词，起因是什么呢？

有文学史家说，这首词的上片写伤春，下片写伤情，借"多情却被无情恼"的意象寄寓词人对朝廷一片痴心却被贬官远谪的惆怅，含蓄地表达出作者仕途坎坷、漂泊天涯的失落心情。

"天涯何处无芳草"，应该是化用屈原《离骚》"何所独无芳草兮，尔何怀乎故宇"而来。由此可见，苏轼应该有怀念故乡的意思。至于仕途坎坷、漂泊天涯的失意，大约不是苏轼本意。此时的苏轼，政治理想早已破灭。练成了随遇而安功夫的苏轼，舌尖满足可以安慰平生的苏轼，已经做过礼部、兵部尚书的苏轼，应该不会对仕途坎坷如此介怀。

在词作问世近930年的今天，作为读者，我们品读这首词，其实不必费心深挖，照字面意思理解就可以了。删繁就简，返璞归真，把它看作词人目睹或者亲历的一次发乎情、止乎礼的"艳遇"，仍不失为愉快的阅读体验！

苏轼《六月二十七日望湖楼醉书五绝》：杭州西湖的另一种景色

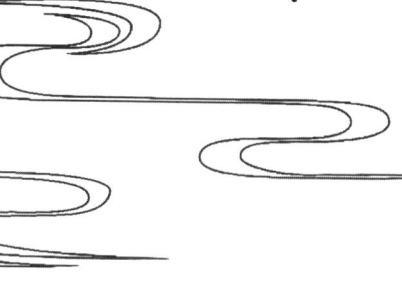

杭州西湖以景色秀美著称于世，加上苏东坡《饮湖上初晴后雨》诗的影响，使得一般人都以为晴天的"水光潋滟"和雨天的"山色空蒙"已经是西湖景色的全面概括，著名美女西施足以比喻西湖。换言之，在人们的想象中，杭州西湖景色的风格是温婉静美的。

其实不然！苏轼把西湖比西子，淡妆浓抹，只是西湖的一个侧面。除了温婉静美，西施姑娘的性格也有另外一面：为了祖国利益不顾名节、甘冒生命危险"服侍"敌国君王的复仇女神。这样的西施岂能是一味温婉的女子？发起飙来，未必弱于河东狮，她一定得有暴风骤雨的一面！

实际上，苏轼就在诗中描述过杭州西湖景色的另一面，骇人耳目的一面。

黑云翻墨未遮山，白雨跳珠乱入船。

卷地风来忽吹散，望湖楼下水如天。

——宋·苏轼《六月二十七日望湖楼醉书五绝·其一》

诗作于宋神宗熙宁五年，公元 1072 年，这一年，苏轼 36 岁，作这首诗时，已经在杭州做了半年通判了。

望湖楼，又名看经楼、先德楼，在西湖边昭庆寺前，五代吴越王钱氏所建。望湖楼修建的初衷，大概是用于观赏湖景的。由于景观优越，渐成酒楼，供人们宴饮欢娱。苏轼曾在此宴饮、住宿，有《宿望湖楼再和》等诗，可以佐证。

诗中，苏轼借用唐人诗句词语对西湖的另一种景色进行了生动的描述：

"黑云翻墨"，借自杜甫《茅屋为秋风所破歌》："俄顷风定云墨色，秋天漠漠向昏黑。"

"白雨跳珠"，借自白居易《遊悟真寺诗》："赤日间白雨，阴晴同一川。"又《三游洞序》："水石相薄，磷磷凿凿，跳珠溅玉。"

"卷地风"，借自韩愈《双鸟诗》："春风卷地起，百鸟皆飘浮。"

"水如天"，借自柳宗元《别舍弟宗一》："桂岭瘴来云似墨，洞庭春尽水如天。"

这是一首纯粹的写景诗，但是不同于一般的写景，它写的是变化迅猛的动态之景：天空的黑云、远处的山，湖面的雨水与游船，卷地而来的风，楼下的湖水波浪高如天。令人目不暇接，惊心动魄。显然，这个时候，苏轼已经把西湖比作河东狮了。

读者如果对这首诗所描述的西湖景色有疑问，风雨骤起时到西湖边亲身感受一下，或者登上游船，一定会了解到西湖的确有其狂野不羁的另一面！

诗中有没有寓意？比如说，是不是映射当时朝廷政治斗争的风云骤变，是否表达了诗人亲历风雨的内心感受。阅读者见仁见智，说有说无，都是可以的。

苏轼《题西林壁》：
发议论、讲道理诗歌的

『天花板』

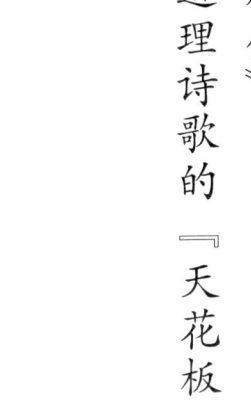

横看成岭侧成峰，远近高低各不同。

不识庐山真面目，只缘身在此山中。

——宋·苏轼《题西林壁》

唐代诗人跟宋代诗人的关系，有点像诸葛亮和周瑜。周瑜临终时抱怨老天爷，"既生瑜，何生亮"，宋代诗人也可以发出"既有唐，何有宋"的感慨。诗歌到了唐代，进入巅峰时期，音韵格律臻于精严，题材内容无所不包，大师辈出，佳作如云。宋代诗人想要有所开拓、有所超越，谈何容易！

宋代诗人并未轻易服输，他们非常努力，有如《沧浪诗话》作者南宋诗论家严羽所说的，宋代诗人开始时是沿袭唐诗手法，到了苏轼、黄庭坚才开始有了自己的风格，再后来更是"以文字为诗，以议论为诗，以才学为诗"。严羽本意是感叹宋诗不如唐诗，但也不妨碍我们读出宋人的努力与他们的贡献。

假如我们承认发议论、讲道理跟诗歌不是水与火的关系——不相容的关系，换句话说，议论得当也可以成为好诗，那么，必须承认，宋代议论诗的水平，整体上超过了唐诗。苏轼这首《题西林壁》堪称议论、说理诗的"天花板"，即使把它与唐人同类作品相比，也毫不逊色。

《题西林壁》，如果以表现庐山景色的要求看，算不得好诗。因为它没有写出任何庐山独有的风景，把诗中的"庐山"换成黄山、华山、峨眉山、三清山等，都是可以的。这首诗的好处在于有趣。趣分两层，表层是景趣，"横看成岭侧成峰，远近高低各不同",富有动感,符合儿童趣味;深层是理趣,"不识庐山真面目,只缘身在此山中",说出了人与山的辩证关系。这种关系还可以延伸到人类社会中,把"山"字替换为"事"字,就是"当事者迷,旁观者清"的意思了。大家普遍认为这是一首脍炙人口的好诗并广为传播,原因正在这里。

诗作于宋神宗元丰七年四月,公元1084年。苏轼奉诏离开黄州(今湖北黄冈市),赴汝州(今河南省汝州市)任知州,路过庐山,在那里逗留、游览十多天。

苏轼一进入庐山,就被奇秀的山峦沟谷深深地吸引了,叹为观止。由于美景已经令他目不暇接,苏轼暗下决心不再写诗。但是不久,看见山里的僧人、俗众在那里奔走相告:"苏子瞻来了!"不知不觉间,就来了诗兴。

根据《东坡志林》记载,苏轼十多天的游览,先是写了四首绝句,接着又选择他认为最好的两处美景——漱玉亭和三峡桥,各写了一首五言古体。很遗憾,这六首诗并不成功。只有离开庐山之前,苏轼跟东林寺总长老同游西林(乾明寺)时所作的这首《题西林壁》"火"了。

可见,宋代诗歌想要超越唐诗,是多么不容易!

苏轼《题西林壁》：『出圈』并非出于偶然

"有心栽花花不开，无心插柳柳成荫""踏破铁鞋无觅处，得来全不费工夫"，这两句俗语，都被用来表示做事成功的偶然性和做事结果的无法预料。

苏轼《题西林壁》诗的成功，好像也可以用到这两句俗语。苏轼在庐山游览十多天，前后写了六七首诗，其中两首还是用心之作。但是，只有临别庐山时写的这首七言绝句不胫而走成为名作。

苏轼《东坡志林》书中有一篇《记游庐山》，完整地讲述了苏轼写作《题西林壁》诗前后的情况。大致如下：

苏轼上了庐山，山峦奇秀，叹为观止。美景目不暇接，他准备专心欣赏景色，无意写诗。因为山里遇见的众多僧俗都是苏轼"粉丝"，他们奔走相告："苏子瞻来了！"追星场面十分热烈，搞得苏轼诗兴大发。

第一首是五言绝句：

芒鞋青竹杖，自挂百钱游。

可怪深山里，人人识故侯。（《初入庐山三首·其三》）

字面意思，描述自己游庐山时的装束和随处遇到"粉丝"的盛况。这后面，有没有"凡尔赛"（得意）之情，不好猜测。"苏文熟，吃羊肉；苏文生，吃菜羹"，苏轼大概已经习惯了所到之处追捧者簇拥的场面。

因为觉得自己此前只赏景不作诗的想法有点可笑，于是又作了两首诗：

> 青山若无素，偃蹇不相亲。
> 要识庐山面，他年是故人。（《初入庐山三首·其一》）

> 自昔怀清赏，初游杳霭间。
> 如今不是梦，真个是庐山。（《初入庐山三首·其二》）

算不得好诗，但表达了自己初游庐山的愉快心情，认为自己跟庐山有缘；由僧俗游客无不熟知自己姓名，想到自己将来再到庐山时，也会变成老朋友。

当天，有人寄给苏轼一本陈舜俞（字令举）的《庐山记》。苏轼边走边翻，看到书中说徐凝、李白的诗，觉得可笑。进了开元寺，寺中主僧向他求诗，苏轼便就徐凝、李白写庐山瀑布的诗（徐凝诗有"千古长如白练飞，一条界破青山色"两句，李白诗有"飞流直下三千尺，疑是银河落九天"两句），写了一首绝句给他：

> 帝遣银河一派垂，古来惟有谪仙辞。
> 飞流溅沫知多少，不与徐凝洗恶诗。
> （《世传徐凝瀑布诗云一条界破青山色至为尘陋又伪作乐天诗称美此句有赛不得之语乐天虽涉浅易然岂至是哉乃戏作一绝》）

表明自己喜欢李白诗句、憎恶徐凝诗句的态度。

苏轼这次游庐山，前后十多天，美景无数。他为自己认为最好的两处景，漱玉亭和三峡桥，分别作了一首五言诗。这两首诗后来被冠以《庐山二胜》的题目，收进《苏轼诗集》。两首诗，一首16句，一首20句，都挺长，辞藻华丽，比喻稠密，描摹夸张。举第一首为例：

> 高岩下赤日，深谷来悲风。
> 擘开青玉峡，飞出两白龙。
> 乱沫散霜雪，古潭摇清空。
> 余流滑无声，快泻双石谼。
> 我来不忍去，月出飞桥东。
> 荡荡白银阙，沉沉水精宫。
> 愿随琴高生，脚踏赤鳊公。
> 手持白芙蕖，跳下清冷中。(《开先漱玉亭》)

看得出来，苏轼作诗时情绪很饱满。显然，这两首诗是苏轼庐山"专辑"的"主打歌"。但是很遗憾，由于用力过猛，读者并不买账，没能流传开来。

离开庐山前，苏轼跟东林寺长老同游西林（乾明寺），又作了一首绝句，就是这首《题西林壁》。这首收官之作，很快就受到了读者的欢迎。

相比之下，前面六首，尤其是两首咏景诗（《庐山二胜》），都是苏轼有心栽花的作品，最后这首《题西林壁》是苏轼无心插柳的结果。有心栽种的花卉都没能茁壮成长，而无心扦插的柳枝却浓荫蔽日。

但是，细心的读者不难发现，貌似随口吟出的《题西林壁》诗，其实是有一个酝酿过程的。在最初作的三首五言绝句中，可以清晰地看出这个酝酿的过程：

第一首，出现"识"字，这是《题西林壁》的"诗眼"；

第二首，出现"识庐山面"，是《题西林壁》后两句乃至整首诗诗意的基石；

第三首，"如今不是梦，真个是庐山"，是《题西林壁》"只缘身在此山中"的初稿。

哪里是"无心插柳柳成荫"，分明是九蒸九焙成佳酿！哪里有"得来全不费工夫"的好事，皆因已经下过踏破铁鞋的功夫！

苏轼《饮湖上初晴后雨》：
赏西湖第一名诗是怎样炼成的？

中国许多城市都有西湖，杭州西湖景色之美数第一。杭州西湖美景被许多诗词歌唱过，苏东坡《饮湖上初晴后雨》堪称其中的第一名。

朝曦迎客艳重冈，晚雨留人入醉乡。
此意自佳君不会，一杯当属水仙王

水光潋滟晴方好，山色空蒙雨亦奇。
欲把西湖比西子，淡妆浓抹总相宜。

——宋·苏轼《饮湖上初晴后雨二首》

今天我们来讲一讲这首第一名诗是怎样炼成的故事。

熙宁四年至熙宁七年，公元1071—1074年，苏轼担任杭州通判，相当于今天的杭州市副市长。这首诗作于苏轼任杭州通判的第三个年头，即熙宁六年，苏轼37岁。

在此之前，王安石开始变法，苏轼的许多师友包括恩师欧阳修都遭到排挤，被迫离开京城到地方任职，朝廷中几乎举目无亲。这种情况下，苏轼仍上书议论新法弊端，惹怒王安石。御史谢景上书神宗，指摘苏轼过失。苏轼于是主动要求外放，结果被任命为杭州通判。

任职杭州期间，苏轼虽然初遭宦海挫折，但是处境并不恶劣。杭州山水佳胜，"我本无家更安往，故乡无此好湖山"（《六月二十七日望湖楼醉书五绝·其五》），苏轼心情不错，甚至可以说相当惬意。因此，留下了不少描写杭州湖山景色的诗篇。

《饮湖上初晴后雨》是其中最家喻户晓的一首。诗的好处，可以一口气列举出很多。归根结底，最重要的是蕴含其中的爱。因为这种爱，诗中的西湖不但美丽悦目，而且能拨动读者的心弦。

东坡先生的诗兴源自他做东的一次宴请。朝阳迎来宾客，苏轼在西湖边的山冈上宴请宾客；下午天气由晴转雨，仿佛有意挽留客人，宾主尽欢，都有了醉意。后两句是苏轼开客人的玩笑，大概是客人不愿意干杯，或者留不住客人，便说不如分一杯请水仙王共饮。从不点出客人姓名这一点看，客人应该不是风雅人士。但是，自早至晚陪饮，又足以说明客人不是寻常之辈，他让东坡先生心情大好，把西湖恍惚成西施，写出了"欲把西湖比西子，淡妆浓抹总相宜"这样的千古佳句。

苏东坡醉中所作这首《饮湖上初晴后雨》诗，有如王羲之酒后作《兰亭集序》。文章书法，都是酒醒之后写不出来的。

李白、杜甫、苏轼三位大诗人，

谁的人生最潇洒？

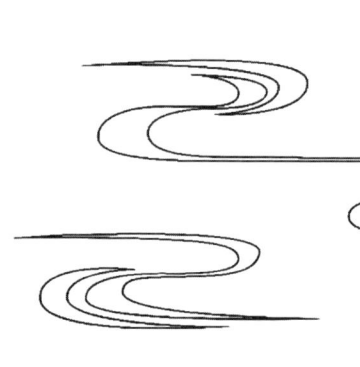

假如做一个调查，问：李白、杜甫和苏轼三位大诗人，谁的人生最潇洒？我敢肯定，回答李白和苏轼的人数相加，会超过99%，没杜甫什么事！

的确，李白、苏轼的潇洒，都是有诗词为证的。"李白一斗诗百篇，长安市上酒家眠。天子呼来不上船，自称臣是酒中仙。"这是杜甫《饮中八仙歌》中描写的李白。"天生我材必有用，千金散尽还复来"（《将进酒》）、"五花马、千金裘，呼儿将出换美酒"（《将进酒》）、"事了拂衣去，深藏身与名"（《侠客行》），这些是李白自己的诗句。从这些诗句看，李白就是一个平视君王、挥金如土、视功名如敝屣的人。而对于苏轼，有些文学史研究专家认为，东坡先生中年时期思想上已经融通儒道释，达到了进退自如、随遇而安的境界；至于对大部分读者而言，《定风波》词中"莫听穿林打叶声，何妨吟啸且徐行。竹杖芒鞋轻胜马，谁怕？一蓑烟雨任平生"几句，已经足以令他们推崇备至，景仰不已。而杜甫，为了求得一官半职，京漂十年，"朝扣富儿门，暮随肥马尘。残杯与冷炙，到处潜悲辛"（《奉赠韦左丞丈二十二韵》），完全是一副摇尾乞怜的可怜相。

但是，假如我们相信"知易行难，行胜于言"这句古训，就不得不承认一个事实：杜甫比李白、苏轼潇洒得多！李白、苏轼的潇洒形象，基本上来自诗词中的句子，都只是"言"，文学夸张，说说而已。杜甫不然，他都是实实在在的行动。

让我们来看看杜甫的"行"：24岁时参加进士科考试，落第后，到齐赵一带，即今天山东省西南部和河北省南部，尽情游玩。五年之内，没有再参加考试，"放荡齐赵间，裘马颇清狂。春歌丛台上，冬猎青丘旁"（《壮游》），成为骑马射箭的好手。40多岁因为进献三篇赋文得到唐玄宗赏识，有了第三次考试的机会。中进士后被任命为河西县尉，河西县在今天陕西省合阳县。考中进士，授予县尉一职，这是唐朝惯例。一般人会感激涕零，欣然赴任。但杜甫嫌地方偏远，加上不愿意逢迎上司欺压百姓，竟然拒绝了。改任京官右卫率府胄曹参军，管理兵器、仪仗器具、城门锁钥之类物品的从八品官职，杜甫才勉强接受。接受是接受了，但不满情绪还是要发泄出来："不作河西尉，凄凉为折腰。老夫怕趋走，率府且逍遥。耽酒须微禄，狂歌托圣朝。故山归兴尽，回首向风飘。"（《官定后戏赠》）大唐皇恩，在杜甫这里不过是为了换取轻松躺平和些许酒钱的权宜之计。46岁时担任左拾遗（谏官）期间因为替兵败潼关、门客舞弊的宰相房琯说情，惹怒唐肃宗，以放假之名打发他回家一趟，其实就是嫌杜甫在身边碍事。杜甫这趟省亲之旅，不但不反省思过，反而接连写出了"三吏""三别"，揭露、抨击王朝黑暗，反映民间疾苦。结束休假回到长安，就被贬为华州司功参军，负责各种文书以及杂事。华州在今天陕西省渭南市。在华州待了一年，因为不堪繁杂的公文事务，加上关中大旱，闹饥荒，物价飞涨，杜甫就"老子不干了"，拂袖而去。

试问：一言不合就拒绝上任，弃官不做；心中不满，便秉笔直书，抨击朝政。李白敢吗？苏轼敢吗？李白会吗？苏轼会吗？为了跻身上流社会，李白能忍受把自己嫁给前任宰相孙女的屈辱。没错，是"嫁给"，因为李白是倒插门到许家。一个皇帝召他进京的通知，就让李白大喜过望，喊出了"仰天大笑出门去，我辈岂是蓬蒿人"（《南陵别儿童入京》）的口号。苏轼呢，赵宋虐他千百遍，他爱赵宋如初恋。黄州、惠州、儋州，岭南，海南，地方越贬越远，官职越贬越小，瘴疠之地，生死难料，他都没有想过辞官回乡。"安能摧眉折腰事权贵"的文人风骨，在李白、苏轼身上都是看不到的。

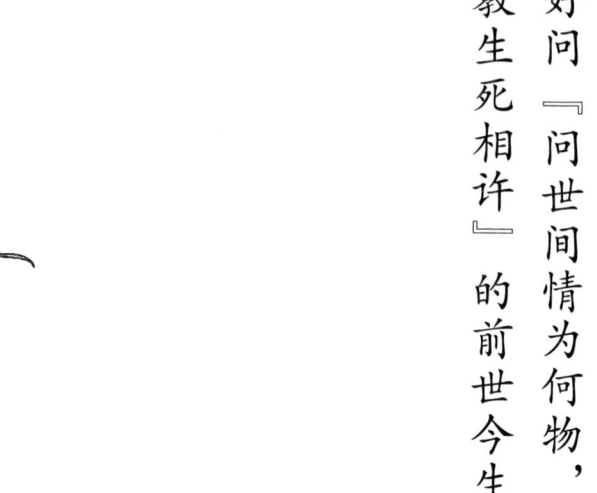

元好问『问世间情为何物，
直教生死相许』的前世今生

问世间情是何物，直教生死相许？天南地北双飞客，老翅几回寒暑。欢乐趣，离别苦，就中更有痴儿女。君应有语：渺万里层云，千山暮雪，只影向谁去？

横汾路，寂寞当年箫鼓，荒烟依旧平楚。招魂楚些何嗟及，山鬼暗啼风雨。天也妒，未信与，莺儿燕子俱黄土。千秋万古，为留待骚人，狂歌痛饮，来访雁丘处。

——元·元好问《摸鱼儿·雁丘词》

人们表达关于祖国的自豪感时，常说"约960万平方公里"之类的话。其实，数字是冰冷的，而自古以来发生在这广袤土地上数不胜数的爱恨情仇故事，却是有温度的，可以提供给我们绵绵不尽的情绪价值。今天要讲述的是一个发生在山西省境内，从忻州到太原的路上，汾河边，一对大雁生死相依的感人故事。

最早记载这个故事的作者，是金元时期北方最著名的文学家元好问。元好问记载这个故事的作品，题为《雁丘词》。最初的《雁丘词》，作于金章宗泰和五年，即公元1205年。元好问当时年仅15周岁。我们现在看到的是这首词的修订本。据元好问自己讲，最初的《雁丘词》"无宫商"，韵律上不太讲究。可见，修改主要是韵律上的调整。

文学史上，感情最真挚的诗词作品，往往源丁诗人自身的经历与遭遇。公元1205年秋天，15岁的元好问离开秀容县（今忻州市）到并州（今太原市）参加科举考试。金代科举考试共分四次，从低到高依次是乡试、府试、省试和殿试。到元好问时，乡试被取消了。这是元好问第一次出远门参加科举考试，不难想象，当年元好问是跟几位同学结伴而行的。路途过了大半，走到阳曲县西边，在汾河边，他们遇到一位捕雁人。看到捕雁人的猎获，大概出于少年的好奇，他们上前询问，结果得知：当天早晨，捕雁人捕到一只大雁，便将其杀死。不料，一只脱网逃生的同伴，先是在空中盘旋哀鸣，不忍心独自离去，后来竟然自投于地而死！不用说，这个故事深深地感动了这几位赶考的青少年。元好问是最为感动的一位，他当即掏钱购买了不愿独活的大雁。在同伴的帮助下，将它埋葬，土堆上压了几块石头，作为标记，取名"雁丘"。

可以想象，这位敏感多情的少年，在与捕雁人对话、购买大雁遗体、埋葬大雁的整个过程中，流了很多的眼泪。擦干眼泪，他和多数同伴作了诗词。

词分上下阕。上阕不用典故，语言浅显。"问世间情是何物，直教生死相许"，是全词警句。警句开篇，这是先声夺人。少年意气，扑面而来。下阕是情绪平复后的思绪延伸，延伸按照古代、未来的时间轴线进行。古代延伸至汉武帝刘彻的《秋风辞》：

秋风起兮白云飞，草木黄落兮雁南归。
兰有秀兮菊有芳，怀佳人兮不能忘。
泛楼船兮济汾河，横中流兮扬素波。

箫鼓鸣兮发棹歌，欢乐极兮哀情多。

少壮几时兮奈老何！

享受着楼船、鼓乐、歌舞等人间娱乐的汉武大帝，内心却装满了青春老去、成仙无望、人寿有限的愁苦。原来，天地之间，人与禽，贵与贱，都难逃一死，伤感相通，千古皆然。自然，汉武帝多次乘船作乐的汾河，大雁为情舍命的汾河，将是后人痛饮、狂歌以遣心中忧愁的合适所在。

在元好问之前，汉武帝在汾河游船上作乐，已经是唐代诗人热议的话题了。"岂必汾河曲，方为欢宴所"（李世民《帝京篇》）、"应言在镐乐，不让横汾秋"（张九龄《经江宁览旧迹至玄武湖》）、"忆昔传游豫，楼船壮横汾"（李白《九日登巴陵置酒望洞庭水军》）。显然，唐代诗人只在意汉武帝表面的快乐，并不关心他内心的痛苦。

为了阅读元好问《雁丘词》时，多一点儿真切、亲切的感受，我特意自驾从忻州古城元好问祠出发，向南路过雁丘园，到达太原，沿着当年元好问的路线走了一趟。人文景观大不相同，但山川地理还是一样的。

元朝最好的小诗

马致远《天净沙·秋思》：

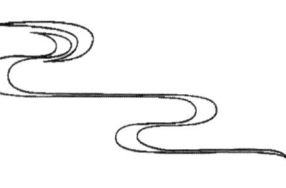

枯藤老树昏鸦，小桥流水人家。古道西风瘦马。夕阳西下，断肠人在天涯。

——元·马致远《天净沙·秋思》

明人蒋一葵始定为马致远所作的这首小令，无疑是元代散曲中的精品。王国维在《人间词话》中称赞它"寥寥数语，深得唐人绝句妙境，有元一代词人，均不能办此也"。

据考证，这首小令写作于马致远从元上都至元大都的路上。元朝四都：大都、中都、上都、上京。上都在今天内蒙古自治区锡林郭勒盟正蓝旗，诗人这是从上都返回大都的家。他家在今天北京市门头沟区王平乡韭园村。元中都在今天张家口市张北沽源一带，元上京在今天蒙古国的乌兰巴托。

那么，这首小令好在哪里呢？

首先是景好。小令前两句写景，枯藤、老树、昏鸦，分明是颓败、萧瑟、苍凉的秋景，但紧接着的小桥、流水、人家，却是幽静、闲适、温馨之景。情调截然不同的两种景致，摆在一起，令人心中情感复杂，印象深刻，只要读过一遍就无法忘怀。或许应该这么理解：枯藤、老树、昏鸦是眼前之景，小桥、流水、人家是别处之景，行旅者身在荒凉之地，思念起温馨的家园。

其次是情好。"亲爱在离居"，诗词中表现对亲人、爱人的思念之苦，多是静态下的思念，思念者居家之时或身在客舍无聊中，情不自禁想起远方之人。这首小令表现的是行旅者"断肠人"的思念，是马背上的思念，是风中的思念，是移动中的思念。古道、西风、瘦马、夕阳，环境、景物，对大多数不熟悉北方草原地区行旅情况的读者来说，都新颖有趣。

最主要的是情景交融之好。身在荒凉旅途，心系温馨家园。断肠人在天涯，说明路途遥远，归心似箭，但瘦马、夕阳，急也没有用。路远心急，无可奈何。思念之苦，衬托出感情的深挚；枯藤、老树、昏鸦，烘托、渲染出思念的苦楚。

小令的语言独具一格，枯藤、老树、昏鸦，小桥、流水、人家，古道、西风、瘦马，九个名词性短语串珠般地排列，排比、映衬、渲染中推进故事与情感。夕阳西下，点出时间，贯穿起相关景物，激活情绪；最后，"断肠人"三个字，揭晓作品主题：爱情。

总而言之，这首小令好就好在：讲述了一个身在旅途的人骑在一匹瘦马上思念自己温馨的家和家中自己深爱的人，归心似箭的故事。

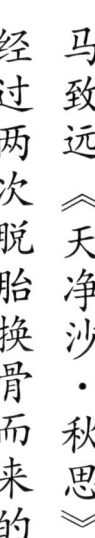

马致远《天净沙·秋思》：

经过两次脱胎换骨而来的佳作

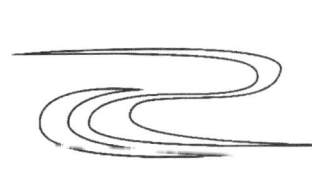

《天净沙·秋思》这首元朝最好的小诗，不是马致远一次灵感突发、一气呵成的创作成果，而是经过两次脱胎换骨而成的作品。曲韵家周德清在《中原音韵》中称赞马致远这首散曲为"秋思之祖"，这个赞誉不符合实际情况。

马致远《天净沙·秋思》其实是一首模仿之作。

比马致远早出生20多年的白朴，也是著名的元杂剧作家，名声跟马致远相当，同在"元曲四大家"之列，另外两人是关汉卿和郑光祖。白朴也写过一首小令《天净沙·秋》：

> 孤村落日残霞，轻烟老树寒鸦，一点飞鸿影下。青山绿水，白草红叶黄花。

说马致远的《天净沙·秋思》模仿白朴这首《天净沙·秋》，有四个理由：一、曲牌相同，都是【越调天净沙】，曲题相似，一首是《秋》，一首是《秋思》；二、散曲句法相同，一、二句都是名词性短语排列，其中第二句白朴是"老树""寒鸦"，马致远是"老树""昏鸦"；三、白朴是马致远的前辈，又是杂剧名家，马致远不可能不知道白朴的作品，说这些都只是巧合，恐怕是难以令人信服的；四、马致远的《天净沙·秋思》显然比白朴的《天净沙·秋》艺术上更加成熟，语言更加鲜明生动，是典型的"后出转精"。倘若马致远的作品先出，白朴不可能再写《天净沙·秋》。

马致远《天净沙·秋思》的文字也被修改过。

今天流行的版本，文字大概是根据元朝散曲总集《梨园按试乐府新声》而来的。这个总集虽然为元人所选辑，但作品文字不见得是原始版本。这首作品还有另一种版本。元盛如梓《庶斋老学丛谈》卷三引"北方士友传沙漠小词三阕"，第一首如下：

瘦藤老树昏鸦，远山流水人家，古道西风瘦马。斜阳西下，断肠人去天涯。

就是说，马致远小令的第二句，原始版本是"远山流水人家"。

"远山流水人家"，是典型的坝上草原景象。张家口坝上地区民间流传两句谣谚，一句叫"山无头，水倒流"，一句叫"远看有山，近看无山"。坝上地区的山，都是缓坡，没有陡坡，所以不知道山是从何处开始、何处结束的。远看是山，走过去，不知不觉间山已经被踩在脚下，所以近看无山。

"小桥流水人家"的版本始于《梨园按试乐府新声》，基本可以肯定，这是由于编辑者不了解马致远的《天净沙·秋思》写于坝上地区，不了解坝上草原的景物。

"小桥流水人家"，当然也不是凭空捏造的。有可能是根据马致远家乡韭园村的情况修改而来。韭园村位于山坡上，村子中部有一眼泉水，泉水流出后，顺坡穿过村子，流经相传是马致远故居的院子门前。为了出入方便，村民们在自家门前水沟上修建了跨度一米左右的小桥。

纳兰容若词中的雪

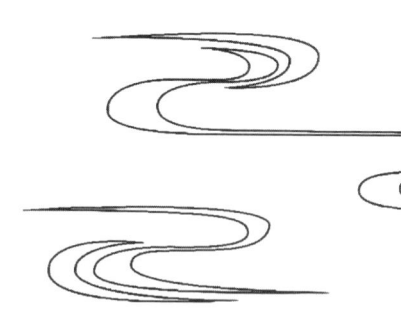

2024 年冬天，天公不含糊，说下雪就下雪，而且下得痛快。不但范围广大，厚度也可观。山河四省、京津两市普遍降落大雪。降雪后的第二天早上，我所在的北京城，地上、树上都有积雪。儿童见了雀跃欢呼；因经济不景气、多种疾病等困扰闹得心情阴郁的人们，露出了难得的笑容。这不禁令人想起与雪有关的诗词。

我想到了清代大词人纳兰容若，他也是北京人。330 多年前，多愁善感、哀感顽艳的纳兰公子的词作里，雪是怎样的景物？下雪时他会有什么样的心情？

不同于大部分到北京求学的南方学子，北京城土生土长的纳兰公子，对雪显然没有什么好奇心；雪这种白色的精灵，在这位伤感词人的作品中，基本上只是人生旅途苦寒、伤感的背景点缀，一笔带过。例如：

风一更，雪一更，聒碎乡心梦不成，故园无此声。(《长相思·山一程》)

五夜光寒，照来积雪平于栈。(《点绛唇·黄花城早望》)

残雪凝辉冷画屏，落梅横笛已三更。(《浣溪沙·残雪凝辉冷画屏》)

朔风吹散三更雪，倩魂犹恋桃花月。(《菩萨蛮·朔风吹散三更雪》)

瑶华映阙，烘散蓂墀雪。(《清平乐·上元月蚀》)

遥知独听灯前雨，转忆同看雪后山。(《于中好·握手西风泪不干》)

雪后谁遮檐角翠，雨余好种墙阴绿。(《满江红·茅屋新成却赋》)

埃雪翻鸦，河冰跃马，惊风吹度龙堆。(《满庭芳·埃雪翻鸦》)

正上林雪霁，鸳甃晶莹。(《金菊对芙蓉·上元》)

早催人、一更更漏，残雪月华满地。(《忆桃源慢·斜倚熏笼》)

纳兰公子以雪为题的词作只有一首，《一络索·雪》：

密洒征鞍无数，冥迷远树。乱山重叠杳难分，似五里、濛濛雾。　惆怅琐窗深处，湿花轻絮。当时悠飏得人怜，也都是、浓香助。

上阕写骑马行军途中、山道上所见落雪景象：雪花飞舞之际，远处的树木、群山，一片迷蒙，如同笼罩在浓雾中。下阕写室内所见飘雪景象：花朵般的雪片，像柳絮一样飘扬，已经很惹人爱怜，加上蜡梅芬芳的襄助，更加动人心弦。出人意料，这首作品一改纳兰词常见的忧伤情调，词意含蓄优美。显然，扈从乾隆皇帝在东北一带巡视的路上，纳兰公子此时心里正有甜蜜思念着的女子，心情不错。

双剑合璧说爱情：

东坡词《蝶恋花》和纳兰词《浣溪沙》

阅读诗词，会发现不同时代、不同诗人笔下的作品，有着种种奇妙的关系。把它们联系起来阅读、品味，是一件相当有趣的事情。

比如，相隔550多年的两位文学家，宋代诗人苏东坡的一首《蝶恋花》和清代词人纳兰容若的一首《浣溪沙》，就仿佛龙凤胎似的，从两个不同的角度讲述了男女邂逅动情的故事。

花褪残红青杏小。燕子飞时，绿水人家绕。枝上柳绵吹又少。天涯何处无芳草。　墙里秋千墙外道。墙外行人，墙里佳人笑。笑渐不闻声渐悄。多情却被无情恼。

——宋·苏轼《蝶恋花·春景》

一半残阳下小楼，朱帘斜控软金钩。倚阑无绪不能愁。　有个盈盈骑马过，薄妆浅黛亦风流。见人羞涩却回头。

——清·纳兰性德《浣溪沙·一半残阳下小楼》

可能同是男性诗人的缘故，两首词都是以男子视角叙事抒情。但苏轼《蝶恋花》的男子是墙外行人，讲述墙里墙外的男女，因笑声邂逅、生情的故事；纳兰《浣溪沙》的男子是居家倚栏者，因色起意，男女相悦。稍有不同的是，苏轼词中是多情男子起了相思之心，纳兰词中是郎情妾意，两人同时动了心。两首词合在一起，反映了人类青年的共性：哪个男子不钟情，哪个女子不怀春！

　　认真品读，当然可以读出两首词的许多不同之处：东坡词中的男子在墙外骑马，女子在墙内荡秋千笑闹，纳兰词中的男子在屋里发呆闲愁，而女子在墙外骑马；东坡词中令男子动情的是女子的笑声，纳兰词中令男子动情的是女子的身材与妆容；东坡词中的故事发生在乡村，纳兰词中虽然没有明确交代故事的发生地点，但不妨猜测是城镇街巷；东坡词中的女子似乎没有看见骑马的男子，男子是单相思，纳兰词中男女都看见了对方，男女互有意。

　　细品两首词，其间似乎既有古今（宋、清）的时代差异，也有城乡的民风差异。但无论有着怎样的差异，青年男女相悦的天性是亘古不变的！

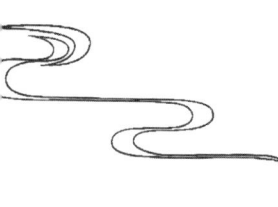

诗歌作品中的「龙兄鼠弟」现象

孪生的两个孩子，容貌心智可能天差地别，一个非常优秀，另一个非常普通甚至有些丑陋，这就是所谓的"龙兄鼠弟"现象。这种现象，人类兄弟中有，诗歌作品中也有。

　　这里所说的"龙兄鼠弟"诗歌，专指诗题为《xx 二首》的作品。一位诗人，一时兴起，一口气做了两首内容相关的诗。但是，其中一首不胫而走，家喻户晓；另一首却足不出户，无人问津。

　　例子实在不少：贺知章《回乡偶书二首》、王翰《凉州词二首》、李白《望庐山瀑布二首》、韩愈《早春呈水部张十八员外二首》、刘禹锡《竹枝词二首》、张祜《宫词二首》、苏轼《饮湖上初晴后雨二首》等。现在我们举三组绝句为例：

葡萄美酒夜光杯，欲饮琵琶马上催。

醉卧沙场君莫笑，古来征战几人回。

秦中花鸟已应阑，塞外风沙犹自寒。

夜听胡笳折杨柳，教人意气忆长安。

——唐·王翰《凉州词二首》

天街小雨润如酥，草色遥看近却无。

最是一年春好处，绝胜烟柳满皇都。

莫道官忙身老大，即无年少逐春心。

355

凭君先到江头看，柳色如今深未深。

——唐·韩愈《早春呈水部张十八员外二首》

故国三千里，深宫二十年。
一声何满子，双泪落君前。

自倚能歌日，先皇掌上怜。
新声何处唱，肠断李延年。

——唐·张祜《宫词二首》

这三组绝句，谁是龙兄，谁是鼠弟，一目了然。

孪生的《xx二首》，当然不是只有"龙兄鼠弟"一种类型，还有"蛇兄鼠弟"和"龙虎兄弟"两种情况。"蛇兄鼠弟"因为没有进入大众视野，不必说它们；"龙虎兄弟"由于旗鼓相当，缺少戏剧效果，难以引起读者的好奇心，也不必提。一位优秀诗人，成双成对的两首诗歌作品写得都好，也容易被认为是理所当然的事情。

造成"龙兄鼠弟"现象的原因，可能是：诗人面对一件事情或一处景物时的心情，往往具有两面性，其中一面较为明媚，思想具有普遍性，容易引起读者的共鸣；另一面则因其情绪偏于阴郁，偏于个人化，而被读者忽视。当然，也可能跟语言运用有关系，通俗易懂的容易流传久远，文雅深奥的通常不为人知。

朗读古代诗词不能用普通话吗？

有一位研究诗词的专家认为，读古代诗词不能用普通话。他的理由是：用普通话读诗词，很多押入声韵的字就不押韵了，平仄也不一样了。他主张用有入声的方言读诗词。

这位专家的说法，如果只是用于茶余饭后的笑谈，或者用于相声、脱口秀中的插科打诨，博人一笑，倒也无可厚非。但是如果有向大众普及知识的意图，那就大大地不妥当了。

按照他的逻辑，读古代诗词，必须能够像古代那样押韵，那样合乎平仄格律，那么，任何一种现代方言都会遇到困难。原因是，没有一种现代方言的音韵分类（包括声母、韵母、声调）是跟古代完全一致的。他列举的可以读诗词的广东话、上海话、江浙方言，比起普通话来，只是五十步与百步的差别。

这位专家不明白一个音韵学领域人人皆知的道理：汉语的历史上，从来就不曾有过一个一成不变的语音系统。明代学者陈第《毛诗古音考·自序》中有一番非常有名的话语："盖时有古今，地有南北，字有更革，音有转移，亦势所必至。"意思是说，语音一直存在着地域的分歧与差异，一直在随时间的流逝而演变，文字的形体、读音也处于不断变化之中。差异与变化是必然发生的事情，谁也无法阻挡，无法改变。

三千年中陆续创作出来的诗词，它们所对应的语音系统也是各不相同的，有方言差异，有古今不同，甚至有诗人的个体差异。比如韵部，根据《诗经》用韵和文字谐声构拟出来的上古音系，韵部有 30 个左右（学者之间意见不一）。代表隋唐中古音系的《广韵》分声调有 206 个韵部（不分声调是 61 个韵类），到《平水韵》时合并为 106 个韵部，到元代《中原音韵》更是少至 19 个韵部，再后来又有十八韵、十三辙等。声调方面，从上古到近代也有很大的不同，上古汉语有无声调、有几个声调，音韵学者都有不同意见；中古时期众所周知的"平上去入"四声，也有四调、八调的不同看法；晚唐时期全浊声母上声字开始并入去声，四声格局发生改变；《中原音韵》"入派三声"究竟是怎么回事，学术上也有分歧。再者，正如著名音韵学家陆法言在《切韵·序》中所说的，"欲广文路自可清浊皆通，若赏知音即须轻重有异"，任何时代的诗人用韵，都没有跟韵书分类完全一致的。诗人之间，或者音韵修养有高下，或者对韵律要求有宽严，诗歌中的韵律表现也是各不相同的。

实际上，所谓的上古音系，也是大有问题的。时间前后跨越五百年的《诗经》，十五国风之间，明显存在着方音的差异。《广韵》反映的中古音系，究竟是某一地（洛阳、长安、南京）的音系还是综合音系，学术界一直众说纷纭。

请问，我们选用哪一个时期、哪一部韵书的音系作为朗读古代诗词的依据呢？

诗词研究专家所主张的广东话、上海话等，都只是在某些方面、某种程度上保留了不同时期的古代汉语的语音特点。例如，广东话声母浊音清化，古代汉语中普遍存在的清浊对立格局已经不存在了。对照古音，它已经是一种不伦不类的东西了。

既然要尊古，就应该把声韵调都照古音去读，例如《诗经》照上古音去读，唐诗照中古音去读。简单地搬用任何一种南方方音去读古代诗词，都无异于怪胎。

完全按照古音去读古代诗词，必须人人都是非常出色的音韵学家。前面说过，历史上的音韵问题，存在着种种分歧与争议，并没有一个明确、公认的音系。可见，音韵学家也难以做到！

普通话本质上也是一种方言。所以，我们的意见可以简单概括为：朗读古代诗词，用哪种方言，没有高下、对错之别。读诗词，爱用哪种方言就用哪种方言，悉听尊便！反正，古代诗歌早已不是与音乐合体、供耳朵欣赏的"歌诗"，而演变成"徒诗"，是一种供眼睛浏览为主的文字诗了！

当代方言语音跟古代诗词韵律的
亲疏远近关系

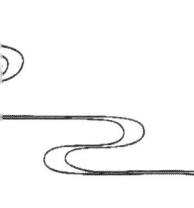

有位诗词专家提出普通话不适合朗读诗词、只有保存入声调类的方言才适合朗读诗词的观点。许多人都支持，其中以南方地区尤其是广东的人偏多，他们认为用广东方音读古代诗词是最好的，像普通话这种没有入声调类的方言根本就不适合朗读诗词。

事实究竟如何呢？

以汉语上古音系和中古音系为参照物，全国各方言间的亲疏关系情况大致是：南方诸方言比较接近古音，北方地区方言比较远离古音。换言之，南方诸方言保存的古音成分普遍比北方方言多。具体地说，亲疏关系，以链条形式表示，大致如下：

上古音—中古音—粤语—老湘语—吴语—闽语—客家话—赣语—北方话—普通话

但是，如果根据这个亲疏链条就得出"普通话和北方方言不适合用于朗读古代诗词，只有粤、湘、吴、闽、客等南方方言才适合朗读古代诗词"的推论，却是错误的。因为，这说法把亲疏关系的差距放大了，绝对化了。我们所说的用南方方音朗读古代诗词跟用北方方音朗读古代诗词的差别"在五十步与一百步之间"，并非夸张之词。

诗词朗读，不光涉及韵母（押韵）与声调（平仄），声母的关系也很大，比较用方音朗读诗词的效果，声母的古今异同情况也不能忽略。

以粤方言的广州话为例。

广州话有 18 个声母，比起中古音系的三十六字母少了一半。不同于古代音系的地方，主要有如下几个：一是没有全浊声母，即声母系统中不存在清浊对立关系；二是塞擦音声母只有舌尖舌面（舌叶）一组，古音和其他方言一般都是两组，舌尖和舌面各一组；三是 [f]、[x]、[k‘] 相混时读 [f]（国际音标）。这些特点，会导致用广东话朗读古代诗词，听觉上会觉得单调，缺少变化，少了浑厚，有些音的混同更是直接造成混乱。

广州话有韵母 68 个，比较好地保存了中古音系的格局：韵母分阴声韵、阳声韵和入声韵三大类，其中阳声韵收尾分 [−m]、[−n]、[−ŋ] 三类，入声韵收尾分 [−p]、[−t]、[−k] 三类。相对来说，广州话是所有当代方言中韵类划分跟古音最接近的。尽管如此，广州话跟古音在押韵的对应上，也有一些该分不分的现象。例如，广州话里，"布土早告"韵母相同，"女去推锐"韵母相同。换句话说，广州话把中古音系里的模韵跟豪韵混在一起，把鱼韵跟灰韵、祭韵混在一起了。如果遇到一首诗词中模豪换韵、鱼灰换韵时，广州话就不灵了。

广州方言有声调 9 个，平仄是分得清楚的，平声包括阴平、阳平，仄声包括阴上、阳上、阴去、阳去、上阴入、下阴入和阳入。朗读格律诗，调平仄基本没有问题。

声母问题跟格律诗的平仄和押韵都没有关系。但是，朗读诗词给人欣赏，声母读音也是音节的组成部分，不可或缺。广州话的声母过于简化，[f]、[h]、[k] 相混，也很要命。下列诗句，如果让说粤语的人来朗读，就会有问题：

　　张若虚《春江花月夜》：春江潮水连海平，海上明月共潮生。（潮、平、共，古全浊声母）

　　王之涣《登鹳雀楼》：白日依山尽，黄河入海流。欲穷千里目，更上一层楼。（白、尽、黄、欲、穷、上、层，古全浊声母）

　　李白《登金陵凤凰台》：凤凰台上凤凰游，凤去台空江自流。（凤，古奉母；凰，古匣母。粤方言 f、h 声母有相混现象。）

　　白居易《花非花》：花非花，雾非雾。夜半来，天明去。来如春梦不多时，去似朝云无觅处。（花，古晓母；非，古非母。也是 h、f 相混的问题。）

　　王维《积雨辋川庄作》：积雨空林烟火迟，蒸藜炊黍饷东菑。（积，精母；迟，澄母；菑，庄母；蒸，章母；炊，昌母；黍，书母）

不光是朗读者读起来别扭，听的人也会觉得奇怪吧。

韵母、声调音值、分类都较为接近古音的粤方言，声母读音上差不多是全国各方言中跟古音差别最大的。这真是：长了鼻子，短了人中！给个别偏执的粤语区读者一句忠告：僻静处用普通话默念几遍"这是自己织的席子"，看看自己舌头是否灵活。

只会说普通话的人

怎样识别古代入声字？

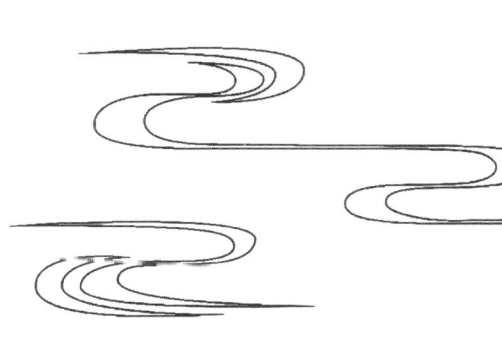

诗词讲究格律，格律区分平仄。只会说普通话的人区分平仄的困难在于：平声（包括阴平、阳平）中混进了一些古代入声字。如果能识别出平声中来自古代入声的字，阅读古代诗词时，平仄的困扰也就不存在了。

这里介绍四种识别普通话阴平、阳平中来自入声字的方法。

第一种方法，通过音韵原理识别入声字。

中古入声跟现代北京话四声的对应情况大致如下：

中古入声	现代北京话四声
清声母	阴平、阳平、上声、去声
全浊声母	阳平
次浊声母	去声

可见，造成人们平仄区分困难的入声字，包括部分清声母入声字和全部全浊声母入声字。

全浊声母入声字比较容易找出来，b、d、g、j、zh、z六个不送气的塞音、塞擦音声母读阳平的字都是。例如：拔跋白帛雹薄别舶泊箔亳勃渤，沓达笪笛敌嫡觌翟叠碟蝶牒独读牍犊毒夺铎，及极疾集籍杰捷截竭局掘绝，闸煠宅择翟着辙轴妯逐浊镯濯直值侄，杂择泽贼族昨。

混进阴平、阳平的清声母入声字，分布比较散漫，没有明显的规律。

第二种方法，通过阅读、背诵押入声韵的诗词来记住入声字。例如：

兰叶春葳蕤，桂华秋皎洁。欣欣此生意，自尔为佳节。谁知林栖者，闻风坐相悦。草木有本心，何求美人折？（张九龄《感遇十二首·其一》）——来自入声的平声字有：洁节折。

忆昔开元全盛日，小邑犹藏万家室。稻米流脂粟米白，公私仓廪俱丰实。九州道路无豺虎，远行不劳吉日出。齐纨鲁缟车班班，男耕女桑不相失。宫中圣人奏云门，天下朋友皆胶漆。百余年间未灾变，叔孙礼乐萧何律。岂闻一绢直万钱，有田种谷今流血。洛阳宫殿烧焚尽，宗庙新除狐兔穴。伤心不忍问耆旧，复恐初从乱离说。小臣鲁钝无所能，朝廷记识蒙禄秩。周宣中兴望我皇，洒血江汉身衰疾。（杜甫《忆昔二首·其二》）——来自入声的平声字有：白实漆说疾出失穴。

渔翁夜傍西岩宿，晓汲清湘燃楚竹。烟销日出不见人，欸乃一声山水绿。回看天际下中流，岩上无心云相逐。（柳宗元《渔翁》）——来自入声的平声字有：竹逐。

这是一种比较笨的办法，但是，积少成多，也能记住一些入声字。

第三种方法，随时咨询身边有入声调的方言区的人。现代方言中，保存入声调类的方言有：晋方言（比山西省面积大，包括山西省及其毗连地区有入声调的方言），江淮官话；吴方言；湘方言；赣方言；闽方言；客家话；粤方言。全国人口中超过半数的人有辨别入声字的能力。三人行必有我师焉，只要肯张口，随时随地都有可供咨询、请教的对象。日积月累，效果一定显著。

第四种办法，这是一种最笨但也是最彻底的办法：自己动手制作一张入声字表，把它们逐一记住。记住二三百个混进平声的常用入声字，区分平仄基本上就没有问题了；记住八九百个常用入声字，朗读用入声字押韵的诗词，基本上就没有问题了。

不同方言区，入声字的读音也不尽相同。晋方言、江淮官话、吴方言、湘方言等韵母都是喉塞音［‐ʔ］收尾，赣方言、闽方言、客家方言、粤方言不同程度地保存了韵母收尾［‐p］、［‐t］、［‐k］的三分格局。如果只是为了使自己的朗读、朗诵古代诗词时听起来押韵更和谐些，不必细分韵母［‐p］、［‐t］、［‐k］收尾，只要抓住入声字读音"短促急收藏"特点即可。换言之，一律读成喉塞音［‐ʔ］收尾也不失为一种办法。

后　记

　　呈现在您面前的这册《遨游诗词世界》（第一册），是我自媒体号"采采卷耳总是情"的组成部分——文案部分。

　　一年前，有感于网络上众多自媒体号视频作品的泥沙俱下、蜻蜓点水与云烟过眼，我和妻子王天聪女士决定做一个相对单纯、具有专业精神的自媒体号，专注于古代诗词的赏读与阐释。

　　做这样一个视频号，对我而言是一个不小的挑战。虽然是中文系出身，从研究杜甫及其诗歌入手，在古代文学方面下过多年功夫，发表过数十篇学术论文，出版过五六种跟古代诗歌相关的著作，但我的学术主攻方向是汉语音韵和方言。古代文学和古代诗词只是我的第二研究领域，兴趣很大，投放的时间和精力却相对不足。再者，面向大众的诗词赏读，涉及的面必须广阔。远古的甲骨卜辞、《诗三百篇》，中间的汉乐府与古诗十九首、南北朝民歌、唐诗、宋词、元散曲，晚近的明清文人诗词作品和民歌，都是我们的涉猎范围。凭一己之力做这样的事情，打个比方，好比一叶扁舟要在大海里航行，力不从心，困难重重，危机四伏。

之所以不畏艰险决定做这件事，有两个原因。一个是我天性里有爱冒险的成分，喜欢做有难度、有挑战性的事情。与此同时，正如古人所言，知不足然后学，我也想通过做这件事，继续学习，弥补自己在诗词知识积累与鉴赏能力方面的欠缺。还有一个是我想趁机满足妻子的夙愿：提高她在诗词方面的修养。妻子大学念的是财会专业，从事过审计方面的工作，转战四方，整天跟数字打交道。她心中的文学爱好一直处于被遗忘、遭压抑的状态。随着人生阅历的不断积累，她越来越感觉到自己内心有文学修养方面的诉求，悲从中来时，希望能够借诗词抒发、宣泄胸中的郁闷，抚慰自己浮躁不安的心灵。

我还有一个天真朴素的想法：在高校教了三十多年书，听过我讲课的学生数以千计，其中曾被我耳提面命的研究生就有四五十位。而身边跟我风雨相伴二十余年、辛勤生养哺育三个孩子的妻子，却未能在文学修养方面有所受益。不能不说，这是一个遗憾。现在退休了，回归家庭，有时间"为妻师"，给她补上她感兴趣的诗词课。自以为这是一件有趣且于家庭有益的事情——属于家庭文化建设范畴，值得我们非常认真地去做，去完成。

做视频，我们是分工合作的关系：我主要负责撰写文案；妻子主要负责拍摄、播讲、剪辑与发布。截至目前，我们已经制作了一百八十余期视频。操作日益熟练，水平略有提高。教学相长，作为诗词学生的妻子，进步明显；对于文案，她提出了不少拾遗补阙的好意见，甚至有所纠正。

文案结集成书出版，每满一百期节目，即一百篇文案，出版一册书，这是我们计划好的步骤，预期书本可以弥补视频转瞬即逝的不足。截至今天，五六个平台的粉丝数加在一起只有三万多。但是，关注、观看我们视频的朋友中有海峡两岸不少高水平的专业人士，包括若干著名大学古代文学专业的资深教授。他们的不断鼓励，使我们有了坚持做下去并且把它做好的信心与决心。

这是第一册，我们希望还有第二册、第三册、第四册、第五册……这需要得到更多朋友的支持、鼓励与指正！

丁启阵

2025 年 2 月 24 日